东　西／主编

广西当代作家丛书（第五辑）

■

杨仕芳　著

好似影子划过

广西人民出版社

图书在版编目（CIP）数据

好似影子划过 / 杨仕芳著 . — 南宁：广西人民出版社，2024.6
（2024.7 重印）
（广西当代作家丛书 / 东西主编 . 第五辑）
ISBN 978-7-219-11766-8

Ⅰ . ①好… Ⅱ . ①杨… Ⅲ . ①中篇小说—小说集—中
国—当代 Ⅳ . ① I247.5

中国国家版本馆 CIP 数据核字（2024）第 098182 号

GUANGXI DANGDAI ZUOJIA CONGSHU（DI-WU JI）HAOSI YINGZI HUAGUO

广西当代作家丛书（第五辑） 好似影子划过

东 西 主编

杨仕芳 著

统 筹 覃萃萍
责任编辑 覃萃萍
责任校对 周月华
封面设计 翁襄媛

出版发行 广西人民出版社
社 址 广西南宁市桂春路 6 号
邮 编 530021
印 刷 广西民族印刷包装集团有限公司
开 本 787mm × 1092mm 1 / 16
印 张 15.5
字 数 186 千字
版 次 2024 年 6 月 第 1 版
印 次 2024 年 7 月 第 2 次印刷
书 号 ISBN 978-7-219-11766-8
定 价 45.00 元

总　序

从2012年党的十八大召开到2022年党的二十大召开，这段历史，在党的二十大报告中，被称为"新时代十年的伟大变革"。这十年，以习近平同志为核心的党中央团结带领全党全国各族人民，迎来中国共产党成立一百周年，中国特色社会主义进入新时代，完成脱贫攻坚、全面建成小康社会的历史任务，实现第一个百年奋斗目标。历史性的胜利，彪炳史册。

这十年，也是中国文学界牢记习近平总书记嘱托，坚持以人民为中心的创作导向，从"高原"持续向"高峰"攀登的十年，是"文学桂军"锐意进取，不断夯实基础、壮大实力、提升影响的十年。

2001年至2012年，广西作家协会在自治区党委宣传部的大力支持下，精心组织，陆续编辑出版了"广西当代作家丛书"一至四辑共80卷本，80位有成就、有影响的广西当代作家入选该丛书，成为中华人民共和国成立以来广西文学界规模最大的文化积累工程，备受国内文坛瞩目。可谓功在当代，利在千秋。

从2012年至今，刚好十年过去。"文学桂军"在小说、报告文学、诗歌、散文、儿童文学等体裁创作上，又涌现出一批具有全国影响力的代表性作家，少数民族作家队伍的创作实力在全国处于领先地位。国运昌盛，文运必兴。编辑出版"广西当代作家丛书（第五辑）"，推出新一代广西作家，成为文学界共同的期待。

十年来，得益于自治区党委、政府的关心支持，得益于自治区党委宣传部的正确领导和大力扶持，"文学桂军"呈现良好生态和健康发展势头，一批作家频频在全国重要文学刊物亮相，一批有分量的作品在全国各知名出版社出版。陶丽群获第十一届全国少数民族文学创作骏马奖，红日、李约热、莫景春获第十二届全国少数民族文学创作骏马奖，朱山坡、李约热分别获第七、第八届鲁迅文学奖提名，东西的长篇小说进入第十届茅盾文学奖前20名。十年来，据不完全统计，广西作家出版长篇小说、中短篇小说、散文、诗歌、儿童文学、报告文学等专集选集共600多部。一批作品获广西文艺创作铜鼓奖，《人民文学》《小说选刊》《民族文学》等刊物年度优秀作品奖，以及《小说月报》百花奖、花城文学奖杰出作家奖、郁达夫小说奖、茅盾新人奖、《雨花》文学奖、华语青年作家奖、《钟山》文学奖、《儿童文学》金近奖、"小十月文学奖"佳作奖、华文青年诗歌奖、三毛散文奖、冰心散文奖等，入选各类文学排行榜。"文学桂军"已然成为家喻户晓、有全国影响力的响亮品牌。

为进一步繁荣广西文学事业，全面展示党的十八大以来广西文学创作的丰硕成果及新时代广西作家的精神风貌，广西作家协会决定组织出版"广西当代作家丛书（第五辑）"。

该丛书的入选作者须具备三个条件：一是作者须为广西作家协会会员，中国作家协会会员优先；二是近年来创作成绩突出，曾经获得全国性文学奖或自治区级文学奖；三是个人创作成绩显著，作品在全国重要刊物发表。在广泛征求意见基础上，经各团体会员推荐、广西作家协会主席团会议酝酿讨论，实行无记名投票推选，共评出入选作家20名。田耳、田湘、王勇英等作家，由于作品版权原因，遗憾无法纳入本次选编。一批作家近十年创作成果丰硕，由于已经入选前四辑丛书，本次不再选入。

2021年12月14日，习近平总书记在中国文联十一大、中国作协十大开幕式上的讲话指出："文化兴则国家兴，文化强则民族强。当代中国，江山壮丽，人民豪迈，前程远大。时代为我国文艺繁荣发展提供了前所未有的广阔舞台。"2014年10月15日，习近平总书记在文艺工作座谈会上的讲话指出："'文章合为时而著，歌诗合为事而作。'衡量一个时代的文艺成就最终要看作品。推动文艺繁荣发展，最根本的是要创作生产出无愧于我们这个伟大民族、伟大时代的优秀作品。没有优秀作品，其他事情搞得再热闹、再花哨，那也只是表面文章，是不能真正深入人民精神世界的，是不能触及人的灵魂、引起人民思想共鸣的。"习近平总书记关于文艺工作的重要论述，已经成为广大文艺家的自觉遵循，内化于心，外化于行。收入本辑丛书的作品，内容丰富、题材广泛、风格多样，在记录伟大时代、反映现实生活、讴歌人民创造等方面，用心、用情、用力，很好地体现了以人民为中心的创作导向，集中展示了祖国南疆新时代蓬勃多姿的文学景象。

习近平总书记在党的二十大报告中指出："推进文化自信自强，铸就社会主义文化新辉煌。全面建设社会主义现代化国家，必须坚持中国特色社会主义文化发展道路，增强文化自信。""坚持以人民为中心的创作导向，推出更多增强人民精神力量的优秀作品，培育造就大批德艺双馨的文学艺术家和规模宏大的文化文艺人才队伍。"这为新时代新征程的文化建设和文艺创作指出了正确方向，提供了根本遵循。

当前，全党全国各族人民正在深入学习宣传贯彻党的二十大精神，满怀信心向第二个百年奋斗目标迈进。编辑出版"广西当代作家丛书（第五辑）"，可谓正当其时，也是贯彻落实《中共中央关于繁荣发展社会主义文艺的意见》和《中共广西壮族自治区委员会关于繁荣发展社会主义文艺的实施意见》，用文学助力建设新时代壮美广西的最新成果。

伟大时代必将激励伟大的作家和孕育伟大的作品。希望广西的作家和文学工作者，坚定文化自信，做到文化自强，坚守艺术理想，追求德艺双馨，不断增强脚力、眼力、脑力、笔力，以刚健、厚重、先进、质朴的创造抵达伟大时代的艺术高度。诚如中国文学艺术界联合会主席、中国作家协会主席铁凝所寄语的那样：广西文脉深厚、绵长，在新时代新征程上，相信广西作家能以耀眼的才华编织崭新"百鸟衣"，描绘气象万千的"美丽的南方"。这是时代赋予我们的责任，唯有俯下身子，深入到火热生活中去，深入到人民中去，不断学习，不断攀登，以作品立身，以美德铸魂，方能不负时代，不负人民。

是为序。

石才夫

2022年10月31日

CONTENTS _____ 目 录

戈壁滩诱惑

1

上午十点，我离开出租屋走下不远处的河堤。裤袋里的手机在振动。我把手机设置为振动，一是在单位里开会不影响别人；二是在家里不影响自己——当聚精会神看书或写作时，突然响起的铃声时常会把思路打断，令人懊恼，久而久之就习惯把手机设置为振动了。"哎，耳冬，我们去打猎吧。"白露说话含糊不清，嘴里含着什么东西似的。"你说什么？"她这样突兀的话让我不明其意。"迪克长大啦，强壮得很，精力充沛得无处发泄，是该带它去捕捕猎了。"她这么解释。我才反应过来，她说的是条狗，取个洋名"迪克"。那条狗并不是洋狗，而是条土狗，是我从乡下带回来送给她的。那回我陪同几位从省城来的民俗专家到侗族聚居区做田野调查，在吃饭的主人家里，我们遇见了那条小狗。小狗静静地站立在门口，仰着俊俏的小脸，鼻尖像是涂着淡黑色的油漆，双眼炯炯有神，歪着小脑袋盯着陌生人，显得礼貌又淘气可爱。我顺手拍下几张照片发给白露，她喜欢小动物却从来不养。"啊，这只小狗好可爱，太可爱了，我要这只小狗。"她看了图片后就打来电话说，"这只小狗眼里有种东西，说不清，似曾相识的那种，有点像北方的雪，却很温暖。对，就是那种感觉。"她是真心喜欢上这条小狗了，得买回去送给她才好。"这条狗，给多少钱都不卖。"主人家轻轻地抚摸着小狗的脑袋，并与它四目相对，满眼爱怜，"好猎犬是可遇不可求的。"我愈加相信那是条好狗，将来会成为好猎犬，便不再劝主人家出售。吃饭时，我跟主人家痛痛快快地拼了几大碗酒，最后我和主人家都喝多了，主人家心里却不糊涂，分文不取地把那条小猎犬送给我，笑呵呵地说："这是它的命数，遇到了你啊。"我把狗送给白露时没说主人家不收钱。一晃，那条狗到城里来都快两年了。"你老公不愿陪你去？"我说这句话时，眼前浮现她丈夫的形象：圆滚滚的脑袋安在肥胖的躯体上，那双镶在肉脸上的三角眼，令人感到不安。我说："等我休假就去。"

"那就说定了。"白露说。挂了电话，我看了一眼手机，发现是她家座机的号码，看来她没有出门。自从嫁给王建国后，她上班时间骤然减少，而待遇较之前好了很多，不仅工资翻番，而且休假或外出学习的机会总会找上她。今天她又待在家。她这会儿在家里干吗？在逗猎犬迪克玩吧。迪克已是一条成年狗了，直立起来舌头能舔到她脸上。她时常给我发来和迪克玩乐的相片。她也可能在院子里拨弄花草，她们家的院子很大，铺满阳光，种着各种花花草草，每个季节都有花盛开，显示着这户人家充满了朝气。院子里建了一个游泳池，游泳池旁有一架秋千，坐垫是银灰色的。龙城许多有钱人都住这种别墅。我到她们家做过客，后来就再也不愿去了。

现在读者应该知道我的窘境了，我在龙城某文化单位上班，到手的工资不足三千块，每个月交两千块房租后就所剩无几，不得不在工作之余，帮人家写写文案什么的挣些零花钱。我以前没那么看重钱，觉得钱够用就可以了，这使我和妻子产生矛盾。"什么叫够用就行？你这不是在扯淡吗！"妻子叫嚷着，一点也不注意形象，几乎和街边争吵的泼妇没什么两样。"我不这样嚷嚷行吗？你会认真对待这个问题吗？"我理解她的不满，她在超市当收银员，收入不高还常受气，内心就会感到不安。我也觉得我这个当丈夫的不尽责，于是背着她与人合伙投资，结果被人算计血本无归，等债主找上门妻子才知晓。"我早就跟你说不要写那些文章你不信，现在吃大亏了吧？"妻子认为我投资亏本的原因在于我太喜欢读书写作，可我能不读书写作吗？暂且不论写作是我的爱好，就说我能从乡下调到县城，多半是因为我会写文章，不然像我这样的人，想从乡下调到县城难于登天。"此一时彼一时，懂吗？我们过日子要靠钱，不是靠你的什么梦想。"我和妻子越来越无法沟通。结婚之前，我们可不是这样的，当时我们都觉得此生找对了人。现在我们之间的对话，总是无一幸免地陷入分歧。她想要看得见和摸得着的东西，而我觉得人应该注重物质之外的东西，不然一日三餐地活着与被圈养的猪有什么两样？最后我和妻子都厌烦了这种错位的生活，于是在春天来临时安静地分开了。"在春暖花开时节离婚，真是个天大的讽刺。"妻子站在洒满阳光的街边喃喃自语。我没有告诉她，她说的这句话颇具文学味道。这个娇小玲珑惹人喜爱的超市收银员，从此成了我的前妻，我们往后便是陌路人，这本身就是赤裸裸的讽刺啊。

话说回来，我离婚后因为工作调动，开始到市里工作。"这人世没有绝对的对错，你要时刻保持清醒的内心，并勇于追求，人就该这样。"她满脸严肃地说，并非在安慰我，但在我看来，她是站着说话不腰疼。她在大学期间处了男朋友，因为男朋友的关系留在城里，但当她提出结婚时，男朋友逃避妖孽似的从她面前消失了。后来，她又相继与几个男孩交往，结果这几个男孩无一例外地都在婚姻面前逃之夭夭。在她心灰意冷时，遇到了比她大二十多岁的王建国，她没多想就嫁给了他。"我嫁的是生活，不是爱情。"她有些无奈地说，"所以，我佩服你，就算是离婚你也没放弃内心的追求，这是多么难得啊。"我对她摇头苦笑。王建国家大业大，白露嫁给他之后，生活中的一切都变得简单。她出门以豪车代步，穿着名牌服装，喷着名牌香水，使她原本就漂亮的躯体平添几分妖娆。她的姿态也因生活的改变而转变，常常以慈悲的目光看待世界。

她每每读到让她感动的诗歌就发给我，然后跟我讨论莎士比亚、拜伦、普希金和托尔斯泰，也谈起当下的国内作家。"我喜欢余秀华，不是因为她的躯体有缺陷，也不是因为那首引人争议的《穿过半个中国来睡你》，而是她诗歌里有股与生俱来的劲，这股劲使她敞开心扉，让你在她的诗里读到真诚，而真诚即是一个写作者的真实灵魂。"我承认她说到了我的心里，姑且不论余秀华诗歌的好坏，余秀华直面内心的勇气就值得我尊敬。

手

——致父亲

余秀华

我要挡在你的前面，迎接死亡

我要报复你——乡村的艺术家，

玩泥巴的高手

捏我时

捏了个跛足的人儿

哪怕后来你剃下肋骨做我的腿

我也无法正常行走

请你咬紧牙关，拔光我的头发，戴在你头上

让我的苦恨永久在你头上飘

让你直到七老八十也享受不到白头发的荣耀

然后用你树根一样的手，培我的坟

然后，请你远远地走开不要祭奠我

不要拔我坟头新长的草

来生，不会再做你的女儿

哪怕做一条

余氏看家狗

有一天晚上十二点多了，她突然从微信上发来这首诗，问我："这首诗怎么样？"这是我读到的余秀华最震撼心灵的诗句。作为一个肢体健全的男人，第一次读到余秀华这首诗时，我有一种被生锈的刀子慢慢插入心脏的感觉，除了痛楚，更多的是羞愧。"这首诗不错。"我没有进一步解释。好半天白露才给我回复信息，发来一个微笑的表情，没有说话，也没再往下深究。我不由得松了口气，她似乎洞悉到我的内心而点到为止。我们已然处在两个不同的阶层里，某种看不见却无比坚硬的东西在撕裂，珍惜当前友谊的最好办法便是对其视而不见，换句话说，看破而不说破。

我继续往河堤走，那里是亲水平台，河面上是巨大的水上喷泉，衬托它的是龙城地标性建筑风情港，往北望去便是五星街。五星街是龙城最古老的街道，沉积着数千年的历史往事。每当喷泉在七彩灯下，喷起高达百米的水柱，那些沉积多年的往事，似乎再次被飘落而下的水雾浇活。每个夜晚都有许多游人慕名而来，他们挤满亲水平台和附近的台阶，欣赏着跟随音乐节奏翩翩起舞的喷泉。正值春天，河堤上绽放着粉红而洁净的紫荆花。事实上每到这个时节，这种花就开满龙城的大街小巷，整个城市陷在花海里，如同梦境在阳光下展露无遗，不禁让人怀疑这是不是以工业著称的城市。我邀请过友人来游玩，却没人应邀而来。今天，观赏喷泉表演的台阶，被涂着绿漆的铁板围住，上面用红漆写着：喷泉维修，闲人免进。无疑今夜没有喷泉，我心里不由得有些失望，想着喷泉在花团锦簇下表演该多么有诗意。

"你什么时候关心起喷泉来了？"李燕的嘴巴微微往上翘，使她对我这种情绪的不屑一览无遗。我走下河堤是奔着她们公司去的，她们公司离喷泉不远，临江，推开窗便可望见悠悠江水，船舶在水面上划出巨大的V形水浪，荡荡漾漾地往岸边漫来，当失去力度的水浪轻轻地拍打着河岸时，下一波水浪已经接踵而至。岸上总有几个蹲着的垂钓者，无论白天黑夜，无论是否钓起鱼，他们都自得其乐，似乎钓的不是鱼而是岁月。她们公司是做文化传媒的，专门策划文化活动，还会拍摄宣传片和微电影，我还帮她们公司写过微电影脚本。我与李燕相谈甚欢，她是江西人，心直口快。她说江西女孩很柔润，我笑而不语，心里觉得四川和湖南妹子才柔润，但我没有反驳她，实在没有什么意义。今天我没请假，也不去单位，想跟她探讨去新疆的可能性，那里在招聘工作人员，但见到她又不好意思说出口。

"有些东西是不讲道理的嘛。"我微笑着接过她的话。她歪着脑袋瞅了瞅我，脸上严肃认真的模样，使我想起紧盯着树干的啄木鸟。这句话是她说的，我借而用之，并非以其人之道还治其人之身。那天她独自一人在公司加班，我散步来到河堤便进去看她，聊起窗外流淌千年的河流。李燕感叹着说有些东西是不讲道理的。我听出她的言外之意，有些人无须为生活担忧却跳河，我们每天为生活挣扎还依然活着，他们处在另一种困窘里，他们的内心汹涌着旁人看不清的暗域，如同眼前静静流淌的河流，总在不经意间将无人打捞，也难以打捞的故事淹没。

2

我的少祖母和大伯父也死在这条河里，他们死于七十年前。很多时候我站在柳江边冥想，如果人有灵魂的话，葬在河里的少祖母和大伯父是否变成了水里的鱼？这使我再也不愿吃鱼，也不愿看到河边垂钓的人能钓起鱼，觉得他们钓起来的是一个个孤寂的亡魂。倘若人真有灵魂的话，他们是否认得出我这个从未谋面的子孙？我身上流淌着少祖母的血液啊，却感觉不到与她有太多的亲近感，总觉得祖母才是我真正的祖母。很多时候我在想，要是当年少祖母没把祖母和父亲送到乡下，那么我现在的生活将是另一番风景吧。但是父亲也就不可能遇到母亲，进而就不会生下我，那么我将出现在哪里呢？我又将是谁呢？如果我不是我的话，谁又将是我呢？回过头来说，即便当年祖母和父亲留在龙城生活，他们能否熬过历史的坎坷都难说啊。我愿意相信跟随祖父在战火中走来的少祖母的判断，是她的预知和洞见催生了我的生命，这就是血缘存在的特殊缘由吧。

"耳冬，这是你的命，我相信命，不管你信不信，反正别的东西你想也没有用。"当我谈起这些往事时，李燕歪着脑袋眯缝着眼看我，几乎把我的脸当成书来读，"我理解你为什么在这里租房住，也理解你为什么喜欢看喷泉。"

我在五星街租住一套公寓，六十平方米，租金每月两千块，房东一分都不愿降，说爱租不租。这对我的工资收入来说，几乎是不能承受之重。但我不愿到郊区租住便宜的房子：一来这里离上班的地方近，从五星街步行穿过中山东路到罗池路，就是我上班的地方，即便步行也不过十来分钟，能节省出许多时间，这对于写作者来说是笔财富。二来在中山东路上有座至今保存完好的廖磊将军公馆，每回从公馆旁边经过，我心里都涌起某种异样的暖流，觉得这处建筑与我的部分生命有关。这座公馆是廖磊将军为其夫人所建，是一栋中西合璧的三层楼建筑，青砖墙，布筒瓦屋面，由主楼和大门、围墙、前院、后花园组成，主梁、阳台和天面为砖混结构，重新装修时外墙涂上橘黄色的油漆，加之院子里种有几棵桂花树、玉兰树和松柏，铁栅栏上攀爬着三角梅，墙角里种有几丛罗汉竹，到处弥散着悠远的历史味道。每当我透过铁栅栏望向公馆时，目光总会落在露天阳台上，依稀望见几十年前站在阳台上谈笑风生的将军和夫人，他们手里端着酒杯或茶杯，阳光落在他们生机勃勃的脸上。这种虚无的想法使我的内心获得某种踏实感。

"你有这种心理并不奇怪，从心理学上讲这是寻根心理，活在这个世上的人，或多或少会有这种心理。"李燕的话使我感到惊讶，进而发觉她的话充满哲理，不由得想起美国作家亚历克斯·哈里写下的《根》，书中写一个母亲当众摔死了亲生婴儿，为的是"你们对我所做的一切，休想再做到我的孩子身上"。可以想象这位母亲所遭受的心灵上的痛苦。在遥远的异乡受尽羞辱又孤苦无告时，那只能在梦中相见的故乡自然也就让人觉得无比美好。我愿意与廖磊将军公馆存在某种联系，渴望漂泊的心有所归属。如果说我在无意识中寻根，那么李燕也是，那么许多人都是，那么这座城的根又在哪儿呢？

"这座城市的根在柳宗元身上，而不是在更久远的人身上。"我说。李燕有些犹豫地点头，在柳宗元之前和之后，这座城市活着许多人，但是对这座城市的影响无人能及客死他乡的刺史。龙城人为了纪念柳宗元，特意建了柳侯祠，供后人怀念和景仰。柳侯祠坐落在离我上班不足五百米的柳侯公园里。我偶尔会到公园里转转。公园里竖立着柳宗元雕像，再往里走便是曲径通幽，树木郁葱，池水安然，春天时更是鸟语花香，无不衬托着柳侯祠的淡远和幽静。"可惜龙城没有文学院，好几所大学连中文系都没有，感觉承接不住柳宗元留下的那股文气。"我不禁感叹。"是呀，这是工业化城市嘛，人们更注重的是实物，换个角度来看，其实是并不怎么美丽的借口。"李燕的话使我想起前妻，她亦如此理解和要求生活，她并没有错，错的是我的执念，但我并不后悔。

在中山东路和罗池路交会处，有时夜晚会有乞丐或流浪汉出现，我害怕遇见他们，每回都绕道而行，或者干脆视而不见。诚然，我偶尔也会给他们一些零散的钱。每回把钱放进他们面前的破碗里，总感觉是自己在接受施舍，我没跟任何人讲起这种奇怪的感受。有几个流浪汉每隔一段时间就出现在路口，不知他们消失的那段时间去了哪里，是否被收容所（专门为流落到此无着落的人提供帮助的处所）收留。我不敢询问，既想知道答案，又害怕面对答案。

有一个叫欧阳朵朵的女孩，看起来还不到三十岁，她每天晚上九点会准时出现在风情港的天桥底下，抱一把旧吉他对着车来车往的马路唱歌。多数时候身旁没有听众，但她依然唱得很投入，从心底唱出的歌声在天桥底下回荡，最后被飞驰而过的车轮碾碎。在这座城里经常能够遇到街头歌手，但像她躲在无人的角落里演唱的并不多，他们大多出现在空旷而人流聚集的地方。亲水平台上每天晚上都有歌手在唱歌，他们似乎都会唱黄家驹的歌，在夜色掩映下嘶吼着沙哑而沧桑的声音。欧阳朵朵从不唱黄家驹的歌，她只唱两种歌：一种是田震的歌，她的声音与田震的有几分相似；另一种就是她自己编写的歌。她唱歌时并不在意身旁有没有听众，跟她不离不弃的是一只黑猫，当她唱歌时那只猫就蹲在她脚旁，抬起两只闪着幽光的眼睛出神地看着她，听得懂歌曲似的。有时那只猫会跑到我脚旁，它不认生，高兴起来会用爪子拍打我。

> 街角有个女孩在卖花
>
> 寒风刮乱她的头发
>
> 她的脸庞在街灯下柔如画
>
> 从她身旁经过的人很多呀
>
> 没人向她买几束花
>
> 她并不苦恼，也不在意
>
> 她想让天上的苍鹰寻找到家
>
> 她不想困在大街小巷呀
>
> 不想变成机器人呀

这是欧阳朵朵自己编写的歌，散发着淡淡的忧伤。这个夜晚，天上飘着毛毛雨，我不喜欢这种雨，拉拉扯扯的，一点也不干脆，却又能把人淋湿。我路过蛋糕店买了两个面包和一瓶豆奶，准备到桥底去看她。我从没给过她钱，觉得那样会伤害她。我是在连续听她唱了几个夜晚之后才跟她熟络起来的，在她收拾东西准备回去时与她闲聊。她并不内向，只是习惯安静而已，似乎所有的话语都已化成歌声，伴着吉他唱了出来。我在她的歌声里感受到她不为人知的过往，我无意去碰触她的过往，世界之所以深邃，人生之所以繁杂，是因为每个人心底都藏着不为人知的秘密。欧阳朵朵又站在天桥底下，面对从天桥下驶过的汽车，她的歌声混杂在车轮摩擦地面产生的回声里，她身旁稀稀拉拉地站着几个人，可能是下了雨的缘故，这些人跑到天桥下躲雨，恰好遇到一个街头歌手才聚集过来。角落里有两个流浪汉在卷着铺盖睡觉，他们对身旁的事充耳不闻。天桥底下是流浪汉的好去处，旁边还有一座免费公厕。那只猫蜷缩在铺盖旁，偷偷地取暖。

"朵朵，今天怎么样？"等围观的人走后，我把面包和豆奶递给欧阳朵朵。

"还好，下雨了，天也冷了，南方的冬天不好受。"她接过豆奶拧开咕嘟咕嘟喝了几口，那只猫蹿过来抱住她的脚，她蹲下去给猫喂豆奶。

"其实，你唱得比很多当红歌手都好，你唱得比他们真诚，也更迷人。"

她瞅了我一眼，没有回答，也没有兴趣说别的话，蹲下去收拾好吉他跟我道了别就往前走去，那只黑猫蹿过去跟随她左右，他们目不斜视地走到街对面，很快就消失在刷着红漆的墙边。我不由得感到些许失落，往时她唱完歌会跟我聊上几句，她知晓像我这样的写作者，对被人们遗忘在角落里的故事感兴趣。她心情好时，会跟我多讲几句。有一回她讲起一连几个晚上做着同样的梦，在梦里看到她死去的父亲乘坐一条摇摇晃晃的小船而来，她既感动又紧张，当她父亲快要抵达她面前时梦就醒了。我想不明白这个梦预示着什么，也说不出个所以然来，可能与她的过往有关，与她来到此地有关。如果她的父亲真的死了，那么她母亲又在哪儿呢？他们父女之间是否发生了什么？有一天，我忽然发现自己在内心里羡慕着她，无论她背负着什么，富有或者贫穷，至少眼前的她挣脱了那些无形的牵绊。

3

这些日子，我想得最多的是招聘的事。这则信息是一个朋友发来的，朋友发来信息没留任何说明，我明白他的意思，是否报名得自己拿主意，不必听从旁人的意见，任谁的人生都不会完美，区别在于你怎么选择和看待。起初我并不在意这则信息，觉得新疆地处西北，地理上过于遥远，地理上的遥远会造成心理上的遥远，如果报名参加考试并顺利通过，意味着将永久性地落户新疆。我无法想象自己站在新疆的大地上，望着无边无际的旷野，孤独的苍鹰在空中盘旋，毒辣的阳光刺痛迷茫的双眼，这会让我觉得自己渺小得如同尘埃。没过几天，这则消息却变成种子，在我心底慢慢成长起来，占据着我的整个思绪。这则招聘信息上写得很明白，被聘用者将有体面的生活。

我开始仔细查看招聘的条件，有学历、年龄和家庭等方面的要求，前两者我勉强够得上，后者条件不符合，总不能回去跟前妻再扯个证啊，再者说也不知道她是否已再婚。"你脑子里都在想什么呢？"我不由得自我嘲讽。招聘条件还有一条，如果是副高以上职称，条件可以放宽。今年我到了申报副高职称年限，但是就算申报成功拿到证件也要到年底。我不由得感到着急和惋惜，想着要是能够应聘成功，将获得可观的安家费，要是全家一起搬去，还将获得一套百来平方米的房子，解决了人生大事。买房子对于像我这样的工薪族实在太不容易。我自知在单位里没有太多可以施展的空间，加上我不善与人打交道，自然不受人喜欢。以我目前所处的困境，远赴新疆是一条自我拯救之路，无须把功夫放在工作之外的捷径，更重要的是我得以自在地写作。

在跟前妻结婚之前，我和一个叫玲玲的女孩处得很好，那时我们疯狂地迷恋上小说，并相互鼓励着写下去，憧憬有朝一日能从人数众多的作家群中发出我们的声音。我们常常通宵达旦地讨论小说，从中国文学到西方文学再回到我们的地域文化，像两个迷路的孩子在苦苦追寻着回家的路径。"耳冬，我们都不会生活。"在一个阳光明媚的下午，玲玲突然悲伤地说。那时我们写了几年小说，发表了不少作品，但是始终写不出惊天地泣鬼神的篇章，而我们与社会的关系越来越糟糕。我也猛然发现自己在生活面前是那么低能，全然不知如何办事，连礼貌性地与人来往都不会。"会好起来的，我会学会生活的。"我心虚地说。"我们把事情想得简单了。"她苦笑着摇了摇头，脸上充满失望和看不到前途的迷惘，这让我深感愧疚和不安，无法为深爱着的女人提供生活保障。"耳冬，爱情和生活是两码事，以后你要好好照顾自己。"我们分手了，我不禁伤心落泪。"把泪擦掉，坚强点，我不想看到你这样，以后的路还长着呢。"她表情轻松，那是故作轻松，但不轻松又能怎么样呢？不久后她就嫁给一个富商，紧接着移民法国，在遥远的巴黎铁塔下生活。在此之前，我们都蔑视那些富商呀。她从法国给我寄来信件，无不鼓励我继续写下去。我没有责怪她，祝福她在异乡过得好。我把她写进小说里，让她在虚构的故事里真实地活着。那篇小说叫《阳光穿过我们村庄》，我把我们写成两个飘忽的精灵，随时变成阳光、雨雾或者飞鸟，总之出没在凡人肉眼看不到的空间，静静地相守和观望着人世间的芸芸众生。我把小说寄给她，她给我回信，只写了一句话：我很喜欢这个小说。她聪明而敏感，在小说中读到我将搁笔，将放下曾让我们心潮澎湃的小说，而去找份正经八百的工作，从此过上正常人的生活。我不再跟她联系，把所有的书当废纸卖掉，回到至今依旧偏远的乡镇当老师。那时我的祖母和哑巴祖父都还活着，祖母和父亲都没有告诉过我他们的故事。现在回想起来，我回到乡下与多年前少祖母送走祖母和父亲如出一辙，人生竟然如此相似，我们都奋力挣脱某种东西，却怎么也挣不脱。我再也不写作，开始认认真真地教书，并与小镇上的姑娘结婚，打算过普通人的普通日子，结果县里发现我曾写过不少小说，直接把我调到县里写材料，埋在心底的梦想再次不可阻挡地奔涌而来。

我还是想试试，于是收集资料准备考试，没有跟父母亲提起此事。父亲自从跟祖母回到乡下生活后，再也没有流露出来龙城的念头。他曾好几次外出做副业时在龙城转车，却从没有在这里长久逗留。不知父亲在等车的空隙是否来过柳江边凭吊，倘若他背着红色条纹的帆布袋站在岸边，是否泛起关于这条河流的遥远记忆，继而产生难以割舍的眷恋？父亲从来没有谈起过此事，似乎往事只不过是一场梦。后来父亲在一次外出做副业时左脚受了伤，便再也没外出，留在乡下当代课老师，直到快要退休才得以转正。父亲在转正那天请亲戚们到家里做客，在我的印象里，那是父亲最为骄傲的时刻，喝多了的父亲红着脸为亲戚们唱起歌谣，平日里的害羞和斯文都落了一地。父亲退休那年，镇上还给他送来一块牌匾：人类灵魂工程师。父亲把那块牌匾挂在堂屋正中央，那块牌匾有些沉，父亲拒绝我的帮忙，他和母亲弄了半天才把那块牌匾挂好。从此，他们时常站在牌匾前静静地看着。母亲并不识字，但她的眼神和父亲相似，像是飘浮着的被夕阳染红的晚霞。这只不过是块毫不起眼的牌匾啊。当发现我迷惑地看着他们时，他们既没跟我解释，也不隐瞒内心的满足，如同秋后庄稼获得丰收。"我和你母亲住不惯城里，左邻右舍都是陌生人，出入都不相识，找个人打招呼都不容易，说是住洋房，感觉和坐牢没有多大区别，你就不用考虑我和你母亲了。"我曾跟父母亲提起接他们到市里来住，父亲委婉地拒绝了，不知他和母亲是不想来，还是不想给我带来压力——在城里生活并不容易。只是我不由得怀疑起父亲，在他身上到底看不到祖父和少祖母的秉性，反倒像是碌碌无为的哑巴祖父。

我也没跟别人提起考试的事，包括李燕和白露，觉得这事没多大希望，但这则压在心底的消息总想往外蹿，我想了想，就到天桥底下找朵朵。跟她说是安全的，我与她不过萍水相逢，除了听她唱歌和闲聊几句便不再有交集。天桥底下没有了欧阳朵朵的身影，只有几个流浪汉蜷在角落里睡觉，我小心翼翼地走到他们身旁。"你好，我打听一个人，叫欧阳朵朵，之前在这里唱歌的那个女孩，你们见过她吗？"他们没听见似的，连瞧都不瞧我一眼，拉扯着黑乎乎的被子裹紧身子，散发出一股令人作呕的腐烂臭味。我顺着河堤寻去，遇到街头歌手就问，所有人都茫然地摇头。我跑到蛋糕店买了一堆面包和豆奶再次来到天桥底下，那几个流浪汉接过面包和豆奶，眼里并没有流露出半点感激，他们早就麻木了，这不由得使我感到失望。一个流浪汉瑟瑟缩缩地从角落里走过来，怀里抱着一只猫，那是欧阳朵朵的猫。"这么说，朵朵走了？"我伸手接过那只猫，流浪汉既不点头，也不摇头，回到角落里啃着面包。那只猫认出我来，扑到我的怀里，喵喵叫着，像在撒娇，又像在哭诉。朵朵在哪儿呢？为什么不辞而别？她以这种方式把猫托付给我？或许她出了什么事故？

　　我连忙找来这些天的晚报，翻到几起跳桥和车祸的消息，其中有一个人死了，其特征却与欧阳朵朵不符合。我仍然不放心，便给赵阳打电话，他是晚报记者，市里发生什么稀奇古怪的事，他都知道，而哪些事该报道，该怎么报道，他也知道。"老赵，这几天有没有无人认领的尸体，年轻的，女的？"我的语气有些急促和激动，似乎找不到欧阳朵朵，新疆招聘的事就与我无缘。"耳冬，别吓我，你这语气不对啊，前两天真有一具无人认领的尸体，因跳河而死，应该在人民医院停尸房。"我的心不由得一沉，当晚不由得失了眠。次日一大早，我赶到人民医院，工作人员不让我查看。我只好又求赵阳帮忙，他恰好在派出所采访，便帮我咨询在人民医院的那具无人认领的尸体的特征，我听后确认与欧阳朵朵不相符，悬着的心才放了下来。离开人民医院后，我和赵阳在路边的紫荆树下聊天，树上绽放着纯粹的粉红花朵，如同看得见的梦境。"耳冬，你是作家，你这表现不大妥吧？"赵阳说，"那具尸体不是你想找的，但有个女人死了，或许她和你找的人一样无家可归呢？"我愣住了，确实没考虑过这个问题，不由得倒吸一口冷气。

　　晚上，欧阳朵朵的猫在房子里不安地转来转去，偶尔趴在窗台上对着外边嘶叫，声音哀伤而凄惨，它是想念欧阳朵朵了吧。我带着它来到天桥底下，依然没见到欧阳朵朵，于是带着它在流浪汉出没的地方寻找，还是失望而归。我想让猫自己走，或许它知道欧阳朵朵在哪里。猫却看懂我心思似的，怎么也不愿走，它不想当流浪猫。走了大半夜，我饿了，便带猫到夜市喝酒。我给李燕打电话，关机，想必她又在加班——她加班总是关机，以免被杂事分心。我又在微信朋友圈里招呼：谁出来喝酒？应者寥寥，除了有几个半生不熟的人开玩笑地回应外，没有一个人到场。我不由得对自己苦笑，在龙城混了这么些年，居然没混上一个能随叫随到的朋友。自己不仅位卑言轻，而且不擅长结交朋友，于是只好一个人喝闷酒，才喝两瓶啤酒就头晕目眩了。我给猫丢了条秋刀鱼，它趴在椅子上吃得欢。

4

离开夜市时，已是凌晨，过往的车辆不多，行人更是寥寥。我抱着猫往回走，来到文昌桥上，头顶悬着月亮，湿润的夜风拂面而来，我没来由地打了个冷战。我把猫放到桥面上，它在上面胡乱奔跑，没一会儿又贴住我的脚，如同往日贴在朵朵脚旁，生怕我也把它抛弃了吧。我想逗猫玩，不想让它贴住脚，便爬上桥栏坐着，双脚悬在桥外，竟涌起久违的失重感，干脆坐在那里看风景。对面是文庙，那里时常举办活动，尤其是开学季，许多龙城学子都去那里拜祭，以求孔夫子赐教悟慧。从文庙往北走数百米是蟠龙山，山顶建有两座古塔，在月色下影影绰绰，散发着庄严感和神秘感。据说，以前山顶只建有一座塔，另一座塔是因文昌桥而建，传说是桥无法合龙，便在对面山顶建塔以镇妖。我从不相信这种没有科学依据的传说，此刻无端想起，不由得仰头对着苍穹苦笑。我和李燕爬过那座山，相比于那些雄山大水，低矮的蟠龙山实在不起眼，但龙城人却对蟠龙山有着深厚的感情。半山腰上建有王氏书房，史料记载，数百年前，性情古怪的王氏兄弟俩隐姓埋名，在此埋头耕读立著，成为龙城一段长盛不衰的传说。

"耳冬，我承认，人是孤独的。孤独像人的求生本能，像被禁锢的快感，像理解这个世界的方式，我从来都是一个执意孤独的人，这种孤独像是一种召唤，一种自我升华。这像是白痴说的话，却是我的真心话，相信你偶尔也会有这种感受。"李燕说。

古塔下的石椅，坐的人多了，变得油光滑亮。有几只蚂蚁在石椅上边攀爬，我用力把蚂蚁吹掉，装着绅士的模样让她坐下。视线里夕阳西下、晚霞满天，她脸上神情肃穆，陷在远去的往事里。我在认识她大半年后才发觉她具有极强的文字功底，不由得对她高看了几眼。那天我们下班后去爬蟠龙山，爬到塔下感到累就坐下来休息。"按顺时针绕古塔走七圈。"她歇好了，微微仰着头说。"为什么？"我不明白这是什么道理。她却没有再作解释，径直按顺时针绕着古塔走，我连忙跟着她走。那之后，无论在哪儿遇到古塔，我都下意识地按顺时针绕塔走七圈。这是某种文化的心理暗示，至少在我的身上起了作用。在开始写作之后，我时常留意那些在乡村里流传的现象，比如发生旱灾时求雨，发生古怪事件时驱妖，闹瘟疫时建塔，等等，这些土里土气又习以为常的活动，带有强烈的神秘色彩，看起来离奇荒诞，却在不经意间深植心底，是潜意识中对传统的敬畏，也是一种心理需求和文化的物化吧。

"有人跳桥！"

有几个人站在几米开外，他们正用手机偷拍，把我当成寻短见的人，我向他们挥手示意说没事。他们看不懂我的手势，没有离去，也不敢向前走来，站在那里等着什么。我不再理会他们，把目光投向河面，流水把皎洁的月光揉碎，散出一片片的轻柔，多年前也是如此吧，岁月更替，流水依然。少祖母和大伯父早已魂归尘土，此时我用心智与他们交流，不知他们能否感受得到。朵朵的猫也往桥外望去，不知它看到了什么。

这时有一辆消防车开来，在不远处停下，几个戴头盔穿橘黄色衣服的消防员赶来，他们脸色焦急却压住脚步——他们也把我当成欲跳桥寻短见的人了。我想收住脚往桥里跳，却觉得这样做有些尴尬。

"大哥，不要想不开，有什么事，有什么诉求，跟我们说说，大家都是男人，是吧？没什么大不了的，谁没遇到过坎坷呢？咬咬牙迈过去了，就好了。"一个消防员在劝我。消防员年纪不大，二十来岁的模样，这几个消防员看起来都是这个年纪。虽然这番话对我来说意义不大，但是我理解他，甚至佩服他，在他这个年纪我还不如他呢。我知道他意在分散我的注意力，另外几个消防员随时会扑过来，这桥段早被电影演烂了。我想，要是真的往下跳，那应该是自由的飞翔吧，落水时应该像个跳水运动员吧，这想法使我对着天空晃了晃脑袋。我稍稍分神，腰就被一双粗壮的大手紧紧抱住，接着又过来两双手，身上立即被三双坚硬有力的大手缠着，就是想往下跳都来不及。他们把我拖到桥面，见我情绪平稳，并不手舞足蹈大呼小叫，脸上还露出些许意外的笑意，他们依然小心地把我扶向消防车。"我的猫。"那只猫被吓得跑远了，躲在阴暗处巴着眼望来。我过去抱起它坐上消防车，他们把我送到住处，确认我没事才离开。

半夜，门外传来嘭嘭嘭的敲门声。很少有人来我家里做客，半夜三更就更不用说了。我以为有人认错了门，躺在床上不加理会，岂料敲门声响个不停，使我无法再入睡。我极不耐烦地爬起来去开门，看到李燕哭丧着脸站在门外，手里拿着牛皮纸做的资料袋，想必刚从公司加班出来。

"你再不开门，我就要报警了。"李燕猛地推开我搁在门把上的手，没等我邀请就硬闯进来，也不担心我房间里住着别的女人。"我太了解你了，一般女人看不上你，而你也看不上一般女人。"她走进房间，四处张望，她头一回来这里，需要好好打量。房间布置得很简陋，两个塞满文学和哲学书的立柜，摆放手提电脑的写字桌，军绿色的折叠沙发，还有一张吃饭用的桌子和几把脱了漆的椅子，最起眼的要数冰箱，那是房东留下的物件，剩下的就是凌乱地堆在沙发上的衣物。"的确是标准的狗窝，不像有女人住过。"她的脸色稍稍缓和，用手把沙发上的衣物挪到旁边，重重地坐了下去，又猛地弹起来，原来是坐到了一支笔，她拿起笔才重新小心地坐下去。

"这么晚了，怎么跑这里来，还哭丧着脸，你男朋友欺负你了？"我开玩笑，把沙发上的衣物抓起来，胡乱地塞到旁边的纸箱里。

"怕你自杀呗，我在这个城市没什么朋友，不想连你这样的朋友也失去。"她瞅了瞅我说，"可你的状态不像有事的人，反倒我像是有事的人，真是跑到你这来当傻大姐了，你是不是想走网红路线？"

我盯着她看，摇了摇头。"你看看这个。"她拿出手机打开视频递给我，还意味深长地瞟了我两眼。视频是我坐在桥栏上的画面，从拍摄者的角度看，我坐在那里的确像一个因绝望而寻短见的人，标题"作家写不出传世之作而自杀"。这太有意思了。我想笑出来，又立刻把笑意压下去，想着她担心我自杀，大半夜还跑来看我，心底不由得漫过一股暖流。

"居然有人认识我，知道我是写作的。"我故作轻松地说。

"这城市才多大呀，现在网络又那么发达，你就是躲在厕所里都能被人定位。"她仰靠在沙发上，脸上的沮丧消失了，换成了倦容。她确信我不会自杀了，但她没问我为什么那样做，真是傻得可爱。视频下有上百条评论，大致分两种意见：一种说写不出好作品的作家应该趁早去死，世上就少一些令人作呕的文章，净化读者的眼睛和心灵，也算是为人间做贡献；另一种说人间正道是沧桑，通天大道万万千，写不出好作品也没必要寻短见，就算是摆地摊卖红薯也能活下去，活着才是根本和希望，活着本身就是最好的作品。

"这些网友也太有才了，我只是在逗着猫玩，没别的事啦。"我还是忍不住向她解释。我抬眼去找猫，它缩在房间门口，胆怯地露出脑袋。李燕也看到了那只猫。"你这理由也太假了，就算是吧，问题是这话你信吗？"李燕伸了一下腰，把胸脯挺起来。"见到你这个状态，我又有些不放心了，你这是不是传说中的回光返照？"

我微笑着没有回答，不知该如何回答，干脆不回答了，因为时间、地点和人物所构成的视频场景，与以往所发生的跳桥场面没什么两样，再者说这座城市里每年都有人跳桥，跳桥的原因各式各样，有被离婚伤害的，有欠债无法偿还的，有吸毒犯病的，等等，不一而足，甚至有的只是发酒疯。他们从不同的生活角落里走来，最终陷入同一种绝望的泥潭里。他们一定也知道纵身一跃，顶多激起几朵浪花，很快就会消失不见，一切都会重归平静，生死了无痕迹，只剩下悠悠河水继续流淌。但是，他们依然选择跳下去，跳入那虚无中。

"放心吧，我没有勇气自杀，就是苟活我也愿意。"我点燃烟，深深地吸着。李燕瞅我一眼，眼里现出一丝不满，也从烟盒里抽出一支叼着，点燃，吸着，仰起脸吐出来，烟雾在脸上弥散开去，动作自然、纯熟而连贯，无疑她抽过烟。在五星街附近时常看到抽烟的女孩子，我觉得挺有意思，有一天特意作了记录，结果发现抽烟的女孩比男孩多，这让我想起外地人谈起对龙城人的印象：大女人小男人。但见到李燕抽烟，我还是头一遭，不免感到些许惊讶。

"没想到吧，很多东西即使亲眼看见，那也不一定是真实的，比如你的视频。"她慢慢悠悠地往空中吐烟，烟雾再次模糊了她的面容，"我相信那些留言，其实就是他们生活的真实投影。"

"是这个理。"我掐灭手中的烟蒂，"我想去新疆。"

她一怔，歪着脑袋直勾勾地盯着我，想从我的脸上鉴别出真伪，我便把招聘信息发到她手机上。

"看来你真打算去新疆。"她看完信息抬起头盯着我，"为什么想到去新疆？"我又点起一支烟说："我有个朋友叫玲玲，以前也是写作的，嫁给富商移民国外，已好些年没联系了，她有句话说得很对，她说人没有了追求就像在等死，我还不想就这么死。"

她脸上现出一丝迷茫和忧伤，前不久她脸上也曾现出这种神情。那天傍晚，我们爬到马鞍山顶——马鞍山是运动的好去处，既能得到锻炼又得以看风景，从山顶上可以望见大半座龙城。李燕对龙城不感兴趣，目光落在穿城而过的柳江上。那条河源自数百里外的贵州，悠悠漾漾，到了秋季更是清澈迷人，某位领导见到这条河时都赞叹，并说了一句让龙城人引以为傲的话：山清水秀地干净。"知道这条河为什么这么清澈吗？"她呆呆地望着不远处的河流，河面在夕阳下闪着金光，如同被揉碎的梦境，她没感到兴奋，反而现出忧伤。"你到柳江的上游看过吗？那里封山育林，没有工业，这原本是好事的，对吧？"我说："当然是好事，保护生态环境嘛。""但是，那靠山吃山的农民怎么办呢？"我笑了笑，不答，觉得这样的问题没办法说清。她不再争辩，脸上的忧伤神情更浓了。我第一次见她如此，内心柔软而忧伤，充满慈悲。

"说说你吧。"我把话题抛给她。

"怎么说呢，从小我就知道自己不是母亲所期望的那样：当一个乖巧听话的小女孩，在家听父母的，在学校听老师的，争当好学生，学会规规矩矩，活出个淑女模样，长大嫁人当个贤妻良母。这些我都清楚的，但是我从来都做不到，连假装都不愿意，我这性子天生是野性的、暴烈的，从来都是睁着眼睛看世界。随着年龄增长，我的白日梦越发强烈，竟然想当一个作家，写自己渴望和向往的生活，写愿意与自己交流交心的人，无论是男人还是女人，他们都是真实的，有血有肉的，远比在我面前晃来晃去的人真实。你是作家你感受更深吧，在你面前出没的人你觉得谁真实？"她停了停说，"我现在明白梦只是梦而已，可是就算找到路也不愿回去，八年来我没回过一次家。"

"我能理解你，无论哪种生活，都是自己的选择，只要忠于内心就是对的。"我安慰她说。我能感受到她身上有股野蛮生长的劲，当年我和玲玲的身上也有那样一股劲，促使我们努力成为想象中的自己。我想这世间的人之所以不同，大概是因为身上的那股劲在生活面前发生的变数吧。

那天晚上，我和李燕越聊越来精神，似乎没聊多久天就亮了，阳台正对着东面，远处天际的云朵率先变亮，从灰白变成银白再到橘子红，太阳就要冒出脸来了，视线里的建筑和蟠龙山上的双塔都渐渐明晰起来。

5

赵阳在单位门口堵住我，并且上上下下地打量我，双手还用力地抓着我的两只胳膊。"你还挺正常的嘛，害得我一大早就来这等你。"我这才醒悟过来是视频惹的祸，还没等我解释，他已挥挥手离开了。关于我"跳桥"的视频当天晚上就四处流传，也传到单位群里了。我走进办公室，同事们小心翼翼地问我出了什么事，生怕稍不小心就会刺激到我。我不知该怎么回答，告诉他们我在逗着猫玩？连李燕都不信，何况单位里的同事呢？"戈壁滩诱惑。"我脱口而出。他们脸上现出似是而非的惊讶表情。"作家就是不一样，佩服。"我不想猜他们的表情和话语是真是假，没什么意思，还不如一杯白开水来得实在，倒是为自己脱口而出的回答感到错愕，这个回答出乎意料。单位里主管刊物的副主席找我谈话，她是个办事规矩而严谨的中年女人，谈起工作来一丝不苟。

"耳冬，今天约你谈话呢，是关于你的视频，现在传到网上，点击量超过一万，还可能往上涨，在网上闹得沸沸扬扬。"副主席开门见山地说，脸上带着分辨不出真伪的笑容。

"陈副，这是个误会，并不是网上传的那样。"我连忙解释，竟感到心虚。

"我相信你，这是个误会，你是市里著名的作家，思想认识肯定有的，也是相当过硬的，只是这个误会给你本人和单位带来一些影响，我们需要找到症结消除它。"陈副主席开启了说教模式，我越听心里越堵得慌，不愿再解释了。"这些年你表现得很好，很优秀，写了许多优秀作品，给我们单位带来了荣誉。我知道你创作不容易，需要有别于普通人的思维，艺术家的行为总是不按常理出牌的，这个我能理解，对吧？可话说回来，你在这里上班，就要维护这个集体，我们不仅是个体，更是这个整体的一部分，对不对？"我感到心浮气躁，强压着没发作，也往脸上挤出微笑，想必比哭还难看吧。"我不是说你做错了什么，只是提醒你这样对你不好，你是市里著名的青年作家，是我们树立起来的旗帜，大家都在看着你，也在看着你背后的单位。我知道这只是个误会，像网红啊，假装自杀啊，以此博取网民的眼球，那不是你的性格，对吧？我是了解你的，向来都对工作认真负责，又有专长，你负责的刊物，在市里、区里都得到表扬……"

"陈副，我就是喝了酒，拖累了单位，我认识到了错误，以后再也不干这种事了。"我感到胸口越来越闷，似乎快要爆炸，便不礼貌地打断她。

"我就知道你喝了酒，不然不会做出这种令人难以理解的事，不过嘛，酒后发生的事也是事，这和酒驾是一个样的，不是说喝酒了就可以犯错误，就可以乱来，那都是不行的，你要时刻铭记……"

"陈副，我肚子不舒服，能不能去一下洗手间？"我打断了她的话。

"这些你都要记住了，你就休几天假吧，要加强学习，每天都要学，争当优秀，我再问一个问题，应该有某种冲动或者说诱惑，对吧？"她始终微笑着看我，似乎我再怎么不礼貌，也无法抹掉她脸上的笑意。

"戈壁滩诱惑！"

我再次脱口而出，她不由得怔了怔，我也怔了怔，没想过要这样对领导说话，多么有失礼貌和教养。副主席脸上的微笑像撕掉纸张般消失，接着又像贴上纸张般展露出来，她脸上的笑意进退自如恰到好处，最后热情而礼貌地目送我走出门。我噔噔噔地跑过走道，不是故意把脚步声弄得很响，而是运动鞋与地板摩擦而起的声响。办公室里的同事都纷纷投来探究的目光。我知道他们都在想什么，但我没有理会他们，跑到卫生间嘭地关上门，才长长地舒出一口气。

"白露，我这几天休假。"

"好呀，太好了，你马上准备，半个小时后我来接你，你在工贸前边等我吧。"我的话还没说完，白露已经给我下了指令，似乎整天无所事事只等着我的电话。

半个小时后我坐上白露的车，迪克坐在后排，它身材粗壮，毛发滑亮，它已认不出我，警惕地盯着我，似乎只要我对它主人有什么举动，它就随时扑过来把我撕碎。"你没事吧，我看了你的视频，到底又在闹哪样？"车出了市区，路面变得空旷起来，白露才提起那个视频。"我没事，别人误会了，真是经历过才知道，有些事亲眼看到，也未必是真相。"白露的嘴角浮起一丝微笑，她没有往下追问，而是谈起她读到的诗歌来。我们几乎谈了三个小时的诗歌，然后在一处山坳停车，那里是一片杂木林，树梢上出没着鸟禽。我们还是犯难了，哪有猎物可狩呢，像猎人那样钻进树丛吗？

"让迪克钻吧，让它去捕猎，猎狗天生能嗅到猎物的。"我拍拍迪克的脑袋。见我和白露很友好，它也便跟我友好起来。"迪克，冲！"

白露做出一个往树丛里冲的手势，迪克怔怔地看着她，又怔怔地看着树丛，使劲地摇着尾巴，站在原地不动，它对面前那片茂密的树林感到胆怯。白露用手推着它，但它就是扎在那里不动，还伸着脑袋逗着白露，以为白露在跟它闹着玩。白露不由得感到失望，拿出一块面包丢到树丛里，迪克立即往树丛里钻去，很快找到那块面包然后叼回来，得意扬扬地递给白露。

"这怎么行呢？"白露生气地抓起狗嘴里的面包往树丛里丢，迪克再次钻进树丛里把面包叼出来。"要不我们去弄几只活鸡来？"我说。"好，上车。"我们坐上车往前开，迪克显得很兴奋，以为叼了两回面包立了功，直到发现我们不理睬它才老实地趴着。我们看到路旁有户人家，白露便跟主人家买鸡，生怕主人家不卖，给了五百块买两只。白露拿着其中一只鸡往树丛里一丢，迪克立即往树丛里钻去，汪汪的叫声从树丛里传来。迪克好半天才钻出来，嘴里却没有叼着鸡，反而满脸灰土，低垂着尾巴小跑过来。

"没出息！"白露骂着，她晃了晃另一只鸡，"看好啦！"

她把那只鸡也往树丛里扔，那只粗壮的公鸡在空中飞行了一段距离才落到树丛中。迪克又汪汪叫喊着往树丛里钻去，所到之处把树枝撞得摇摇晃晃，结果迪克还是空手而归，眼皮还被戳破了，流着血。白露生气地拿起木条打了它一下，它自知做错事不敢吱声，夹着尾巴耷拉着脑袋任由木条落在身上。白露不由得心疼，把迪克搂在怀里，用纸巾给它擦拭伤口。

"两位老板，你们是在驯狗，对吧？这条狗面相真是好呀，可惜没受过苦啊，成不了猎犬啦。以前也有人和你们这样驯狗，都不行啊，钻树林打猎是山里狗的事，跟城里狗的命不同啊。人有命，狗也有命，这条狗是好命啊，吃得好住得好。"主人家站在家门口怔怔地看着，手里捏着五百块钱，当明白我们在干什么后，微笑着走过来把钱递给白露。"这钱拿回去吧，那两只鸡晚上知道回来的，我不能白要钱。"白露把手缩回背后，像钱会咬她似的。"大爷你就收下吧，白老板不差这点钱。"我连忙劝着主人家，生怕白露更加难过，退钱相当于再次否定了迪克。主人家只好把钱收回去，直到我们驾车离开，他还呆呆地站在路旁。

"迪克成不了猎狗了。"白露失落而沮丧地说，她泪汪汪的，眼泪都快溢出来了。这原本是在预料之中的事，之前我们讨论过这个问题，而当真相到来时，她还是难以接受。"这对迪克来说，未尝不是一件好事，它遇到了你，过着富足的生活，还有什么不好呢？"我安慰她。她两眼狠狠地瞪着我，说："你在嘲讽我，说我和迪克一样，靠着别人的钱过日子，是吧？这不怪你，我想得到的，我只是不愿意相信。迪克原本是多好的一条猎狗，现在连两只鸡都抓不住，连野性都没了。而我呢，也失去了最为宝贵的东西。"我说："白露，你太敏感了，拥有富足的生活这是好事，你看我，我现在还想着怎么应聘去新疆呢。"她又白了我一眼说："你去新疆干什么？"我说："那边在招聘，要是能去的话，待遇比这里好很多，只是路途的确太遥远，也是因为遥远才有这般待遇。"她陷入了沉默，迪克趴在后座上也沉默着。

"耳冬，我准备离婚。"

我猛地踩住刹车，白露差点撞到额头。"你说什么？我警告你啊白露，我是过来人，离婚可不是你想的那样，这婚不是说离就离的，你可不要老把离婚离婚挂在嘴上啊。"白露重重地把身子靠在座椅上，扯下挡光板挡住迎面照来的阳光。"这事我想了很久了，不是心血来潮，特别是今天看着迪克那个样子，再想想自己，再这样下去这辈子不就完了吗？像迪克，怎么说来着，反正它听不懂，它现在已经不是狗了，只是宠物而已。"她又把墨镜戴起来，遮住大半边脸，"同理，我也不是人了，只是一个生活的宠物而已。人就这么一辈子，总得为自己活一回。"我启动车往前开，窗外的田野、溪流和树木次第后退。"话不能这么说，这是两码事，不能这么类比的，再说了你老公同意吗？"

白露又陷入了沉默，我也不好再问，连迪克都能感受到这种压抑，也不敢喘粗气，只有音响里传来歌曲《神话》的声音。她的手机响了，掏出来一看，脸上的阴郁一扫而光。"喂，石磊呀，好的，我一个小时后到。"她挂了电话后，脸上变得笑盈盈的，我的心情也瞬间变好。

6

李燕过生日的那天晚上，邀约我到她的住处吃饭。她和室友合租一套两居室，我见过她室友，是一个贵州姑娘，喜欢说话，特别爱笑，没说两句话就笑了，也不知道她哪来那么多开心的情绪。这天她室友不在，请假回贵州结婚了，半个月后才回来。我从小就没过过生日，到了生日那天，母亲只是多炒一个菜，淡淡地说又一岁啦，从来没有什么仪式。吃蛋糕吹蜡烛送礼物，只是在电影里看到，所以我对此没有多少概念。我前妻曾经为此发火："你连我生日都记不住，你还能干点什么？"那回她从超市提着一堆食物回家，我不明就里还调侃着说："世界末日到了吗？要囤积这么多粮食。"她像一只气球被我无意戳破，便把手中那堆食物摔在地上，还不解气，又用脚猛踩，我从没见过她如此像个泼妇，这不符合她那娇小玲珑的形象啊。我不由得感到莫名其妙，怔在那里不知所措。那天晚上她不做饭，也不吃我做的饭，直到次日我才明白她为何生气，于是特意去给她买了件新衣服，她半推半就把衣服试穿到身上。"你看看，也不搭我这裤子啊。"她这么说我就知道此事翻篇了，但是我们最后还是分道扬镳。所以，我此次赴约有些不安，不知该送李燕什么礼物合适，想了想就到书店找两本书，她喜欢看书这我知道。我从书架上抽下两本书，到收银台我才暗自吃惊，这两本书都是新疆作家所写，一本是刘亮程的《一个人的村庄》，一本是李娟的《我的阿勒泰》，看来这段时间的努力已在我潜意识里扎了根。

李燕住在银行宿舍区，起初她住在六楼，每天蹭邻居家的无线网络，后来人家发现后，不停地更换密码她就蹭不到了。她就搬到二楼，楼下有一家面包店，是两个年轻人开的，她到那里买面包，装作手机没信号付不了款，问人家要网络密码，从此她和室友就一直蹭面包店的网络。我走过面包店时店铺还开门，于是顺便订了一箱牛奶，存留在店里随时来取。"生日快乐！"我把两本书送给李燕，又把领取牛奶的单子给她，"今天借你的运气抽奖得的，随时可以去取。"她接过书看了看封面，拿到嘴边亲吻了一下。"我喜欢这两位作家的书，他们的书有着遥远而又亲近的气息，李娟那样的太难得了。"她把书放在床头的小架子上，那里已有一摞书，《忏悔录》《复活》《活着》《罪与罚》等。她歪着脑袋看了看我，才把牛奶领取单放到钱夹里，她似乎看出了我的伎俩，但没有点破，真是个善解人意的女孩。沙发上搁着一幅新疆地图，用画笔标着沙漠和戈壁滩的位置，还把赛里木湖画了一圈，并在旁边写着：大西洋最后一滴眼泪。

"李燕，你也研究起新疆来了？"我拿起地图晃了晃。

"是啊，那地方真不错，有沙漠、戈壁滩和赛里木湖，那里有羊群和舞蹈，广袤的天际和飞翔的苍鹰。"她仰着头微笑地说，眼里流露出些许失落。"可惜我不够资格，连大学证书都没有。"

"理想与现实总是有很大的差距的，很多时候我们喜欢电影，喜欢小说，喜欢把远方看成理想之地，即使抵达了，往往也令人失望。"我安慰她，今天是她生日，不想她难过。但这些天我不停地研究广袤的新疆大地，想象着在笔直的乡间公路上驾车飞奔，路两旁伫立着白杨树，从树下往远处延伸而去的是金黄的麦地——我想象的场景比电影镜头里的更令人神往和心醉。玲玲在移民前去过新疆，她躺在苍茫大地上，烈日当空，一切都明晃晃的，她感受到在大漠里，人是那么渺小，如同脚下的一粒尘埃，于广袤的大漠来说，生死似乎失去了重量。这个已成为法国女人的玲玲是否还记得大漠呢？当时她跟我讲起大漠时感慨："你一定要去大漠看看，在那里你才能真正感受得到生命的轻重。"我现在正努力寻找通往新疆之路，遥远的戈壁滩在招手。我忽然醒悟，之所以对新疆越来越神往，应该与出现在我生活里的所有人都有关吧，比如前妻，比如玲玲，比如李燕，还比如我未曾谋面的祖父和少祖母，是他们的存在促成我现在这副模样，我并不只是我自己啊。

我们边吃边聊，生日宴没有蛋糕，也不吹蜡烛——之前我给她打电话她不让买，她只做了三个菜——一盘鸡肉、一条鲤鱼和一个青菜汤，还有一盘买的花生米，酒倒是好酒。"这是室友从她老家带来的，今晚我们就整这瓶。"她不禁往室友的房间看了看，因喝酒变红的眼里充满着羡慕和渴望，"她比我还小一岁呢，都结婚了，我到现在都还没有男朋友。"我们还没喝完那瓶酒，她舌头就有点僵硬，话也多了起来。

"耳冬，你不知道，以前我把所能找到的书全读了。你说我没上大学成不了作家是吧，那个没关系，很多作家文凭都不高，你看看沈从文，多厉害的作家啊，写出《边城》那样的作品，我读着都觉得自己是小说里的翠翠。你看看那个余华，起初不也只是江南小镇的牙医吗，是吧？但是我成不了作家，我得先养活自己，是吧？所以我就放下了这个梦想，好好活着才是我最迫切的梦想。你喜欢读书，你写过许多小说，你的小说我都读过，我喜欢你小说里的那股气，总让我想起那些山梁和山谷，那里飘着雨呀刮着风呀，那里还有你所看到的人生。我相信你是能理解我的，对吧？很多时候我就是在文字里找到归宿，那种在世俗里所找不到的温暖的归宿，还找到在这逃避路上的安全感。"

我傻笑，不语，默默地看着她，她的脸蛋红彤彤的，像挂在西北大地上的苹果，还飘着沁人肺腑的香气。

"我母亲讨厌我这个样子，她的恨意来自我父亲。我父亲就是因为喜欢文学而落魄了一辈子，我知道他的内心世界任谁也无法摧毁，比谁都强大。我母亲老早就看出我的性情。这能怪谁呢，谁叫我是我父亲的女儿，身上淌着他的精气。我母亲不想她女儿重蹈她丈夫的覆辙，把生活过得悲悲戚戚。小时候，母亲对我很严厉，只要发现我偷看文学书，便毫无商量余地地夺过去，当着我的面把书丢到炉灶里。那种时候父亲从来都不敢吱声，那种时候我才发现他也有软肋，也会被别人轻而易举地击垮，那就是他妻子对他的不屑与轻蔑，那种时候父亲是这个世界上最可怜的人呀。这样两个说不到一块儿的人怎么会在一起呢？直到现在他们还在一起生活，依然睡在同一张床上啊，这真是个奇迹！"

"你是因为这个不回去？"我心虚地问。不禁想起与前妻之间的矛盾，继而发现自己和李燕父亲有着相同的境遇，在世俗底层渴望着精神生活，使这原本就充满悖论的生活更加难以调和，所不同的是她父母还生活在一起。

"起初我去的是深圳，后来才来到龙城，在这里生活了几年，一直没有回去，好像找不到回去的理由。他们并没有错，我不怪他们，问题出在我身上，无论父亲出于何种考虑，在我心里他都是一个逃兵。"李燕说。

"李燕，今天是你生日，开心一些啊。"我劝她。她抬头看着我，眼里有一丝火焰在燃烧。"可是，我难过的是，我成不了作家呀，现在回想起来，无论他们做什么都是对的，他们在用自己的生命经验给予我教训，而我不当回事，我对不住他们。"她说着说着，眼角淌下两行泪水，我抽出纸巾帮她擦。"你想念他们就回去看看他们，这比什么都好。"她又抬头看了看我，眼里的火焰渐渐地舒展开来，变成天边被夕阳染红的云朵。"因为我的任性伤害了他们，就怕再也回不去了。"她低声抽泣起来。我连忙把她搂在怀里，她的抽泣慢慢地变成号啕，如同迷路的孩子找到了回家的路。她的哭声像一群惊慌失措的鸟扑棱扑棱飞出窗外，我生怕会打扰到邻居，但我任由她放声大哭，她太需要大哭一场了。此时外边已没有什么声响，偶尔驶过的汽车也如同疲惫的青蛙，楼底的面包店也关了门，剩下道路两旁的榕树在街灯下静默着，树下没有东张西望的流浪狗。

那个夜晚我们睡在一起，她紧紧地抱着我，如同掉在大海里而随波逐流，忽然间抓到一根漂浮的木头。我也情不自禁做出反应，热烈地亲吻和爱抚她。在窗外漏进来的昏暗的灯光下，在她那张咯吱作响的单人床上，我们做爱了。这个时候我觉得报考新疆是多么正确的事，那里有我的梦，也有李燕的梦，还有我父亲和她父亲从来不愿示人的梦，这些梦重叠起来使我和她陷入了销魂时刻。我恍惚看见在故乡山坡上站着无数人影，他们在摇着旗帜，像是在庆祝胜利，又像在召唤迷路的灵魂。我又恍惚看到一头老黄牛突然倒地，从老黄牛尸体上长出一棵有脚的杉木，杉木在人们的注视中跑到对面山坡上站立，它身后瞬间长出一片郁郁葱葱的森林，烈日当空，忽然面前呈现出纯净而洁白的雪地。当潮水渐渐退却，一切静默下来后，我们在酒精的麻醉下进入沉睡中。

半夜里，我猛地醒来，竟然不知道自己在什么地方。我盯着昏暗的天花板，又看着窗帘在外边街灯的照映下晃动的影子，才明白我跟李燕睡在她的小床上。她现在安详地睡在我身旁，发出轻微而均匀的呼吸声，她应该在梦里梦见她的父母了吧。酒意消退了，我也清醒过来，明白昨晚我们处于一种精神的震颤状态，在酒精的作用下以性欲来抵抗内心的空虚，是遥远的梦境唤醒我们强烈的性欲。我不知怎么的还想起《茶花女》那本书，那是我最初读到的外国作品，那时我已年满十七岁，那时我才发现在课本之外存在着浩如烟海的书籍，根本读不完。我忘不了茶花女最后的选择，她为了不拖累心上人而选择离开，造成心上人对她的误会而报复她，直到她身患重病死去，她心上人才明白过来是怎么回事。这个沦落风尘的女子的形象，在我的记忆里一直都洁净如霞，每当写作时我都渴望写出那样动人的故事，能够把一个人的纯净而美好的灵魂写出来，哪怕他身处肮脏而分裂的人世间。我默默地看着身旁的女孩，忍不住轻抚她的脸庞，轻柔而光滑，她的鼻翼在微微翕动，这就是一个纯洁的灵魂啊。我就那样看着她，再一次睡着了。

清晨的阳光照进窗口，我们都醒了过来，我躺在那里看着她的脸，酒意已经退去，我们都很清醒。她对我微笑着，母亲也时常这般对父亲微笑，我忽然想起了什么，从脖子上取下玉佩，轻轻地挂到她的脖子上。"这是我祖父送给我少祖母的，我祖母在临死前才把它送给我，现在我把它送给你。"她爱抚着那块玉佩，明白是什么意思，紧紧地咬着下嘴唇，几颗豆大的泪珠从眼角滚落下来。我轻轻地把她揽在怀里，犹如漂在水面的脚，终于踩住了岩石般踏实。窗外的嘈杂声越来越响，我们才恋恋不舍地起床。

7

我和李燕开始认真地规划未来，她隔三岔五地来到我们单位，大大方方地跟我的同事打招呼，我也乐于带她跟朋友们聚餐，无疑高调地向人们宣告我们恋爱了。我喜欢那样的日子，它使我对未来充满期待。现在，我们商量着结婚，首先得办结婚证，虽然只是多一张纸，但能让我们找到安全感。唯一的障碍来自她的父母，她鼓起勇气给她父母打电话，打过几次，他们的态度始终如———不让她远嫁，万一以后我对她不好，他们想帮她都鞭长莫及。当听说我们结婚后要到新疆去发展，他们更加担忧，说要是在新疆发生什么事，恐怕连去给她收尸都成问题。

"你要对我们有信心，找时间回去跟父母好好说，消除他们的顾虑就行。"我鼓励她，给她打气，不想她打退堂鼓。我想我和她结婚了，就符合全家搬迁的条件，到新疆就能拥有自己的房子。"嗯，得智取威虎山。"李燕微笑地看着我，眼神有些闪烁，这使我内心掠过一丝凉意。我能理解她的感受，我是离过婚的人，曾在神灵面前对一个女人许下爱到海枯石烂的誓言，结果没过几年就各奔东西，现在再说这些话已然没有可信度。诚然，还有另一种可能，就是李燕厌倦我们的生活了，渴望离开我去追逐她的人生了，那么到时候我是极力挽留她，还是放手让她离开？

现在，白露就遇到了这个问题。她丈夫王建国结过一次婚，因他前妻出轨被抓奸在床而离婚。当白露跟王建国提出离婚时，王建国没有同意。"你以为离婚是闹着玩的？你以为我给你的只是物质的东西？你以为这个世界能离开这种物质？你以为这个世界真的有不关乎物质的爱情？"王建国列出的拒绝离婚的理由，使她对他更加鄙视和厌恶，他们的身体和思想已不在同一个世界。"你不知道，我已经厌倦跟他上床，看到他脱掉衣服的身体真心觉得恶心，怎么还能有性行为呢？"白露在一次酒后说。她觉得她与丈夫的世界相去甚远，她渴望丈夫全身心地爱自己，无论是身体还是灵魂。我既没劝她离，也没劝她不离，人生没有公式，重要的是看你想要什么，当你选择一种生活，必定会失去另一种生活。"我找到对的人了，我和石磊在一起是那么开心快乐，身心都是放松的，从未有过的轻松。这是我长久以来所渴望的，我不想错过他，不然要等到下辈子，但谁知道会不会有下辈子呢？这事我都跟王建国摊牌了，他还是不放手，他到底想干吗？"我的确不明白她丈夫想干什么。"他说不会离婚，任我做什么都可以，只要不过分就行。这混账到底要干吗？这混账还要不要脸啊？"我想提醒她再这么下去，所有的脸面都会被撕碎，对于双方来说都是如此，但是我还是忍着没说出来。"我和石磊商量好了，去深圳，或者去上海也行，反正要离开龙城，过上我们想要的生活，到时候再回来办离婚手续。"从她的眼里可以看出她此言非虚，我不由得为她担心起来。"白露，你可要考虑好了啊，这可不是小事，作为老乡也好，作为朋友也好，我没办法叫你离或者不离，我只能劝你三思。"她不满地对我翻起白眼，眼眶几乎是白的。"还说我呢，你不是离过吗？现在不也过得挺好，还找到了新欢。"我被她将了一军，哑口无言，她扭着美好的身段走向停车场，她的黑色豪车停在那里。

不久后，她和石磊相约去上海，于她来说相当于私奔，他们订的是晚上九点的车票。那天她早早就来到车站，但石磊一直没有出现，她打他电话也没人接，后来再打时关了机。她担心他出什么事，给我打电话叫我去他店里看，我这才知道她并非说说而已。我去过石磊店里，那家店专门经营音响器材。是白露介绍我们认识的。他长相一般，身体甚至有些发福，看起来精气神不是很足，白露到底看上他哪里呢？或许真挚的爱情能弥补吧。我不由得自我嘲笑，想：一个离婚的中年男人，有什么资格去嘲笑别人的爱情呢？我去过两回石磊经营的门店，有一回他和他妻子正围着茶几吃饭。他妻子长相一般，略显肥胖，给人一种踏实感。现在，店面关了，门板上贴着"门面急转"几个大字。我找不到石磊，只好去车站，生怕白露做出什么事来。

白露在车站焦急地等待，目光一刻不离地盯着进站口，连尿急了都不敢上洗手间。当她看到我出现在进站口，整个人便瘫坐在椅子上，明白石磊不会出现了。"他所说的那些情话都是骗人的，这男人怎么没一个值得信任的啊，你也不能，你能的话也不会离婚了。"石磊没来，她把气撒到我头上。我没跟她计较，拉着她的行李箱往车站外走，她耷拉着脑袋跟在我身后。我们来到一家小酒馆喝酒。她喝得很猛，把酒当成石磊，恨不得把他喝掉。她没喝几杯就满脸通红，话也越来越粗，我没有反驳她。那天白露喝醉了，我给她丈夫打电话，她丈夫开车来把她接走。他见到白露趴在酒桌上，也没多问什么，似乎他早就知道她要私奔，也知道她根本奔不成。他不无礼貌地对我道谢，然后架着他妻子上车。我望着车消失在车流里，似乎什么都没有发生过，如同眼前的灯火辉煌。我心里五味杂陈。

我把白露的事告诉李燕，她轻轻地摇了摇头，好半晌才说："我不想变成白露那样，我明天就回去跟父母说。"她说着就从床底拉出行李箱开始收拾东西，衣物把行李箱塞得满满的。"才回去几天嘛，没必要带那么多衣物。"她才醒悟过来，又从行李箱里掏出几件衣物。次日我还没醒来，她就蹑手蹑脚地出门了——晚上我写作到很晚，她不忍心让我到车站去送她。

"我准备结婚了。"我对赵阳说。赵阳瞪着双眼，满脸错愕，说："太不可思议了。"我和赵阳同龄，他五年前结婚，现在孩子上幼儿园了，他和他妻子隔三岔五地吵架，好几回他都说婚姻真是没意思。"我真羡慕你，一个人有多轻松、多舒畅，不要再考虑结婚了，太累人了，活着都没有什么乐趣。"我不在乎他的冷嘲热讽，当着他的面给父母打电话，说我要结婚了。父母亲很高兴，母亲甚至喜极而泣，说："孩子啊，我和你爸还以为你有问题呢，又不敢问你，现在好了，你要结婚了，要好好过日子了，你长大了，妈就放心了。"

现在，李燕回江西看她父母去了。我能想象得到他们见面时的情景——阔别八年的孩子回了家，不仅仅是人回来了，还有他们的家也回来了，她父母在她面前老泪纵横，而她跪在地上哭着恳求他们原谅她的鲁莽。她父母老早就原谅她了。左邻右舍也都来嘘寒问暖，那个年幼不懂事的小女孩，现在摇身一变成了楚楚动人的大姑娘，那些能说会道的媒婆跟着踏进她家门，使她家那曾经落寞的门庭突然变得热闹非凡。我打心底里为她感到高兴。我跑到金店里买了一只钻戒，想等她回来，把钻戒戴到她左手的无名指上。

"嫁给我吧。"

我在镜子面前练习求婚，单膝下跪，直视镜子里的自己，双手捧着钻戒递上去。镜子里的那张脸神情僵硬，怎么笑都不自然。于是我反反复复地练习，直到镜子里的那张脸充满真诚，才把钻戒放回盒子里，安心地等待她回来。

李燕一直没回来，连信息也不回。我渐渐地感到不安，想跑到江西去找她，竟不知她的地址。即使知道，我也担心自己的不请自来会给她带去麻烦，便把这个念头压下去。每到傍晚我在屋里就待不住，抱着猫走向亲水平台。在之前，我和李燕几乎每天都来散步，许多人在亲水平台上放孔明灯，让孔明灯带着他们的心愿升空。我说："我们也去放孔明灯吧，也把心愿放上天吧。"李燕拉住我的手，笑眯眯地说："我们看别人放就可以了，不用浪费那个钱。"她是个会过日子的女人，我不由得感到更加踏实。我们坐在石阶上看喷泉，水这东西淌在河里没什么稀奇，一旦把它逼到半空，立即变得千姿百态：当水柱冲天而起，像是雄性复苏；当水柱甩着柔和身姿，却像女人的妩媚。"这水喷得再高也会落下。"我看到水柱冲到半空又不得不回落，不由得为它们感到委屈，觉得它们在徒劳地挣扎。"应该这样想，喷泉的意义在于美丽的过程，而不在于到底喷得多高。"

现在，她走了之后，好几个晚上没有喷泉，是因为河面涨水，喷泉无法作业。我遇到好几个来看喷泉的外地人，见到河面空空如也，便问我原因，我不厌其烦地回答："今晚没有喷泉。"然后又补充一句说："这些天上游发洪水，水太大，喷泉作业不了。"那些外地人就满脸遗憾地离去，都忘了向我道谢。我每天给她发信息，大多是引人发笑的内容，生怕她与父母处得不好，至少她能从我这里得到些许轻松。上游又下特大暴雨了，每年六月都如此，似乎不下暴雨，河面不猛涨，都对不起龙城这个名字。"对于下雨要辩证地看，至少风调雨顺嘛。"我曾这样跟李燕说，原本是想逗她，没想到她瞪起双眼，眼里泛出一丝坚硬的阴郁，如同大雨将至的天空。我冒犯了她，只是弄不明白到底是什么原因。她也没解释，我只好变着花样哄她，直到她心情好转。我在微信群里看到一个视频，那是随机拍摄的，画面不是很清晰，画面里一个披头散发穿着臃肿的妇人，挥舞手臂尖叫着顺河岸奔跑，她在追着漂浮在洪水里的门板，门板上站着几只肥胖而惊魂未定的鸡，她奋不顾身地扑腾着跳进河里，还没抓到那块门板，整个人已被洪水卷走，瞬间就没了影子。微信群里出现许多评论，大致是在怀疑这妇人的行为，认为她再穷也不应该为几只鸡送命，有个微友给视频起了个题目：为鸡送命的女人。我心里咯噔一下，没说什么，顺手把视频转发给李燕，想说这个女人奔跑的姿势与她相似。结果什么也没说，觉得没多大意思。

她依然没给我回信息，也没打来电话。我给她打过去，电话关机，只好给她发信息，每发一条就时不时看看手机，结果也没有收到她的回复。我不由得怀疑她跟她父母又杠上了，无外乎她想嫁给我，想把他们一起接来生活，而她父母不同意，他们年岁已高不想她远离故土。她曾跟我提起过，说等安定下来了，就把她父母接来一起生活。这个想法是好的，但要让老人家离开熟悉的生活环境又谈何容易呀。

8

我再次遇到白露已是一个月后，更确切点说，我们是在河堤上偶遇的。她脸色有些惨白，尽管脸上涂着粉，依然掩饰不住内心里的憔悴，跟我打招呼也没了热情，似乎我们只不过是泛泛之交的朋友。迪克跟在她脚旁，依旧壮实而精神抖擞，看到我后热情地摇着尾巴，却被主人踢了一脚，尾巴才委屈地垂落下去。这段时间，我们没有联系，我的心思全落在李燕身上，偶尔才想起她。不知她跟石磊怎么样了，跟她丈夫又怎么样了，但最终也没有问她，我相信她能处理这些事情，轮不到我来操心。我在五星街遇见石磊，他和他妻子坐在咖啡店里，他妻子在喝咖啡。他坐在他妻子对面，脸上戴着黑色口罩，两眼爱怜地看着他妻子。以前他也是这样看着白露的吧，我心头不由得一阵堵，用充满敌意的目光盯着他。首先是他妻子感受到了我的敌意，用眼色告诉他有人盯着他。石磊转过脸来看到我，犹犹豫豫地摘下口罩，露出疲惫的脸庞，像是缺乏睡眠，又像是大病初愈。我失去表达的欲望，溜到嘴边的责备也咽了回去，觉得他配不上白露所渴望的爱情。

"你的婚礼订在什么时候？"白露的话使我感到意外，尽管这话没有任何问题，但我还是觉得意外。"等李燕回来再说。"我苦笑着说。她看了看我，先是点了点头，接着摇了摇头，眼里掠过一丝冷淡。"那么，祝你新婚快乐。"她说着就牵着迪克顺着河堤往前走。河堤上有不少人在散步，垂钓者盯着浮在水面的鱼漂，小情侣们手牵手有说有笑，阳光把所有人都涂成金黄色。迪克偷偷地扭头看我，眼里含着无辜。我望着白露的背影渐行渐远，忽然发现那个跟我讨论诗歌的白露已经消失了，眼前这个女人只是顶着白露的外壳。后来有一回，我在同事的酒宴上遇到她丈夫，我举杯向他敬酒，并把他拉到一旁。"前些天，我遇到白露，她的情绪似乎不对。"他一饮而尽，把酒杯倒过来，没掉出一滴酒。"谢谢你的提醒。"他拍了拍我肩膀，肉乎乎的感受涌来，我心里实在不是滋味，便岔开了话题。

李燕还是没有任何消息，电话号码变成空号，连微信也把我拉黑了。我跑到她的公司询问，回答说她早已辞职，租的房子也退了，连她室友也没见着，她就这样从我的生活里蒸发，找不到任何一丝痕迹。期间我递交了申请资料，并认真地参加考试，就等着她来结婚。我厌倦这种遥遥无期的等待，就给赵阳打电话约他出来喝酒，他正和他妻子吵架，他妻子的怒吼从电话里传来："去喝酒就别再滚回来！"他没理会她，边夺门而出边问我："你现在才想起请客吗？是不是老地方？"老地方指的是五星街最好的KTV，叫皇冠，我们每每遇到开心或者不开心的事就到那里喝酒，在半醉半醒中扯着嗓子唱歌。他在路上又叫了几个朋友，很快便有七八个男人聚在一起痛饮。

"你知道我找她找得有多苦吗？这几个月来我四处寻找、打听，都没有任何消息，电影都不是这么拍的，她对我不满意想离开，我是能够理解的，又不是没离过婚，再者说我们还没结呢！这个世界并不是少了谁就不转了，是吧？可一段感情总不能说没就没了，那是感情，不是什么废纸随手就能丢掉，总得有个解释吧？"我越喝胸口越闷，不吐不快。"你至于吗？不就是一个女人？"赵阳不满地说，"你看看我现在什么情况？一地鸡毛啊兄弟，你脱离了苦海还想跳进来？没人管不好吗？别不知足。"几个朋友附和着："耳冬，你至于吗，不就失个恋？多大点事，还是个作家呢。"他们不把我的话当回事，撇下我抢着麦克风嘶吼去了。我不由得再次感受到身处人群里的孤独，明明身边簇拥着活蹦乱跳的人，却如同走在无人的旷野。"你有没有什么损失，就是说有没有送给她什么贵重物品？"赵阳看出我情绪不对，端着酒杯坐到我身边，用手拍拍我的肩膀。"送过一块玉佩，是我祖父送给少祖母的，我祖母都没给我父亲而把它给了我，我不知道它值多少钱，但它对我很重要。"赵阳双眼闪出亮光，用力地拍着我的肩膀。"那你就不用再纠结了，不会回来了，这年头啊都活在想象里。"他举起杯跟我碰，"天涯何处无芳草，何须在一棵歪脖子树上吊死，是不？再者说，结婚也不见得是好事，我知道你的想法，不就是去新疆吗？不就是戈壁滩吗？通往罗马的大道万万条。你瞧我现在，整天不是闹冷战就是吵架，这日子怎么说呢，说到底就是熬啊。"我反过去安慰他说："忍一忍就过去了，夫妻之间没必要太计较，对吧？"他直勾勾地看我，包厢里的灯光昏暗，我看不清他的表情。他忽然拍着大腿，说："今晚谁再提女人谁是公狗。"我们相互搭着肩膀把酒灌进嘴里，似乎把所有的过往和未来都喝了下去。

"等等——"

我叫住进来送酒的女孩，女孩回过身礼貌地笑了笑。"你是李燕的朋友？"我突然叫起来，"我在她微信朋友圈里看到过你们的合影。"女孩怔怔地看着我，既不点头也不摇头。我猛地抓住女孩的手臂，整个人几乎扑到她身上。女孩惊慌失措，奋力地想甩开我的手，说："老板，我不认识什么李燕，请你先把手松开，你抓疼我了。"我才松开手说："不好意思，不好意思，是我太心急了。你怎么会不认识李燕呢？放心，我不是坏人。"女孩莫名其妙地看着我。"她去哪里了？你能告诉我吗？"女孩茫然地摇了摇头说："老板，我听不懂你在说什么，对不起，我要去忙了。"我忽地抓住她的手臂，在酒精的作用下，音量跟着提升数倍。"她为什么不敢来见我？"包厢里嘈杂的声音停止了，音乐也关停了，包厢忽然陷入一片沉寂，所有人的目光都投向女孩。"老板，你喝多了。"女孩边说边想挣脱我的手。我用力甩掉她的手臂说："像你们这种女孩，没一个好东西！"

叭！

女孩猛地在我脸上甩了一巴掌，所有人都怔住了。我举起巴掌想反击，女孩非但没有惊慌躲避，反而仰起脸迎上来，眼里充满轻蔑和挑衅。"我从不打女人。"我给自己找了个台阶，慢慢地把手放下去，声音跟着低下去。女孩挺着腰板走出包厢，她的背影瘦弱而倔强，很快就像鱼那样游走了。赵阳想拦住她，被我用眼神制止了。

9

我没收到来自新疆的录用通知，他们的回复是，尽管我写了不少作品，是难得的人才，但条件不符合，还说如果有合适的岗位会优先考虑我。这让我陷入两难境地，单位的人早就知道我报考新疆的事，并已物色新人来接替我的工作。我已无退路，不如往前走吧，不管新疆录不录用，我都要到戈壁滩去看看，于是对单位说我被录用了，还硬着头皮请单位的人吃了顿饭。

"耳冬，哥们儿，到新疆就好好干，我会到那里找你吃烤全羊的。"

那天我请赵阳到五星街旁的楼兰餐馆吃饭。餐馆老板是新疆人，据说餐馆的食材都是从新疆运过来的，我们没有深入探究，味道的确不错，生意也兴隆，我们点了烤羊肉和几瓶啤酒。"老赵，作为兄弟，我得劝劝你，别跟老婆较劲，那多没意思，不是我说你，其实啊有这股劲呢，是因为你没把它用在该用的地方，不然哪有劲来吵呢？"他边啃羊腿边含糊不清地说："嗯，你这几句话倒像个作家。放心，我记下了，从你身上我也明白这点的，放心吧。到那边不要老给我寄东西，新疆的哈密瓜呀、葡萄干呀、高山雪茄呀，都不要寄来，我没那个时间处理。"我竟有些莫名伤感起来，问服务生能不能抽烟，服务生说可以，还给我找来一个烟灰缸。我给赵阳也递了支烟，他两手抓着羊腿没法接。我正想把烟收回来，见到赵阳背后的女孩看了过来，便把烟扔过去。她麻利地接住，叼在嘴里，熟练地点燃，向我点头道谢。"老赵，欧阳朵朵的这只猫，你得帮我养，没肉吃也别把它炖了，我有预感欧阳朵朵会回来的，会回来找她的猫，她或许会出现在某个歌手选秀舞台上。"我把身旁的猫抱起来递过去。那只猫似乎听得懂，直愣愣地盯着我，眼里充满委屈和恐慌。我连忙把目光移开，不忍与它对视。赵阳把羊腿放在面前的盘子里，用纸巾擦了擦嘴巴，接过那只猫。"这只猫很漂亮，拿回去哄老婆也不错。耳冬，你那个什么，那个 KTV 的女孩说的没错，你就是喜欢虚构，现在又虚构什么欧阳朵朵了吧。"我不由得怔住了，感觉真是那么回事，只好往脸上堆出苦笑。

我到皇冠 KTV 去见那个女孩，她没了之前对我的恨意，穿着尽显腰身的制服站在门口见我，脸上洋溢着温暖的微笑。"我要去新疆了，原本说好和李燕一起去的，现在找不到她了，要是你能联系上她，麻烦你帮我转告她，我在新疆等她。"她静静地看着我，脸上的笑容依旧。"我不想打击你，我真不认识你说的李燕，不过看得出你很在乎她。我比你了解女人，她既然消失了，无外乎她出了事，不然就是你们缘分尽了。"我心里震了一下，我想我错误地把李燕等同于想象之中的人，如同我跟这个并不熟悉的女孩告别，本身就是错位。我微笑着跟她说再见，许诺到新疆后给她寄来礼物。

我把该处理的事都一一处理，把出租房退了，书柜里的书当作废纸论斤变卖，换来区区几瓶啤酒钱。晚上我来到天桥底下，一个流浪汉也没看到，不知他们去了哪里，抑或都住进了收容所，在那里比露宿街头强。我没有跟父母说实话，只告诉他们组织安排我到新疆学习。夜晚时我来到西来古寺，古寺离五星街不远，三里地的距离，建在柳江河岸边，已有数百年，曾毁坏和重修。古寺前的河面比上下游宽广，令视线顿有拓宽之感，求神拜佛无非如此，放下执念把心拓宽，便可容纳世间万物。我虔诚地在香炉里插香和烧纸，在心间告诉死在柳江河里的少祖母和大伯父，我要到新疆去生活了，很久才能回来看他们，也可能不回来了。我看着香炉里的纸钱化为灰烬，并乘风飘散，想着自己隐瞒活人而对死人敞开心扉，心里有些不是滋味。我顺着河堤往回走，许多市民在散步，不少人还牵着宠物狗。护栏旁总有不少垂钓者，他们静静地看着鱼漂，鱼漂浮在水面上，河水流淌。我忽然明白了什么，继而原谅了自己。

直到坐上开往省城的动车，我也没有见到白露，打她电话不通，发信息不回，没能跟她当面道别。其实我既想见她，又害怕见她。此刻，看着车窗外的楼房、树木、电线杆，以及街上的车辆一一后退，那种挣脱枷锁的感觉油然而生。我不由得想起《肖申克的救赎》里的安迪和瑞德，他们在绝境里坚持，最终得以越狱，尤其是内心之狱。我要到省城乘坐飞机，到重庆转机，才能抵达乌鲁木齐。航班是中午十二点的，由于天气原因，延迟到下午两点才登机。几个旅客对此不满，喋喋不休地抱怨，空姐始终面带微笑地解释。我在朋友圈发了条信息：再见龙城，再见朋友们，在戈壁滩等你们。配了几张机场图片，还点出发信息的所在地。正要关机时，赵阳的信息跳了出来：白露跳桥了，并附上几张救人的图片。我连忙发信息过去：太意外了！怎么会这样，她人怎么样？赵阳没有回复，可能正忙着采访，也可能不愿回复，我在空姐的再次提示下关了机。

飞机越飞越高，我的心越来越沉。我猛地往自己脸上狠扇了两巴掌，坐在旁边的大妈吃惊地看着我。我想着跳桥的白露，无论她是否被救过来，她都已经死了。在我准备离开龙城时，她出了事。那些天她丈夫去欧洲旅游，她没有跟去，自己待在家里。后来她和石磊幽会，把石磊叫到家里来摊牌，要么带她去过新生活，要么从此一刀两断。石磊不想放弃目前的生活，也不想割断与她的情人关系。她彻底失望了，使劲地把他往门外推，终于激怒了他。他强行把她压在沙发上，粗暴地撕掉她身上的衣服。她很快就被剥得一丝不挂，但她不停反抗，使他无法得逞。被关在门外的迪克发现主人有危险，用脑袋撞破玻璃冲进来，龇着牙向石磊扑过去，一口咬破他的大腿，血溅了一地，又一口咬掉他的生殖器。石磊倒在地上痛苦哀号，白露不得不报警。石磊被送到医院，生殖器再也接不上了。这事也是赵阳告诉我的，他还说了一句意味深长的话：这条狗还是没丢掉野性的嘛。我在震惊之余，又觉得并不意外。我想去安慰她，又不敢见到她，生怕给她带来更大的压力。应该说在那个时刻，我已经预见到她的死亡，只不过没料到她会选择跳桥。我在朋友宴会上遇见她丈夫，他身旁跟着一个年轻女孩，从他们的眼神里看得出他们的关系非同一般，他们也无意在我面前掩饰这种关系。我和他相互敬酒寒暄，对白露只字不谈，彼此心照不宣。也许白露在那个时刻就看透了身边的人，像我这样的朋友也不过如此，给予她富足物质生活的丈夫更令她绝望。她的痛苦和彷徨促使她做出发自内心的选择：活着，或者死去。她企图以撕裂的方式来对抗坚硬的生活，然而无论从诗歌层面还是世俗层面来说，无疑是鸡飞蛋打，她最终选择了跳下桥。我想起《白鹿原》里的白灵，她是白鹿的化身，是作者笔下充满理想化的人物，是白鹿原上最有才情的女儿，象征着白鹿原的柔情和炽热的理想，但她却是流着泪走的。她没有死在敌人的枪口下，没有死在叛徒的卑劣行径中，却被自己的同志活埋。我感叹着作者下笔之狠，却是人物命运使然。她和白露姓名相仿，命运亦然，似乎她们本不该来这个世界。

飞机在离地面近万米的高空上飞行，机舱里的乘客多数闭目养神，没人说话，有几个人在无聊地翻阅杂志。机舱外阳光灿烂，洁白的浮云层层叠叠，如梦如幻。我想起远离的故乡和亲人，远离他们似乎只是为了逃避熟悉的自己，心里不由得一阵酸楚，眼角竟淌下泪来，想忍也忍不住，干脆任由它流淌。身旁的大妈看到了，轻轻地碰了碰我的手臂，把几张纸巾塞到我的手里，我不好意思地接过来擦掉眼泪。我轻轻地闭上双眼，过往的思绪在脑海里翻滚，人也迷迷糊糊地睡过去，身子躺在云彩上似的，越来越轻。浮云在眼前变幻莫测，一会儿像欧阳朵朵，一会儿像白露，一会儿像李燕，一会儿又像从未谋面的陌生人。当我想伸手抓住她们，她们却像蒸气般消失不见，剩下一望无际的戈壁滩在视线里徐徐展开，偶尔驶过一两辆渺小的汽车，云彩在头顶悬浮着，洁净得令人心醉。我心间忽然冒出一个念头：如若能够选择怎么死去，我宁愿死在眼前的云彩里。

（原载《长城》2021年第4期）

地久天长

玉　镯

　　我不知道，如果不是因为父亲瘫痪在床说起胡话，隐瞒半个多世纪的陈年往事，是否早已沉入海底，再也无人知晓。我也不知道，将祖辈们刻意隐瞒的往事写成文字，对于他们是尊敬，还是亵渎。

　　无论怎样，我都要感激凌昑女士。每一回，我坐在窗前想起祖父，目光总能穿透那堵时光之墙，望见一九八一年春天的一个下午，凌昑女士站在洒满阳光的河岸上，含情脉脉地目送祖父乘船离去。当载着祖父的船只消失在远处的河湾，视线里逐渐充斥白茫茫的雾气，她心头不禁涌上一阵莫名的恐慌，于是沮丧地垂下眼帘，凝视手腕上闪着幽光的玉镯——那是祖父送给她的定情信物，两滴豆大的泪珠相继滴落下来，恰巧覆盖了祖父留在玉镯上的指纹。那之后，她再也没有见到过祖父。三十七年后的二〇一八年春天，我见到了年过古稀的凌呤女士，她身材瘦小修长，穿一件颜色淡雅的旗袍，头发乌黑，目光炯炯，从面相上看不过五十岁出头，身上散发着古典女子的优雅气息。她见到我时，眼里闪出一道柔软的霞光，盯了我好半晌才说："我还以为你祖父回来了。"她沉浸在久违的兴奋里，开始讲起祖父的故事，似乎这些故事压在她的心头太过长久，再不倒出来就会生锈发霉。末了，她不顾女儿的反对，执意冒着风寒带我来到河岸边，指着一块凸起的巨大岩石说："我就站在那块大岩石上，看你祖父最后一面。"多年过去了，早已物是人非，只剩那块岩石岿然不动。我走过去站到岩石上，眼前是一片宽敞而宁静的河面，几艘慵懒的游船在逆水行舟，泛起的水波轻轻地拍打河岸。"你祖父去找你祖母，告诉她我们在一起生活。"她说这话时，目光再次望向河面，嘴角泛起一丝淡淡的笑容，眼里飘着霞光般柔软的东西，似乎祖父的身影会突然出现。她应该在为祖父担忧吧，祖父离开她时已经是一个七十五岁的老人，在我的记忆里，祖父没有找到我们，而他也没有重新回到她身边，那么他到哪里去了呢？一个没有人陪伴的孤独老人能在世间存活多久？或许他在寻找我们的路上暴病而亡了，那么在他生命的最后时刻谁在他身边？每当想起祖父孤独地走出生命的图景，我心里充满酸楚，又无处使劲。

"小志，这只玉镯你拿着。"

凌呤女士从手腕上取下玉镯，放在手掌上轻抚，再从包里掏出一块手帕，小心翼翼地将玉镯裹住，郑重其事地递到我面前。我不敢接那只玉镯，它太贵重了，那已不仅仅是一只玉镯，而是一段沉甸甸的岁月。"这不是给你，是还给你祖父。"她轻轻地说，眼睛像在看什么，又像什么都不看，整个人沉浸在某个遥远的世界里。她接着说："我保管了几十年，现在该轮到他了，你祖父呀，他别想当甩手掌柜。"微风吹拂她垂下的头发，她脸上淡淡的笑意也被吹掉了，剩下庄严而肃穆的神情。我终于明白她的心思，此时的我不是我，而是消失的祖父，无论接与不接都与我无关，那是祖父的意愿和行为。我想如若祖父站在那里，面对多年的恋人递过来的玉镯，他没有任何理由拒绝，因为她递过来的是爱恋，也是亲情和恩情，是无法割舍的，于是我用双手恭恭敬敬地接过那只玉镯。

事实上我见过另外一只玉镯，它们是一对，那只玉镯是祖父送给祖母的定情物，祖母在一九八〇年冬天送给了母亲。祖母是在那年冬天死去的。那年冬天下着罕见的大雪，整个山野白茫茫一片，地面上所有路都看不见了，山坡上许多树木被积雪压断。祖母坐在床前望着窗外，忽然觉得自己大限将至，于是把父亲叫到床前说："孩子，等我去后把我送回龙城。"父亲看着祖母满脸透着健康，不像即将归去的老人，但双腿却不由自主地跪在地上。当时母亲把我拉进祖母的房间，我心里十分不愿意，因为我正和邻家小孩在玩石子棋，我一连输了好几盘，发誓要把丢掉的面子找回来。母亲二话不说就把我强行拉走，让我在邻家小孩面前丢了更大的面子。母亲跟父亲并排跪在地上，用眼色示意我也跪下去，我不明白为什么要跪。祖母靠在床头满脸慈祥地看过来，伸手慢吞吞地从枕头底下摸出一只玉镯，颤颤巍巍地把它套在母亲的左手腕上说："孩子，这是你爸留下的，你戴着。"我见那只玉镯闪着幽光，悄悄地伸手去摸了摸，感受到祖母残留在玉镯上的余温，心里淌过一股暖流，觉得那是一个好东西，于是压低声音说："妈，不能弄丢了，以后给我，我送给婆娘。"母亲和祖母都无声地笑了，脸上泛起同一种愉快的神情。

几天后，太阳出来了，积雪在阳光下慢慢融化，雪水逐渐聚集到阴沟里，变成一支小小的溪流。尽管天上悬挂着太阳，但温度比下雪天还要冷，从北方刮来的风吹得人刺骨般疼。祖母在她的预言里安静地死去。那天到饭点了，还没见祖母起床，母亲就推开祖母虚掩的房门，呼叫几声祖母没有反应，母亲才走到床边查看，发现祖母的身体冰冷僵硬，已经没了呼吸。祖母直挺挺地躺在床上，身上穿着灰色的丝绸旗袍，双脚套着黑色的尖头布鞋，惨白的面目透着安详。那个清晨母亲极其悲凄的哭声，像另一场纷飞的鹅毛大雪飘向整个村庄。

父亲遵从祖母的遗愿，在家里设灵堂，请巫师来为祖母超度亡魂，村里人都来悼念，妇人们陪着母亲哭泣。三天后，祖母的遗体在河滩上火化了。火化时，河滩上的男人们沉默不语，妇人们站在男人们身后默默流泪，母亲因悲伤过度而几度昏迷。我和妹妹也跪在地上，父亲担心地面太冷，在我们的膝盖下铺了几块破布。我很想哭，结果却连一滴眼泪都没有，倒是身旁的妹妹小嘴一张，清脆而嘹亮的哭声便喷发出来。

祖母火化后，父亲拿来两只陶罐，每只陶罐都系着两根布条，一红一黑。母亲想走过去帮忙，被跪在地上的父亲抬手制止，于是母亲就牵着我和妹妹站在旁边，静静地看着父亲用冻得通红的手，一点一点地把骨灰捧进两只陶罐，最后用扫把将残留的灰烬扫到河流里。父亲抱着一只陶罐来到坟场，在哑巴祖父的坟旁挖一个坑，把装着祖母骨灰的罐子埋进去，而后在坟碑刻下祖母的名字。坟堆就变成了哑巴祖父和祖母的合葬墓。父亲为祖母守灵，四十九天后，他抱着另一只陶罐前往龙城，将骨灰撒进那条穿城而过的龙江河。撒完骨灰后，父亲往空陶罐里塞石块，将陶罐抛到河里，沉入水底。当水面归于平静，父亲忽然感到不安，觉得陶罐里的石块压住了祖母的灵魂，连忙脱下衣服，一头扎入水底把陶罐捞起来，倒出罐子里的河水和石块，在岸边摘下一束花草放进去，拧紧盖子，放到水面上，任其随着河水远去。父亲静静地坐在河岸上，几十年前的往事，点点滴滴地浮现在眼前。他很难分清这些记忆，到底是亲眼所见，还是因祖母告诉他而形成的记忆。无论哪种情形，父亲在三十二年之后，才重新回到这里，心头不免感慨万千。当他踏上这块土地时，发现再也回不来了，这座曾经让他魂牵梦萦的城市早已抛弃了他。二〇一八年春天，当我站在龙江河河堤上追寻往事时，忽然觉得父亲将祖母的骨灰撒向河里的那一刻，阔别多年的祖父突然有了心灵感应，执意离开凌晗女士踏上寻亲之路。

一九四八年秋天的一个夜晚，就在这条龙江河上，祖父将祖母和年幼的父亲扶上一艘陈旧的渔船，由少祖母带几个随从护送他们到乡下避难。当时国共两党四处鏖战，国民党渐渐露出颓势和败象。少祖母日夜兼程地把他们送到林溪镇，跟人家租借一间废弃的房屋。那里离龙城数百里。

"大姐，孩子就交给你了，从今往后你和孩子要隐姓埋名，等我和杨昆来接你们，不要对任何人提起。"

少祖母返回龙城时留下这句话，祖母听出少祖母内心的焦灼，也知道这句话背后意味着什么，她面色坚毅地点了点头。那个夜晚飘着绵绵细雨，整个小镇被雨水打湿。那座小镇只有一条三米多宽的街道，从西向东横着，街道两旁的人家早已门户紧闭，以此防范抢劫的土匪和流窜的士兵。从门窗里漏出来的零散灯光，映照着湿漉漉的路面，偶尔晃过几条面露凶相的流浪狗，角落里蜷缩着饥寒交迫的流浪汉。少祖母给祖母留下一把小手枪，带着几个随从便往细雨深处匆匆赶去，她瘦弱而倔强的背影，在父亲的视线里渐行渐远，最后融入苍茫的夜色。那是少祖母给父亲留下的最后的记忆图景，之所以刻骨铭心，是因为那个夜晚成了最后的生死离别。那之后，父亲每当回想起少祖母，脑海里最先呈现的，是一片湿漉漉的夜色。

祖母带着父亲在小镇住下，为掩人耳目，在街边摆摊做起小生意，八岁的父亲整天围在她身旁，蹲在凳子上观望着街上的人来人往，期盼着祖父或少祖母突然出现，然后把他和祖母带回龙城。父亲太想念龙城了，那里比这里的人多，街道也比这里的宽广，主要是现在连饭都是粗粮，不是祖母没有钱，而是不能在外人面前显露出来。小镇上有不少像祖母这样的外地人，来这里的目的就是逃避战乱。祖母卖的东西不贵，与邻居和气来往，攒下不少人缘。人们看到他们孤儿寡母，生活不易，没人上门找麻烦。

不久后的夜晚，外边下着雨，雨滴在屋檐上，传出忽远忽近的滴答声响，祖母不禁想起子弹出膛的声音。她抬头往窗外望去，滴落的雨水在灯光里闪出寒光，此时祖父和少祖母在何处呢，是否正在战场上与敌人搏斗厮杀？他们是胜利了还是失败了？有没有受伤，抑或已经战死在战场上？虽说小镇远离战场，但外边的战事总会传来，解放军势如破竹，这些消息总是令祖母既兴奋又惶恐，她多想陪在祖父和少祖母左右，即便跟他们一同战死也心甘情愿。"不，我得活着，得好好地活着。"祖母听到内心传来的声音，于是悄悄地走近床铺，轻抚刚入睡的父亲的小脑袋，她在那颗小脑袋上感受着父亲的体温。

嘭嘭嘭，嘭，嘭嘭——

门外传来急促的拍门声，祖母给父亲扯了扯被单，从枕头下摸出上了膛的手枪，在龙城时祖父教过祖母射击。之前祖母说她不想碰这玩意儿，不想学，祖父说这是能让她活下去的方法，祖母才勉为其难地学习，虎口常被手枪的后坐力震痛。少祖母安慰说多练几次就行，没什么大不了的。祖母很快就掌握了射击要领，射击时子弹很少脱靶。祖父说祖母可以上阵杀敌了。祖母知道祖父在开玩笑，但还是为此生起闷气，她从来没想过开枪杀人，最后阴着脸把枪塞到祖父手里，此后再也没有摸过枪。现在，祖母忽然觉得手中的枪是他们娘俩最后的依靠，于是换上布鞋蹑手蹑脚地来到门背后，趴在门缝上往外望，门口蜷缩着一个人，好半晌也没动弹。祖母心里害怕不敢开门，但又担心是祖父派来送信的，检查了手中的枪，才轻轻地拉开门闩。门外的那个人因失去依靠而倒进门来，瘫在地上昏迷不醒，脸色苍白浑身是血。祖母收起枪，想把他拖进门来，路人探头望来。"这是我堂弟，受伤了，过来帮帮忙。"祖母苦笑着说。那几个人就走过来把那人抬到床铺上。祖母端盆水给那人洗脸——她是做给路人看的，为了把戏做足，又让人帮忙去请郎中。

那个濒临死亡的流浪汉被祖母救活了，他醒过来后就爬下床给祖母下跪磕头，嘴里吱吱哎哎地说着什么。他是个哑巴，祖母觉得他是个可怜人，可这年头谁不可怜呢，谁不提心吊胆地过日子呢？祖母示意他起来，说："你能走了就离开吧。"哑巴再次跪地磕头，然后用手比画着什么，祖母猜了半天也没猜着。醒过来的父亲悄悄地站在祖母背后说："妈，他想吃东西。"祖母才恍悟过来，找出两个玉米递给他。那人吃了几口就不吃了，把剩下的揣在怀里，又向祖母鞠了三个躬才出门。外边天已经暗黑，街上没有什么人，偶尔走过的人也是脚步匆匆，很快就消失在阴暗的角落里。祖母不知道他去了哪里，黑乎乎的晚上又能去哪里，但祖母没有再开门。

几天后的夜里，一群骑着高头大马的土匪闯进小镇，他们手里拿着枪和火把，沿街打劫放火，房子很快就烧起来，整条街都是哭爹喊娘的声音。父亲吓得哇哇哭起来，祖母边哄父亲边收拾东西，这地方不能待了，但是又能往哪里跑呢？这时哑巴踢破房门，把祖母和父亲救走了。半个月后他们来到深坳里的侗寨，那是哑巴的老家。村里人看到他突然出现，脸上现出一片错愕。数年前他到山外买盐，被路过的国民党兵抓了壮丁，一路当挑夫跟着部队北上，从此再无音讯，人们都以为他已死在外边，还在山坡上为他砌了座坟。现在他活着回来了，还带着"老婆和孩子"回来了。

从此之后，祖母便和他以夫妻的身份出现在人们面前。就这样，哑巴成了父亲的继父，也就是我的祖父。祖母和哑巴祖父并没有成亲，也没有过肌肤之亲，他们各睡一间房。哑巴祖父还在祖母房间里设一张小床，父亲在那张小床上睡到十三岁，哑巴祖父才为父亲安置了一个属于他的房间。

"总有一天我们要走的。"祖母面带歉意地说。

　　言下之意，哑巴祖父不值得如此，他们终究是过路人。哑巴祖父比画着告诉祖母，意思是他知道他们会离去，他们不属于山里，沦落到此是命运所致。这些并不影响他对祖母的感情。他还比画着告诉祖母，让祖母放心地住下来，只要有他一口吃的，就不会让他们挨饿。祖母就带着父亲在山村里等待祖父和少祖母的出现，她觉得他们会来找，且一定找得到他们，她相信祖父和少祖母有这个能耐。

　　父亲在晚年提起这段往事，眼里总是弥漫着雾气般的茫然，他想不明白哑巴祖父为何如此心甘情愿地照顾他和祖母。他图什么呢？在我走上写作之路后，父亲曾经跟我探讨这个问题，我没法给予父亲满意的回答。在哑巴祖父给我留下的不多的记忆里，我觉得他爱祖母胜过爱自己，当他知道祖母心里装不下别人时，便把这份爱埋在骨子里，并对祖母这个身份不明的女人更加敬重，用他以为的最好的方式来守护心底的那份情愫。父亲并不奢望能从我身上得到什么答案，他对我的写作并不以为意，说这玩意儿是虚的。我默然，无心跟父亲争辩，也不想告诉他，小说就是通往真相的虚构之路。

　　每当回忆起哑巴祖父，脑海里最先浮现出来的是他那张微笑的面容，似乎因为他不会说话，反而使内心更加柔软。他从不跟别人发生矛盾，即便遇到蛮不讲理的人，他也以退让来结束纷争，但是在祖母和父亲的事情上，他却丝毫不退让。有一回，村里有个光棍喝多了酒，调戏了祖母几句，哑巴祖父怒了，提着大斧头直奔光棍家。光棍自知理亏躲了起来，哑巴祖父找不到人，直接把光棍家的墙给拆了。人们围在那里看热闹，始终没人敢上前劝说。从此，村里再也没人敢轻视或戏弄祖母和父亲。"你这又是何苦呢？"祖母这样对他说。哑巴祖父微笑着摇了摇头，什么也没有说，或许于他来说，保护祖母和父亲好好活下来，即是他活着的最大意义。

村里没几个人会说汉话，祖母与村里人交流就有了障碍，于是她就向妇人们学土话。妇人们都热心肠，很乐意教她，也乐于跟她来往。不出半年时间，祖母就说了一口流利的土话，如若光听声音，压根没人怀疑她是外地人。哑巴祖父不由得感慨，他在这里生活一辈子，一句话也说不出，而沦落于此的祖母，却说着跟本地人一样流利的土话。祖母还跟哑巴祖父学种地，她笨手笨脚，却没人敢嘲笑，不久后祖母也能像村里的女人那样，把菜地整得像模像样。这个曾经在十里洋场生活的女人，俨然成了一个地地道道的农村女人，只是她身上散发着的都市女人的气质，使她从众多村妇中脱颖而出。村里人曾经猜测她的身份，甚至怀疑她是特务，但终究没人站出来指认，反倒因她的为人和善、举止得体而被感染，最后把她和父亲视为村里人。

村里没有学校，念书要到镇上或县里，祖母就在家里教父亲念书习字，她最先教父亲的是：救人即救己。父亲听不明白这句话，但祖母说的次数多了，便在他脑海里留下了深刻的印象。父亲慢慢地成长了，祖母不让他到城里念书，也不让他到外边去闯荡世界，她身边只剩下父亲这个亲人，再也不能失去这个孩子。

一九七〇年，当上小学老师的父亲看上了母亲，尽管那不是祖母所期望的，但她并没有阻止父亲跟母亲来往。因为父亲已年满三十，是个彻头彻尾的大龄青年，再不谈婚论嫁恐怕就将沦为光棍，村里人从来都瞧不起光棍，认为连个婆娘都讨不起的男人还能指望他干什么呢。"孩子啊，这是一辈子的事。"祖母说这话时，再次用充满忧虑的目光盯着父亲。父亲清楚祖母心里的想法，但他愿意成为母亲的爱情俘虏。那年冬天母亲就嫁给了父亲，父亲和村里的男人那样成了家。父亲这个说不清身份和来历的男人，终于死心塌地在村庄里过日子了。

哑巴祖父在一九七七年的冬天死去，在他临死前，祖母才告诉他自己的过往，哑巴祖父含着笑慢慢地合上双眼，脸上安详的样子一如既往。或许于他来说，无论祖母有什么样的过往，到底是什么人，都不重要，重要的是他们曾经相互扶持。

旗　袍

在仅存的几张泛黄的老相片中，我发现祖父喜欢旗袍，更确切地说，他喜欢穿旗袍的女人。站在祖父身旁的女人都身着旗袍，祖母是，少祖母是，凌昑女士也是，我从这三个女人身上窥视到祖父内心的幽暗之地。相片上的祖父英气逼人，尤其是那双炯炯有神的眼睛，似乎能够洞悉任何人的内心。我不否认他具有过人的才华，但我更愿意相信与他相知、相恋的三个女人，首先是着迷于他的长相，然后才被他的才华所征服，不然她们怎么会心甘情愿地与他纠缠一生呢？现在我才明白祖母在临死前，为什么非要拼尽最后一丝力气，艰难地掏出压在箱底多年的旗袍穿在身上，或许不仅觉得那样美，更是因为祖父喜欢。那时她难以断定祖父是否尚在人世，如若祖父早已离世，她依然愿意以祖父喜欢的模样出现，相信在遥远的天堂，祖父定会像在上海遇见她时那样，一眼就能从人群里认出她来。祖母带着对祖父深刻的思念撒手归西，她内心应该充满温暖和希冀，继而在一片柔和的幻象里呼出最后一口气，然后心脏慢慢地停止跳动。

我时常拿出祖父的相片端详，每回都会感到沮丧，因为我与祖父并不相似，无论长相，还是气质，都远不及祖父。自从重新认识祖父之后，我竟在潜移默化中喜欢上了旗袍，每当遇到身穿旗袍的女人，总条件反射般地多瞅几眼，惹得女友陶陶不高兴。好几回，我陪她去逛街，累得双脚发麻、口干舌燥、心不在焉，但当有穿旗袍的女人从身旁走过时，我立即挺直腰板精神抖擞地盯着，这自然就惹得陶陶满脸冰霜，两个腮帮子鼓得像愤怒的小金鱼。之前，她从来不穿旗袍，说穿那玩意儿束缚人，言谈举止都得装出淑女模样。现在，她竟然定制了好几套，有时连上班都穿，居然也穿出几分古典女子的味道来。

我和陶陶相处快十年了，她对我的工作始终都全力支持，唯独在结婚这件事上犹豫不决，说她还没有足够的信心嫁给我。即便我拿出玉镯来当作定情物——她知道那只玉镯意味着什么，结果还是犹犹豫豫地摇头。这并不影响她一如既往地支持我的工作。当得知我在查找祖父的经历时，她竟然跟市地方志办公室的人取得联系，并从那里借来许多资料，使陌生的祖父在大堆的资料里逐渐清晰起来。

祖父籍贯不详，一九二四年，十八岁的祖父在上海结识了中共地下党人，他忽然觉得找到了丢失已久的根。在与地下党人的交往中，祖父逐渐明白他们身上的气质从何而来，也正是那股气质时刻召唤着他，两年后祖父正式加入中共地下党。

祖父在一个傍晚遇见祖母。当时祖父下班走路回家，在幽静的弄堂口，看到一个身穿旗袍的女人，傍晚的阳光照在她身上，使她浑身散发着金光似的，整个人看起来轻飘飘的，像足不着地的仙女。祖父一下子就愣住了，应该说祖父最先注意到的是旗袍，接着才注意到穿旗袍的祖母。从那天起，祖父每天傍晚都站在弄堂口等待，终于在半个月后的傍晚，等到穿旗袍路过的祖母。

祖母是地道的上海人，认识祖父时已家道中落，如若不是这个原因，我想祖母断然不会嫁给一无所有的祖父。晚年的母亲谈起这段往事时，并不同意我的观点，说我祖父有一颗深爱祖母的心，这就够了。母亲和祖母一样是感情至上的人，祖母在乱世里认准了祖父，一开始她并不知道祖父的真正身份，当她知道后也毫无怨言，于她而言，爱情才是最重要的，才值得她为此付出一生。陶陶对此表示怀疑说："爱情真有那么大的能量？"我知道她是在质问我，也是在考验我，我和她的爱情会不会像祖辈们那样，轰轰烈烈、死去活来、海枯石烂，我没有正面回答她，因为我越来越怀疑自己当下进入了爱无能的时代。

一九二七年春天，共产党组织上海工人武装起义，中共上海区委组织纠察队，秘密进行政治、军事训练，还派一部分工人打入北洋军阀管辖的保安团，掌握一部分敌方武器，借敌方的武器和装备，扩大纠察队的武装。祖父就在那时被选派加入保安团进行潜伏，他与组织单线联系，只有接头人才知道他的真实身份。后来接头人在一次战斗中意外身亡，祖父成了一个断了线的风筝，只能继续潜伏在敌方阵营里，时刻等待组织的重新召唤。但组织一直没有召唤祖父，祖父好几次想主动联系组织，又担心引起敌方的怀疑。祖父为了更好地隐藏身份，那年秋天他拿着玉镯向祖母求婚。没想到祖母竟然答应嫁给一个穷光蛋，这意味着她将要过上普通人的生活。

婚后，祖父为了养家，整天忙忙碌碌，并没有多少时间陪伴祖母。祖母非但没有怨言，反而更加心疼祖父，认为祖父为了家在拼尽全力。

次年，大伯降临到这个世上，成为父亲的祖父无比兴奋，只是他每天都在外不停地忙碌，家里的重担全压在祖母身上。在之后的七年时间里，二伯和三姑相继降生，祖父因职位晋升而更加忙碌，几乎常年在外，神龙见首不见尾。祖母从不责怪祖父，也从没怀疑过祖父，只知道祖父被调离上海，到遥远的龙城做事，留下自己抚养三个孩子，过着深居简出的生活。

每当回想起这段往事，我仿佛看到一个穿着旗袍的上海女人，牵着三个不谙世事的幼子，站在幽深的弄堂口对着街头望眼欲穿，晚风撩拨着他们脖子上的小围巾，连同他们脸上的希望也吹掉了，他们败兴而归。祖父偶尔回到上海，借着夜色悄悄摸进家门。祖父带回微薄的生活费，祖母便靠着这点生活费养儿育女，日子过得紧巴巴的。

在三姑一岁半的一九三七年夏天，日本人入侵上海，淞沪战役爆发，那场惨烈的战役改变了无数人的命运。无数的炸弹在那片土地上轮番爆炸，城区被炸毁了，到处浓烟滚滚，断壁残垣。枪炮停息后，阵地上腾起一缕缕残烟，在风中毫无规则地摇曳，如同一块块忧伤的幡布，为战死沙场的将士们招魂。祖母他们租住的那栋楼房被炸塌了，楼里没来得及逃离的人，都被压死在废墟里。

家没了，无家可归了，祖母咬了咬牙，带着三个孩子踏上寻找祖父的道路。他们的目标很明确，就是南下去遥远的龙城。在此之前，祖母从没出过远门，更别说是偏远的龙城。祖母从来不屑于去龙城这样偏远的地方，尽管她早就不是富家小姐，而且还不得不到服装店当裁缝学徒，赚取微薄的报酬补贴家用，但她骨子里依然流淌着上海女人的孤傲。龙城的偏远与荒凉，无法与大上海的十里洋场相比。然而当家不复存在，做工的服装店也被烧毁，在遥远的龙城的祖父成了一家人最后的希望。

在逃亡的路上，祖母拖着三个孩子时而搭车，时而步行，一路提心吊胆，谁也不知道将会遇到什么。在坑坑洼洼的道路两旁，不时看到无人掩埋的死尸，空气中散发着一阵阵恶臭，令人作呕。祖母不让孩子们往死尸上看，她也不敢看，但她的目光总不听使唤地瞄过去。所幸在那些死尸里，没有看到祖父的面孔，祖母内心的惶恐才稍减几分。祖母所带的钱用光了，只好沿路乞讨。兵荒马乱，到处是面黄肌瘦的逃荒者，压根讨不到什么食物，饥饿和死亡的恐惧如影随形。

"找到爸爸就没事了。"

每当快要坚持不下去的时候，她就鼓励和安慰孩子们。他们身无分文，饥饿成了他们最大的敌人。祖母越来越怀疑他们能否抵达龙城，即便抵达龙城又能否找到祖父。现在的问题是，祖母无法确定祖父是否尚在人世。尽管越来越没有信心，但祖母始终没有流露出来。大伯已经稍懂事，即使饥肠辘辘，也从不哭闹。二伯和三姑还不懂事，饿了就放声大哭，大伯训斥他们，让他们不要哭。二伯和三姑哭得更加响亮，哭声在萧条的旷野里飘荡，裹挟在山风里飘到旷野尽头，惊起草丛里的几只鸟兽。"别哭了。"祖母只会说这句话，后来她连这句话都不愿说了，说了也没用。当天空渐渐昏暗下来，祖母的内心也一片昏暗，她不知道过了今晚，是否还能在次日清晨醒来。大伯似乎感受到了她的心绪，当二伯和三姑再哭闹时，他话也不说就往二伯脸上扇耳光，二伯闭起嘴巴不敢再哭，眼巴巴地看向祖母。"不要打弟弟，他还小，不懂事。"大伯没听劝，只要二伯哭闹就扬起巴掌。祖母也就不再劝了，她知道那是大伯用来对付饥饿的方式。

晚年的祖母回忆说，在逃亡的路上，她砸死过一条母狗。那天晚上，她和孩子们蜷缩在榕树下，面前生着一堆火，因为饥饿而感觉不到暖和。大伯饿得睡不着，眼睛在旷野里四处看，发现草丛里趴着一条狗，正死死地盯着他们，他不由得尖叫起来。惊醒过来的祖母，掏出匕首挡在孩子们面前，她也看到了草丛里的那条狗。那条狗没有动，它受伤走不了了。"妈，我饿。"大伯扯着祖母的衣角说。祖母回头看了看孩子们，两脚哆嗦着慢慢地挪过去。那条狗没有站起来，它似乎连挣扎都不愿意，反而轻轻地闭上眼睛。那天晚上，连鸡都没杀过的祖母，用匕首剥了那条母狗，烤了肉喂给孩子们。当他们吃饱后，祖母发现在草丛里还趴着两只小狗仔，不禁泪如雨下。次日，他们便抱着两只小狗仔上路。在之后的几十年里，祖母再也不杀生，也不吃肉。每当回忆起此事，她心里总是充满愧疚。

不久后的夜晚，他们来到广东韶关郊外，天上飘着没完没了的雨，祖母带着他们躲进路旁的破庙里。没过半刻钟，门外闯进一伙被雨淋湿的土匪，祖母慌忙带着他们从后门溜出去。二伯不知道发现了什么，想问祖母，祖母把手捂在自己的嘴巴上，二伯也跟着用手捂住自己的嘴巴，不让半点声音发出来，他并不觉得害怕反而觉得好玩，因为他发现大伯在瑟瑟发抖，还尿湿了半边裤裆。他们躲到不远处的古松下，三姑饿得发昏，咧着嘴即将哭出来，祖母用手捂住她的嘴，三姑的哭声没有发出来。三姑瞪着两只大眼珠，在昏暗的夜色里闪着幽光。祖母没有看她，而是惊恐地盯住破庙。土匪没有发现他们，在破庙里生火烤东西吃，香味混在潮湿的空气里随风飘来，像刀刃一样绞割着他们的胃。过了许久，土匪们吃饱喝足，土庙渐渐安静下来，祖母才慢慢地松开捂在三姑嘴上的手，发现三姑竟已没了气。祖母亲手杀死了自己的女儿，她悲痛欲绝，却紧咬牙关没有哭出来，直到破晓前土匪们走出破庙，祖母才发出凄惨的哀号。

"啊——"

那时二伯还不懂什么是死亡，但从祖母的哀号里他也感受到了恐惧，他站在祖母身后想号啕大哭，结果连嘴巴都不敢张开。雨后的清晨，阳光纷纷扬扬落下来，花草树木都闪烁着金色，叶尖上倒挂着一粒粒水珠，几只不知苦楚的鸟从头顶掠过。大伯盯着那几只飞鸟，不停地咽口水，他想象着抓住那几只飞鸟，像烤狗肉那样烤着吃。祖母把三姑埋在古松下，想等日后再把她迁回故里。祖母在小小的坟前跪了半天，似乎一夜之间苍老了十岁，眼里失去了精气神。那时她把寻找祖父的信心，也埋进了土里，她清楚再这样带着孩子上路，无异于自寻死路。她把大伯和二伯拉到身边，把手放在他们的脑袋上，轻轻地抚摸着，嘴里喃喃自语，说了一堆孩子们听不清的话。

他们来到小镇上，沿街敲着人家的门板，那些门板很少能敲开。当敲开了某扇门板后，祖母就让两个孩子在门外等候，她整了整衣服，捋了捋头发，而后才迈进敞开的家门，但每每带着沮丧的神情出来。她牵住他们的手往前走，地上拖着三条瘦弱的身影，行走在陌生而冷清的街道上。太阳慢慢地落了山，天就渐渐暗下来，他们心里也昏暗无光。那时从铁铺里传来叮当的声响，溅起的火星让他们感到温暖，于是他们又拖着脚往铁铺走去。铁铺里只有一个中年男人，脸色和铁块一样黝黑，他腿脚不灵便，却不影响他来回走动。他一个人拉着火箱吹炭，夹起烧得红透了的铁块搁在垫座上捶打，接着有节奏的叮当声响彻整条街。铁匠往街上瞟一眼，看到三张惶恐而饥饿的面孔。他没理会他们，当看到大伯手里还抱着两只小狗仔时，手里的锤子突然失去了节奏，然后他干脆把还没捶好的铁块丢到水桶里，铁块吱吱的响。那是逐客的声音。祖母牵着两个孩子往前走去，二伯没走几步就两眼发黑晕了过去。

铁匠抬头看着他们，拖着腿从铁铺里走出来，抱起二伯就往铁铺走去。他给祖母他们做了一顿饭，饭熟时二伯也醒了过来，祖母轻抚他的脑袋，眼泪止不住地淌下来，别开脸不让铁匠看到。铁匠不让大伯和二伯吃撑，说他们饿得太久了，不能吃太饱，会把人吃坏的。那天晚上祖母和两个孩子在铁铺里过夜，半夜里大伯沉在睡梦中，二伯被尿憋醒，二伯听到铁匠和母亲在门外说话。铁匠说："非要去找吗？"祖母说："不找不甘心。"二伯实在憋不住就喊祖母，祖母慌忙从门外走进来，抱着他去到墙角边拉尿。街上没有一个人，连一条野狗都看不到，天上悬挂着一个孤零零的月亮。

次日清晨，祖母跟两个孩子说："我把你们留在王伯伯这里，等我找到你们的爸爸就回来接你们。"大伯仰着脸说："不，我要跟你走，留下弟弟就可以了。"二伯也想学着大伯说要跟祖母走，见到大伯冷冷地瞪着自己，溜到嘴边的话又咽了下去。祖母看着大伯，摇头叹息："命啊。"祖母在二伯面前蹲下来说："你留在这好吗？王伯伯这里有饭吃。"二伯没有说话，却不住地吞咽口水。祖母从怀里掏出一只玉镯递给铁匠说："他大伯，只剩下这个了，留着吧。"王铁匠接过玉镯看了看，又看了看祖母说："我先收着吧。"祖母强作欢颜地抱了抱二伯，然后带着大伯继续赶往龙城，衣袋里装着铁匠给的少许盘缠。

祖母和大伯来到龙城。龙城的街面并不繁华，路人行色匆匆，比不了上海的普通弄堂。"怎么还有心思想这些呢？"祖母在心底责怪自己。祖母从包里掏出半块面包递给大伯，然后沿街询问祖父的部队。

"他们到上海打日本人去了。"

上战场啊，他还能回来吗？就算他从战场上活下来，那他还会回龙城吗？此时他是否正在上海四处寻找他们的下落？家被炸平了，他们也离开了上海，他又能到哪儿去找呢，他还相信他的妻儿还活着吗？祖母决定留在龙城等待祖父归来。首先要解决吃饭和住宿问题，于是她敲开大户人家的门，说自己会做旗袍。

龙　城

二〇一〇年春天，我离开深圳来到龙城，找了份写稿子的工作，待遇不高却自由随性，只要按时完成任务，晚上可以晚入睡，早上也可以晚起床，是我喜欢的生活状态。我在五星街看中一套公寓，七十平方米，每月租金两千一。房东是个肥胖的老太婆，还是个话痨，一开口旁人甭想插上话。我说："租金减掉一百凑个整数吧。"她用极不耐烦和不屑的目光看我说："你为什么不说凑足三千块给我呢？"停了停又说："爱租不租。"我终于还是租了，虽然对于我微薄的工资来说，两千一的租金几乎是不能承受之重，但是我不愿到远郊去租住便宜的房子。这里离上班的地方近，从五星街步行横穿中山路抵达罗池路，便到我每天上班的地方，即便步行也不过十来分钟，能节省出许多时间，这对于写稿的人来说是笔巨大的财富。

那年我回家过春节，此前已好几年没回去过春节了，主要是没混出名堂，口袋里寒酸无颜见江东父老。年底时我意外收到三万块稿费，高兴之余就回了趟老家，父母别提有多高兴了，当晚父亲把亲戚朋友都叫到家里做客，村里人还以为我准备迎娶新娘。我跟父母说起这些年都做了什么工作，待过什么地方，最后说现在在龙城五星街租房子住。父亲的眼里立即闪出朝阳般的光芒，显出不符合他年龄的激动，他说："孩子，放假了我和你妈也去龙城看看。"我自然满口答应，以为那不过是说说而已。父亲几年前就退休了，现在又返聘回学校，他很少出远门，穿着打扮和村里人没两样，每天清晨或傍晚都会下地干活，要不是他头上落满粉笔灰，压根没人相信他竟是老师。

那年暑假父亲果然来到龙城，母亲没有跟他一起来，父亲说要留一个人看家，楼底养着两头猪和一头牛，要是两人都走了，它们只能忍饥挨饿。小妹看上了一个西藏的小伙子，母亲觉得天各一方的，来回一趟不容易。小妹听出母亲的言外之意，但她还是毅然决然地嫁了过去。父亲没有跟我说他来龙城，我是在下班的路上看到他的。当时他坐在桂花树下的石椅上，身旁搁着一个黑色的人造革手提包，皮面有些破损，白色纤维都露了出来，加上黏着灰尘，使他和那个手提包一样看起来风尘仆仆，招来过往路人的目光。他不在意这些目光，正直勾勾地盯着路旁那栋土黄色的老建筑。那是廖磊公馆，处在中山东路旁，我每天上班都打公馆旁经过。曾经有个单位在那栋建筑里办公，又把建筑后边的矮房改为单位内部食堂，并允许我们单位的人员到那里用餐，我在那里吃了半年的饭，直到那个单位搬走，大门从此紧锁起来。

"这栋建筑还在啊。"父亲有些害羞地说。

我装作没有听到。在我的印象里，这是父亲第二次来龙城，第一次是祖母死去的那年，他带回不少龙城牌子的糖果，当年父亲应该见过这栋建筑。我没有多想，便带着他走进附近的小餐馆。父亲没有走进来，他站在门口四下张望，然后指着街对面的螺蛳粉店说："那边有螺蛳粉。"父亲说这话时像个饥饿而调皮的孩子，意在告诉我他想吃螺蛳粉，但他没有选择直接说出来。这些年龙城螺蛳粉口碑很好，不少外地友人托我给他们邮寄过这种粉，但是我不喜欢吃。刚到深圳时，我没找到合适的工作，收入低，租住在城中村逼仄的房子里，为了节省开支一连吃了四个月的泡面，出租房里充斥着泡面味，连我身上的每个毛孔都散发着这股味道。多年过去了，那股浓烈的味道不时从记忆里飘出来，以致我只要看到条形的食物就会反胃。但我不想拂父亲的心意，还是带他到街对面的螺蛳粉店吃粉。父亲不知是饿了，还是喜欢螺蛳粉这个味道，一连吃了三大碗，把汤都给喝光了，吃完还直接用手背抹着嘴角说："味道很特别，回去时买点给你妈尝尝。"父亲在店里说方言，土里土气的，而且还直接用手背擦嘴，招来不少异样的目光。我心想：怎么这么不讲究呢，再怎么说也是个国家干部，真为他感到难为情。父亲大概看出了我的心思，说："我以为桌上的纸要钱呢。"我心间不由得一震，连忙把话题岔开。

父亲在龙城住了几天，我本想请假陪他逛一逛，父亲坚决不同意，说不想影响到我的工作。我心里暗暗松了一口气，跟父亲待在一起时，我们时常陷入沉默，又不知如何打破沉默带来的尴尬。那几天父亲只在两个地方转悠，他每天先到河边走一段河堤，然后到廖磊公馆附近转悠。我下班回家总看到他坐在石椅上，像个历史专家似的盯着那栋旧建筑。我坐到父亲身旁，和他一同望向那栋老建筑。父亲把头偏向身后的罗池路，说这条路是有来历的，是因柳宗元和韩愈而得名的。当年柳宗元被贬到这里任刺史，官场失意，贫病交加，不久后就病逝了。韩愈曾写道：柳宗元死后三年，托梦给生前部将欧阳翼"馆我于罗池"。这件事渲染开来，龙城城北那泓野水就有了名声，那泓野水就是罗池。我知道这段故事，也知道这池湖水，如今处在柳侯公园里。池中放养有许多观赏鱼，随手撒下一些鱼料，数百条鱼便簇拥而来，张着圆滚滚的嘴巴抢食，好不热闹。水池的周边花团锦簇，步道上或古树下，不是小情侣就是散步的老人。说实在的，我喜欢这条路，虽不宽敞，但道路两旁种着榕树、桂树和洋紫荆，而且都上了年月，几棵榕树更是蹿到六层楼高，常年绿树成荫，加上附近多是低矮古旧的建筑，从这条路走过颇有穿越历史之感。我惊讶于父亲对这条路如此熟识。

第三天傍晚，我从单位下班回去，又在廖磊公馆前见到父亲，他竟和一个蓬头垢面的乞丐蹲在路旁，像两个多年未见的老友一样在聊天。廖磊公馆前有一个用水泥砌成的花圃，里面种着不少花草，其中山茶花最为引人注目。旁边是几棵桂花树和芒果树，树下设几条两米来长的石椅，天热时石椅成了乞丐休息的床铺。他们躺在那里旁若无人地打呼噜，醒来后就满脸灰尘地蹲在路口，面前搁一个硬纸盒或者破碗，向过往路人乞讨。我偶尔会往纸盒或碗里放几块零钱，多数时候则对他们视而不见。父亲看到我才站起身，脸上没有半点窘态，走了一段路还回头看，说那个人也不错，活在往事里。我不明白父亲在说什么，也无意明白。

二〇一六年，瘫痪在床的父亲说起胡话，我才知道一九三九年的冬天，祖父在廖磊公馆门外与祖母再次相遇。当时祖父和少祖母坐在马车上，车上挤着不少人。当车子路过廖磊公馆时，祖父看到街边有一个穿旗袍的女人——在龙城是很少有人穿旗袍的，他不由得回头多看了几眼，少祖母知道他在看什么，脸上露出会意的微笑。"停车！"祖父突然叫喊起来，赶车人被吓得猛地刹住车，车上的人都因惯性往前冲，有两个人还摔到了地上。祖父来不及跟车上的人道歉，拉着少祖母就跳下马车，车子在一阵骂骂咧咧声中开走了，没人在意祖父发什么神经。

"潇晗——"

祖父边跑边叫喊，祖母顺着声音望去，看到满脸激动的祖父奔来。他们在廖磊公馆旁的十字路口相拥而泣，身后洒着明亮的冬日阳光，整条街都闪烁着金光。我从晚年母亲的嘴里，再次确认祖父对于旗袍近乎病态的迷恋。祖母带着大伯在龙城谋生，坚持穿着龙城人少见的旗袍，那是行走的广告。果然，一些官太太无意间看到了，就托人打听在哪里制作旗袍。祖母就这样接下不少生意，还跟几位官太太亲密起来，那些官太太们在聚会时，多半都会穿着祖母制作的旗袍。

"老二和老三呢？"祖父抚摸大伯的小脑袋问。

祖母刚平息下去的哭声再次响起，她没说两个孩子为什么不在身旁，只是拼命地摇头，把眼泪都摔在地上。祖父已然猜到发生了什么，没有再追问，再追问下去，无疑是在责备祖母。如若说祖母没有照顾好孩子而该被责备的话，那么祖父同样没有资格站在父亲这个角色上。

不久后，祖父特意回了一趟韶关，打算把三姑的尸骨迁到龙城，却怎么也找不到那座破败的寺庙，连那棵古松也没了踪影，似乎那桩伤心往事压根就没有发生过。祖父又跑到小镇上去找铁匠，可是小镇早已被烧毁，到处是断壁残垣，一片荒凉。堆满废物的街道上不见人影，只有几条流浪狗在废墟里觅食，受到惊吓的老鼠四处乱窜，流浪狗不时抬头歪着脑袋向祖父望来。祖父终于找到那家铁铺，然而房屋早已坍毁，无人居住，只有几株杂草从墙角钻出来，在风中放肆摇曳，祖父无处寻找二伯。

所有的这些，其实都是命运。

祖父时不时冒出这种感慨，祖母没有反驳过他。作为妻子她对丈夫的际遇感同身受，她认为祖父能从战场上活下来，不仅靠勇敢，或许还有冥冥中的命数。

据凌晗女士讲述，一九三七年，祖父所在的部队赶赴上海，参加那场历时三个多月的淞沪会战。在我的想象里，当祖父和战友们在枪林弹雨中冲锋陷阵时，祖母正带着三个年幼的孩子，一路狼狈不堪地逃往南方。祖父所在的团死伤惨重，团长战死后他被提为团长，最后整个团只剩下他和副官还活着，并且与大部队失去了联系，随后他们那个团被取消了番号。祖父跟随其他部队一起撤出上海。他永远也忘不了那场大撤退，几十万将士挤在几条狭窄而泥泞的公路上，成了在头顶盘旋的日本轰炸机的目标，大批将士死在撤退路上，大撤退成了大溃退。

"那是一场灾难啊。"

凌晗女士转述祖父的回忆。祖父每当想起那场大撤退总是心有余悸，他左腿上的旧伤就是在那次大撤退中被流弹击中留下的，虽说不是很严重，但导致他无法跟上部队。他让副官跟着部队撤退，被拒绝了，副官不愿意丢下祖父独自离开。祖父感到前途渺茫，便向副官道出自己的身份，说："我是中共地下党人。"副官立即紧紧地握住他的手，说："我早就想加入组织，团长你要当我参加组织的介绍人啊。"

他们打扮成商人，返回上海治伤。祖父回去找祖母和孩子，却只在废墟中翻出几根破碎的骨头，以及他给孩子们买的围巾，因此祖父断定祖母和孩子们凶多吉少。祖父找来纸钱在废墟前焚烧，为死去的亲人祭奠。

祖父和副官留在上海，他们到码头当小工，寻机刺杀日本人。祖父原本打算在上海联系上组织，但无论是中共地下党，还是国民党，他都没办法证明自己的身份。

一九三八年深秋的一个夜晚，上海已寒气逼人，祖父和副官从码头回到住处，在弄堂口看到一个姑娘被几个酒鬼欺负，祖父和副官出手救下那个姑娘。"穿着旗袍招摇能不危险吗？"副官数落着姑娘。但祖父脸上却露出一丝欣赏的神情。姑娘身材高挑，旗袍穿在她身上显出别样的韵味。姑娘是金陵人，她家人全死于日本人的轰炸，包括她的丈夫，她独自来到上海沦为酒吧舞女。从那之后，姑娘就跟上了祖父，成了我的少祖母。

次年，祖父决定去武汉重回廖磊的部队。少祖母见祖父去意已决，没有过多挽留，她知道即便把祖父拦下来，祖父也不会安宁，她知道男人生在乱世意味着什么。"你要活着回来，我在这等你。"少祖母满眼柔情地说。祖父掏出一只玉镯送给少祖母，说："见物即见人，等我回来找你。"一九三九年秋天，在祖父和副官即将前往武汉的前几天，传来廖磊突发脑出血病逝的消息。他们再去武汉已失去意义。

我是无意间见到祖父和凌昑女士的合影的，才知道在祖父的生命里还存在这样一个女人。在市地方志办公室工作人员的帮助下，我来到远离闹市的郊区，敲开凌昑女士的家门。那是一栋老旧的三层小楼，屋前是一个百来平方米的院子，种着花花草草，几棵桂树健康地生长，周边围着半人高的竹篱笆，篱笆上挂着盛开的月季花，屋后是一片偶尔传来蛙声的水田。客厅里摆放着紫色的老式家具，擦拭得干干净净，在最显眼的地方摆放着一台陈旧的留声机，用一块紫色的绸缎盖住。凌昑女士走过去拿开绸缎，播放一首二十世纪三十年代流行于大上海的曲子。当轻柔的旋律响起，凌昑女士脸上露出极其享受的神色，整个人沉浸在遥远的往事里。听罢几首曲子后，她带我到院子里的树下落座，她女儿为我们泡普洱茶，趁机向我告状似的说："在市里买了房却不搬去住，还说这里才是理想住所。"凌昑女士抬起头温柔地看了她女儿一眼，她女儿知趣地回到屋里。"真没想到你祖父的后人会找到这里，连你祖父都不知道你的存在呢。"她不无感慨地说。于是跟我讲起祖父的故事。她讲起淞沪会战时，语气变得激动而忧伤，她转述祖父的话，说那场战役是用血肉堆砌起来的，无数年轻而鲜活的生命瞬间消失。在他们一起生活的那段日子，她常常看到祖父为此懊丧，祖父在数次梦境里，说出渴望和战友们一起战死的话。活下来的祖父觉得自己不够勇敢，没有跟战友们战死在沙场，因为他心里装着祖母和三个孩子，每次向敌人阵地发起冲锋，他脑子里总是蹦出一个念头："我不能倒下，要是倒下了，妻儿怎么办？"他想不出他们在失去丈夫和父亲这个靠山后该如何活下去，他常常为自己在战场被这种情绪牵绊而自责。

一九三九年冬天，祖父陷入了左右为难的尴尬境地，左边是祖母和大伯，右边是少祖母和她肚子里的孩子，他舍弃谁都不成。少祖母年轻貌美，而且略通琴棋书画。祖母已年老色衰，她清楚少祖母廖娟才更适合站在祖父身旁。对于祖父来说，祖母与他之间更多的是亲情，而廖娟是重新激活他内心爱情的女人。母亲在晚年时回想起祖母，说你祖母曾感慨道："你祖父和少祖母真是郎才女貌的一对啊。"那时祖母的心里充满迷茫，如若离开祖父，那么她就成了一棵被连根拔起的树苗。

"你们每个人对团长都重要，少哪一个都无法成就现在的团长。"

副官轻轻淡淡的一句话，化解了祖父面临的窘境。祖母和少祖母醍醐灌顶，继而明白在战乱年代里，她们面临的是什么。这是她们的命运，也是她们的缘分，与其相互嫌弃还不如相敬如宾。从此，她们以姐妹相称，共同操持这个家，减轻祖父对生活的牵累和顾虑。少祖母对祖父和祖母所生的大伯视如己出，同样的，祖母对少祖母在次年春天生下的孩子也视如己出。少祖母所生的那个孩子就是父亲。

一九四三年夏天，美国航空队进驻龙城，称为飞虎队。那时飞虎队向全社会招收学员，祖父和副官没办法回原部队，便一同参加飞虎队的考试，双双考进飞机修理厂学训班，毕业后成为龙城机场航空机械师，担负地面航空机械修理工作。少祖母不愿在家里闲着，得到祖父同意后，到驻扎龙城的国民党部队当机要员。祖母在家照看孩子。

那段时间，飞虎队与日本人在空中展开多次较量。祖父每天目送战机飞上天空，很快变成一个个黑点，最后消失在遥远的天际。直到大半天后战机重新出现在天边，那些黑点慢慢变粗，越来越大，声音也越来越响，最后在地面人员的期盼中缓缓降落。祖父能从声响里听出飞机有没有问题，当飞机落地便跟着机检人员向飞机奔去。每回战斗总有一些飞机没能飞回来，所有人都知道发生了什么。

兄　弟

凌晗女士回忆起一九六三年秋天，与一个叫石全党的光棍有关，她说："他是你祖父一辈子都忘不了的兄弟。"石全党是个光棍，在月亮湾名声很坏——他有事没事就蹲在路旁盯着从面前走过的女人，被女人们骂是坏蛋流氓，诅咒他断子绝孙，他也不生气，反而觉得光荣。他还会趁着夜色摸到人家窗下偷看女人洗澡，有一回被人家丈夫抓住并打断了一条腿，伤好后走路就不灵便了，然而本性难移。祖父被下放到月亮湾接受劳动改造，安排跟光棍居住，并肩负督促光棍参加劳动的任务。在光棍面前，祖父无疑是个见多识广又经历过大风大浪的人，这让光棍十分敬佩，也愿意听他的意见，唯独在偷看女人这件事上，怎么也谈不拢。"你再这样下去会被人打死的。"光棍说："只是看看有什么关系呢，又不会掉两斤肉。"祖父被气得无话可说。人们见祖父态度端正，就让他到学校里教书。

凌晗女士在那一年跟随她母亲回到月亮湾。她是个漂亮聪慧的姑娘，如若不是因为她父亲死在城里，她们母女不会陷入山穷水尽的地步，也不会回到月亮湾投靠亲戚。许多人都对她有意思，连镇上的工作队队员都惦记着她。工作队队员来到村里检查工作，总会找个由头敲开她家门，即便只是为了一睹她的芳容。她也被安排到学校教书，跟祖父就成了同事。祖父对她没有什么非分之想，但见到她总会想起妻儿。凌昤女士回忆说："我最初着迷的是你祖父的眼神，从你祖父的眼神里，我能感受到你祖父内心装着太多的故事。你祖父从不讲这些故事，直到有一天他喝醉了，才有一段没一段地讲起来。"

一九四三年秋天，铁匠带着二伯来到龙城，当他们出现在祖母面前时，祖母怀疑自己是在做梦——世间哪有这么巧的事呢？铁匠拿出玉镯递过去，祖母双手颤抖着接住，似乎在承接千斤重量，最后竟双腿一软跪在铁匠面前。她无须看那只玉镯，仅从二伯的脸型和目光就能判断他是自己的孩子。她紧紧地抱住二伯呜呜地哭，为抛弃他而愧疚，又为他还能活着回来而感恩。她要感谢苍天、感谢铁匠，没有他，孩子可能早就不复存在。二伯不知该怎么办，被一个陌生女人抱着哭，感觉浑身不自在。他不知道那就是他的生母，也不知道站在她背后的就是自己的父亲和哥哥，他们用同一种陌生而亲切的目光看着自己，他在他们的眼里看到数个无底黑洞。这些人凭什么说是自己的亲人，在他的意识里只有铁匠才是自己的亲人。铁匠患病后，知道自己时日不多，才对二伯说："你的亲生父母在龙城。"还不懂事的二伯哭着说："我不要亲生父母，我只要你。"铁匠说："我患了不治之症，不能再照顾你了，我得送你回你父母身边。"他就带着二伯辗转一个多月来到龙城。他们不知道祖父祖母住在哪里，就一路询问在哪里能找到会做旗袍的女人，顺着这条线索来到了龙城。不久后铁匠病死在龙城，二伯哭得死去活来。

父亲在晚年提起过这段往事，按时间推算，那时父亲还不记事，他的所有记忆都来自祖父和祖母的讲述，那他怎么会记得如此清晰呢？我们不得而知。

父亲回忆说，大伯是背着家人去投奔国民党军队的，他和几位同学直接从学校走，只给家里留下一封信，说他参军去了。祖父和祖母坐在桌旁，盯着桌面上的那封信，谁也没有开口说话。少祖母走过来想安慰他们，看到祖父和祖母脸上并没有太多焦虑，似乎大伯的不辞而别早在他们预料之中。尽管大伯还没到十六岁，但他已长得像祖父那样身材高大、英气逼人，看上去像是经受过历练的精干青年。相比大伯，二伯的个子就瘦小多了，大伯面对二伯时心里总是充满愧疚，觉得当年不应该丢下他，让他在没有亲人的陪伴下苦熬，他能活到现在全靠运气。大伯对二伯特别友好，有好吃的都留给他，有空就带他上街玩耍，龙城并不大，但对于二伯来说依然充满新鲜感。大伯不容许任何人欺负二伯，曾有个邻居家孩子说二伯坏话，大伯冲过去什么话也不说就猛扇人家耳光，还警告对方再有下次就割掉他的舌头。二伯看到大伯一副要吃人的样子，心里既害怕又感到安全。

"老二，我来保护你。"大伯在去投军前的夜晚说。

当时他们坐在家门前，街上行人越来越少，几盏街灯闪着昏黄的光，头顶的夜空布满星星，唯独那个月亮不见踪影。二伯虽然不懂大伯在说什么，但还是使劲地点头，直到大伯去投了军才明白过来。大伯所在的新兵连经三个月集训后就被调往前线，转战长沙、昆明。一九四四年，大伯在战场上死去。接到大伯阵亡的消息，祖父、祖母和少祖母都没有哭泣，他们已经做好了心理准备，军人阵亡并不意外，但内心却被刀割般的疼痛所吞噬。

凌昑女士说："你祖父身上的故事让我着迷，到现在，我也说不清，我到底是迷恋你祖父身上的故事，还是迷恋你祖父本人。"

一九六三年秋天的一个夜晚，光棍跑到学校敲开祖父的房门——那时祖父已经从光棍家搬到学校宿舍住。祖父说："你跑这来干什么，我正要备课呢。"光棍说："你快去劝劝牛娃，那孩子被他父亲骂跑了，还跑到山里去了，只有你才能劝他。"祖父看他不像在开玩笑，抓起手电筒就跟着他往山上跑。山路上没有孩子的身影，他们四处叫喊，始终没有回应，只有叫喊声在山谷里回响。"他不会被野兽叼走了吧？"祖父不禁紧张起来。光棍说："这山上有野猪，没有狼，也许他回家了。"

他们又在山上叫喊一番才往回走，来到河边看到一个人在奔跑，另一个人在后面追喊："别跑，别跑！"他们听得出那是镇上干部吴耀军的声音。他在追赶盗贼吗？祖父想跑过去问个究竟。突然，那个被追赶的人扑通跳到河里。"不好了，有人跳河了。"石全党惊叫起来。祖父边跑边脱掉衣服，然后跳进河里想把跳河的人拖到岸边。原来是凌昑。她想把祖父推开却怎么也推不动，于是就在祖父手臂上猛咬一口。祖父的手松了劲，她挣脱后拼命地往河中央游去。祖父再次游过去抓住她往回拖。她又在祖父的手臂上咬，祖父忍着疼痛没有松手，直到把她拖到岸上。

"为什么要这样？"

她没有回答祖父的问话，转身又想往河里跳，祖父张开双臂拦住她的去路。她蹲在地上掩面痛哭。"肯定是姓吴的欺负她了。"石全党的话刚落，她哭得更厉害了，想必真的被吴耀军欺负了。祖父感到一股怒火直蹿脑门。"你都对她做了什么？"祖父冲到吴耀军面前质问。吴耀军双手叉腰喘着粗气，说："她要我娶她。"祖父不由得蒙住了。她的哭声也戛然而止，她从地上抓起一块石头，跳起来冲向吴耀军。祖父和石全党把她拦住，夺过她手里的石头。

"他是个强奸犯！"她声嘶力竭地叫喊。

祖父和石全党都愣住了，他们猜得到她被欺负，但强奸这样的行为还是超出了他们的猜想。石全党转过脸傻傻地看着祖父，他不知道该如何处置这事。祖父抓着石头的手微微发抖，整个人跟着抖起来，拖着发抖的脚一步步逼向吴耀军。吴耀军感觉到祖父身上的杀气，心里发慌转身就往村庄跑，祖父抓着石头紧追不舍。在那一刻，祖父脑海里只有一个念头："他是个强奸犯！凌昑被他欺负了，我要替凌昑教训他！"

吴耀军被石头绊倒在地，手脚并用地爬上斜坡，边爬边扭头往回看，脸上布满惊恐和绝望。祖父手一甩把石头砸过去，砸中了吴耀军的脚后跟，他啊地尖叫起来，整个人从斜坡上滚下去，扑通掉到两丈来高的河里。吴耀军在水面上胡乱拍打呼叫："救命啊，救命啊！"石全党慌慌张张地跑过来，站在祖父身旁怔怔地看着河面。祖父说："这是老天对他的惩罚。"石全党站着不动，也没说话，他被祖父身上的气势吓住了。祖父跳到河里把吴耀军拖到岸上，吴耀军却没了呼吸。祖父和石全党把他倒立起来，让河水从他嘴里流出来，还是没有把他救活。他们都傻住了，祖父从来没想过要杀死这个人，只不过想惩罚他，现在却成了杀人凶手。村里有几个人匆匆赶来，看着横在地上的吴耀军，又看着凌昑蹲在一旁哭泣，似乎明白发生了什么。

镇上派人到村里来调查吴耀军的死因，共三人，一个副镇长和两个公安。祖父已收拾好行李——其实也没有什么行李，只把几件衣服叠好放在床上。石全党跑到学校来找祖父，说："杨老师我有话跟你说。"祖父摇摇头说："人是我害死的，杀人偿命天经地义，这个我懂。"石全党蹲在地上心事重重地看着窗外，对面的山坡上长满树木，郁郁葱葱，在阳光下闪着光芒，一群鸟掠过树梢抖落洒在背上的阳光。"你没有什么要问我的吗？"石全党压低声音说，目光依然望着窗外。祖父说："吴耀军的死和你无关，也和凌晗无关，你们没有责任。"祖父掏出烟递过去。石全党接过烟放在鼻子下闻了闻，无论他抽什么烟，总要先拿到鼻子下闻闻，脸上露出贪婪和享受的神情。"你还是问问我吧。"石全党说。"那好吧，那我就问个问题吧。"祖父干咳两下，说，"你有没有隐瞒什么？把你知道的都说出来吧。"

石全党把烟塞在嘴里，狠狠地吸几口，又狠狠地吐出烟雾，说："吴耀军说给我介绍老婆，说那个女人死了丈夫，带着两个孩子。我想，有个女人愿意跟我过日子，别说带两个孩子，就是带一堆我都乐意。"他心虚地看了祖父一眼，目光立即耷拉下去，说："吴耀军说想要单独见凌晗，但凌晗看不上他，她喜欢你，我就去骗她说是你想见她，让她到学校去找你。我又骗你说有个孩子跑到山里，这样她来到学校见到的不是你而是吴耀军，这事是我事先和他说好的。可他说话不算数，骗了我，把凌晗给害了。"他把没抽完的半截烟摁在地上，用脚狠狠地踩着，双手啪啪地抽打自己的脸。祖父抬脚把他踢开，说："滚！"

石全党还想说什么，见祖父对他怒目而视，连连用手抽自己的嘴巴。"你给老子记住了，等镇上的人问你，就说这事和你无关，还有你要说吴耀军想欺负凌昑，但没有欺负成，不然她没脸活了。"祖父停了停说，"当时的情况是，你要去救吴耀军被我拦住，你打不过我，记住了没?!"石全党茫然失措地看着祖父，好半晌才似懂非懂地点头。"滚吧!"祖父再次怒吼。石全党才转身离去，似乎整个人都缩小了，腿也更瘸了，到底是个可怜人。

镇上的人给祖父戴上手铐带走。村里人站在村口看着他被押上山路，很快就消失在视线里。当人们回过头，看到凌昑在不远的高处蹲着，在她的脸上看不出悲喜。

祖父被关在镇上的派出所拘留室里，拘留室逼仄阴暗，连那扇小窗户也钉上了结实的木板，只有几束微弱的阳光漏进来，无处可逃的压抑感四处弥漫。祖父在那时渴望死亡的到来，认为早死早脱身，那样就能见到他"死去"的妻儿。

村里人押着石全党来到镇上，说人是他杀的，是失手。村长给镇上交了三封信：一封是写石全党失手杀人的经过，说下村检查工作的吴耀军酒后乱性欺负凌昑，被石全党遇见并与之搏斗，吴耀军在逃跑中不慎落水而亡。第二封是村民们为石全党写的请愿书，请求上级念在他出于善知而对他从轻发落。这两封信上都印着密密麻麻的手印。第三封是凌昑的举报信，落款处不仅留有手印，还有几滴泪水的痕迹。

石全党对失手杀人供认不讳，还没等民警开始审讯，他已滔滔不绝地讲起来。一个民警走到他面前说："问什么你就答什么，不要再这么胡说八道!"石全党浑身一颤，坐在那里不敢动弹，似乎另一条腿也给打瘸了。民警做完笔录后，就押着石全党回到村庄，让他去指认犯罪现场，河岸上留有血迹和打斗的痕迹，最后认定石全党是这起案件的凶手。

祖父被无罪释放。"我才是凶手，定我的罪才对。"祖父跑进派出所里大喊大叫。民警们把他带出派出所，祖父不甘心又去找所长解释。所长瞪起眼说："滚！"所长参加过抗美援朝，身体里还残存弹片，瞪起眼的刹那间，透出一股可以钻入骨髓的气势。祖父终于闭上嘴，不再说话。

最终石全党被判处死刑。村里人蒙了，没预料到会是这个结果。村长带几个人跑到镇上说情，无果。石全党也没想到是这个结果，当他听到自己要被枪毙时，吓得怎么都站不起来，似乎两条腿都瘫了。祖父去牢里探视，石全党哇哇大哭起来，说："我不想死啊，我不想死啊！"祖父等他平静下来说："你为什么要这么做？"他说："这事只有我们三个人知道，我没告诉任何人，可凌昑不信，说丑事传万里，她躲在屋里哪儿也不去，人也变得恍恍惚惚，她家人说她病了。她的确病了，没人知道她得的什么病。我就想她都那样了，都不是姑娘了，不如嫁给我好了。但我要是直接去跟她这样说是不成的，就算她同意，她母亲也不会同意。月亮湾里没人瞧得起我，我就想办一件让她瞧得起的事，就来认罪，可没想到会是这个结果。"

祖父直勾勾地看着他，想不到这个瘸腿的光棍，还搞了这么个事。光棍从祖父眼里看到了什么，猛地直起腰板拍着那条瘸腿说："这有什么，不就是死吗？人死也要脸朝天！"他说这话时把脸仰向天空，祖父看到他的眼角泛起一丝泪光。

石全党是在河滩上被枪毙的，那里离小镇不远。祖父和几个村里人站在远处，他们看不清石全党的脸，只见他走路挺着腰板，那条瘸腿似乎不治而愈。"杨老师，你不要太难过了，全党他也算条汉子，不会让人瞧不起的。"村里人安慰说。祖父没做解释，只是机械地点点头。

等枪决队检查确认犯人死亡后，村里人才抬着门板和棉被走向河滩，把石全党的尸体放到门板上，用棉被盖到他身上，四个人抬着门板的四角把他抬走。村里人把他葬在半山腰上，成了一座孤坟，从那里可以看到村庄。

石全党死后，祖父夜里总是失眠，每每从床上爬起来，走出门外来到河岸边，坐在岩石上想心事。不久后的一个夜晚，祖父再次来到河岸边，忽然听到噗的声响，看到河里有个人在扑腾，却没发出呼救声。祖父看着那人慢慢地沉下水底，才醒悟过来跳到河里，把落水的人拉到岸上，发现竟然是凌昑。她胸前还挂着布袋，布袋里塞满石头。她又跳河自杀。

"你这是何苦呢？"

她呜呜地哭着，怎么劝也没用。祖父见她那无助的模样，不禁回想起一个个离他而去的妻儿，于是蹲在她身旁讲起自己的过去，每一段往事都无比忧伤。凌昑慢慢停止哭泣，双手下意识地捂在肚子上说："我怀孕了，还有脸活吗？"祖父不由得怔住了，愣愣地盯着她看，终于明白她为何寻短见。"我把脸丢尽了，把家人的脸也丢尽了。"她的声音越来越低，最后像飘落的尘埃。祖父紧紧地盯着她的脸看，在她眼里看到久违的神情。

"我娶你。"

这话脱口而出，祖父和凌昑都愣住了。她怔怔地看着祖父，眼里充满怀疑和惶恐，身子不由得哆嗦起来。"你可怜我。"她的话也哆嗦着，站起来转过身走向河流。祖父拉住她说："同是天涯沦落人，相信这是老天的意愿。"她直愣愣地站在那里，目光落在昏暗的河面上，忽然猛转身号叫着往村庄奔去。月光洒落在她的背上，像几尾失眠的鱼在游动。

战　机

二〇一六年冬天，因脑梗死和心脏病复发，父亲住进了医院。之前父亲住过几次院，每回吊几天针就可以回家。这回情况却变糟了，父亲半边身体瘫掉了，再也没办法站起来行走。他的脾气越来越怪，时不时吵着要喝酒，不给他喝就哭闹。母亲拗不过才给他喝几口。父亲喝了酒就犯糊涂，胡言乱语，无意间把隐藏多年的往事透露了出来。母亲说，那是祖母留下的遗言，说不要提起那些事，会成为我们的负担。祖母无法判断局势，生怕那些过往会给我们带来麻烦。当母亲知道我想把这些往事写成文字时，她就违背了祖母的遗愿，把她所知道的都告诉我。

有一回，父亲大声叫喊安迪的名字，我不禁感到有些奇怪，父亲怎么叫喊外国人的名字。母亲就从箱子底翻出几张黑白的老相片，其中一张相片，是一个穿着飞行服的美国人，站在画着鲨鱼嘴标志的战机前留影。那张相片是祖母从龙城带回去的，跟随她几十年也不舍得丢掉。我在龙城图书馆里查阅资料时，也见过安迪的相片，他身材魁梧，有张英俊的脸庞，深蓝色的眼睛闪着耀眼的光芒。他会说几句简单的中国话，很快就和祖父成了朋友，还在私下里教祖父驾驶飞机。祖父梦想有朝一日驾驶轰炸机冲向日本人的阵地，为那些战死在上海的战友们复仇。

"杨，这是战争，不是复仇。"

祖父似懂非懂地盯着安迪。安迪拍了拍祖父的肩膀说："杨，你太紧张了，不要想得太复杂。"祖父似乎听懂了，又似乎什么也听不懂。

这些想法并没有影响祖父和安迪的友谊，空闲时祖父就带安迪回家做客。安迪看到祖母和少祖母身穿旗袍，两眼都瞪大了，摇着头竖起大拇指，目光毫无顾忌地落在少祖母身上，当过舞女的少祖母穿起旗袍来韵味十足。"战争结束后，我一定要带一套旗袍回美国，结婚时就让我太太穿上，那是一个怎样的场景啊，这画面简直太美了。"安迪说这话时眯缝起那双蓝眼睛，轻轻摇晃着脑袋，沉醉在遥远的想象里，他确实很喜欢旗袍。在《龙城飞虎队往事》那本书里，我查找到安迪女朋友的照片，是一个蓝眼睛高鼻梁的女人，她身上的美与祖母和少祖母不同，母亲和少祖母含蓄内敛，恰到好处，而她的美是不遮不挡艳丽奔放，如鲜花盛开般一览无遗。祖母问安迪要他女朋友的身高和体重，特地精心缝制了一套旗袍送给安迪，让他带回去给他女朋友。安迪激动得手舞足蹈，竟当着祖父的面亲吻祖母的脸庞，而后请祖父他们到窑埠街下馆子。

瘫痪后的父亲依然记得他过生日那天，安迪特意送来一个蛋糕，还从基地里搬来一台留声机，播放着他从大洋彼岸带来的磁带。当柔和而优美的旋律响起，安迪信步走到少祖母的面前，半躬着腰，左手收到背后，右手做出邀请少祖母跳舞的姿势。少祖母的脸唰地变红了，她不自信地瞅了瞅祖父。祖父乐呵呵地做了个跳舞的动作，少祖母将她的左手轻轻地递过去，于是两人在昏暗的烛光中跳起交谊舞。祖父也站起来邀请祖母跳舞，剩下二伯和父亲坐在桌子旁吃蛋糕。

安迪死在一九四四年暮春的一个傍晚。从龙城起飞的数十架飞机奔赴长沙，轰炸长沙外围的日本阵地，任务完成后返回龙城。安迪驾驶的飞机机翼被击毁，勉强飞回龙城，摇摇晃晃地降落，滑轮刚一触地就忽地着火了。安迪被卡在机舱里，可机舱门怎么也打不开，大火瞬间把机座包围。祖父抓着老虎钳叫喊着奔去，救援人员也纷纷奔去，他们抵达飞机旁时，却被熊熊燃烧的大火逼退，根本没办法救他，只听到他撕心裂肺地叫喊："杨，开枪，求你，帮帮我！"

祖父丢下手中的老虎钳，从腰间掏出手枪，抖着手对着机舱连开几枪，安迪的叫喊声才消失，身旁的人立即举枪对准祖父。祖父把枪丢到地上，整个人慢慢地蹲下去，最后跪在地上双手捂脸，泪流满面。所有人明白过来后，纷纷收起枪，并逐一走过去拍拍祖父的肩膀，没人责怪他。祖母和少祖母也为安迪的死而难过，少祖母更是怄气，好几天没跟祖父说话，还把安迪送来的留声机砸烂，抛到龙江河里。祖父始终没说什么，他又能说什么呢？安迪死于祖父的枪下，那把枪还是安迪送给祖父的礼物，真是讽刺啊。有种说法，说祖父是在报私仇，他怀疑少祖母爱上了安迪。爱也罢，恨也罢，安迪都已经不复存在了，再也不用去追问和怀疑什么。祖父给安迪的女朋友写信，说安迪是个真正的军人，英勇、善良、乐观，并且热烈地爱着她，盼着早日回去跟她结婚，最后叙说是自己开枪杀死了安迪，请求得到她的原谅和宽恕。那封信夹在祖母制作的旗袍里，连同安迪的骨灰一起运往美国。

一九四四年初冬龙城沦陷，祖父跟随飞虎队撤离龙城，少祖母也跟随部队一同撤离。祖父和少祖母都没有告诉祖母撤往何处，相当于祖父再次把祖母和孩子们抛弃在恐惧里。祖母没有责怪祖父，因为他是男人，更是军人。临行前，祖父给祖母留下一把小手枪，那是安迪送给祖父的枪。祖父在别离时才发现自己对祖母不仅有浓浓的亲情，同样有热烈的爱情。祖父把枪塞到祖母手里，让她带着二伯和父亲离开龙城，回上海也罢，或到乡下躲避也罢，总之等日本人离开后再回来。当时整个龙城人心惶惶，到处是携家带口逃离的百姓，尘土弥漫在整个城市上空，几乎遮住了依然炙热的太阳。

"我就问一句，还会不会打回来？"祖母盯着祖父说。

祖父坚定地说："当然会。"祖母的脸上就显出一股执拗的神情，祖父知道祖母不会离开龙城。祖父坚信终将把日本人赶出龙城，赶出中国，那只是时间的问题，只是谁也不知道是什么时候。祖父他们撤离龙城后，到处传来爆炸声、枪炮声以及哭喊声，龙城已无安宁之所。从湖南涌来的难民，以及想从城里往外逃的百姓，每天有数万人挤在车站里等待逃离，最后绝大多数人被迫徒步出城。死亡的气息在整个城市上空弥漫，祖母却不愿带着两个孩子踏上前途未卜的逃亡之路。

"你们父亲会开着飞机回来的。"

祖母时不时说这句话。她是说给二伯听，也是说给父亲听，或许还是说给自己听。二伯像个小大人似的点点头，四岁的父亲学着二伯的样子点点头。祖母静静地看着兄弟俩，脸上露出欣慰的神情。二伯牵着父亲的手，带着父亲来到窑埠街上，店门大多已关闭，城里充斥着紧张而压抑的气息。他们在街头买了些米糖，然后走向没有几个人影的河畔，不远处传来慌乱的脚步声和哭喊声。祖父临走前带二伯来过这里，并对他讲起柳宗元的故事，直到天黑才牵着他的手回家。那是二伯来到龙城后，祖父第一次牵他的手，更确切点说，是二伯第一次让祖父牵他的手，他从祖父的手里感受到一股来自血缘的温热。

几年后，在二伯离开龙城之前，他跟祖母讲起那股奇妙的温热，时常出现在他的梦境里，不禁让他产生一种错觉：大伯至今还活着。那时二伯在机械厂里当学徒，跟着师傅制造枪械和子弹。晚年的父亲讲起那段往事时，脸上总是浮现出一丝怀疑的神情，他越来越不敢断定存留在脑子里的记忆，到底是真实存在，还是幻想出来的。

日本人占领了龙城，指挥部设在窑埠镇，二伯不能去学校了，那里已没有老师，大多数工厂也都关闭或转移，城里到处是残垣断壁，散发着尸体腐烂的阵阵恶臭。窑埠街上行人寥寥，偶尔出现的行人也都面色慌张步履匆忙，生怕一不小心就招来日本人的子弹，只有日本人、宪兵队、伪维持会的人，趾高气扬地在大街上招摇过市，欺压百姓，杀害无辜。

那段时间祖母不敢出门，也不让两个孩子出门，她每天守在窗下，对着天空望眼欲穿，期盼祖父驾着飞机越空而来，炸掉驻守窑埠街的日本人。每当有飞机出现在空中，祖母就暗自高兴，偷偷地爬到楼顶，目光紧紧地盯着飞机，猜想着这是不是飞虎队的飞机。祖母想，如果祖父坐在机舱里，那他肯定能从天上看到想念他的妻儿。那些飞机多半奔龙城机场而去，轰炸停驻在那里的日本飞机，有时在龙城上空与日本飞机较量，每当那时城里的百姓就钻进山洞里，以免被流弹误伤。祖母从来都不跑，反而站在露天场地仰望天空，想认出祖父驾驶的那架战机。每当看到飞虎队的战机被敌方击中，冒着滚滚浓烟坠落，摔到地面传来一声轰的巨大爆炸声，祖母不由得揪着心，生怕那是祖父驾驶的飞机。祖母并不知道祖父是否能当上飞行员，他跟随部队撤离龙城时说："我会成为安迪那样的飞行员。"现在，只要看到飞机坠毁，祖母就紧张万分地默念："不是阿昆，不是阿昆，千万不要是阿昆啊。"阿昆就是杨昆，就是祖母的丈夫。

"不对，这不对，不是杨昆，就是李昆，就是王昆。"祖母立即否定这种想法，无论是谁战死，都是某个父亲的儿子或者某个儿子的父亲。

祖父的副官在一个雨夜闪进家门，他从湖南带来祖父的信。祖父在信上说他很抱歉没能好好照顾家人，让他的妻子和孩子们受尽委屈，还说在他不在时副官会替他照顾他们。祖母念着信，脸色越来越难看，似乎那不是信，而是遗书。无论祖父是否当上飞行员，他都已把生死置之度外，即便他不能成为安迪那样的飞行员，也已做好像安迪一样随时牺牲的准备。

"我在宪兵队有熟人，到那里谋个差。"副官有些不自然地说，"我会替团长保护你们的。"祖母有些奇怪地看着他，他怎么会去当宪兵？又怎么保护他们呢？这完全是你死我活的两个阵营呀。祖母等不到他的解释，在他眼里看到类似祖父撤退时的眼神，坚定而无畏，脸色才渐渐地舒缓下来。

副官当上了宪兵，有空就大摇大摆地来看祖母他们。当人们发现祖母他们与宪兵队的人有关联时，也就没人敢欺负他们，却招来充满仇恨的白眼，并在背后指指点点，说他们是叛徒、汉奸、日本人的走狗。祖母不再欢迎副官，拒绝他再到家里来——然而这些日子要不是他送来食物，祖母和两个孩子就得挨饿。副官感觉到祖母的冷漠，却不在意，只是脸上没有笑容——他脸上似乎从来都没有笑容。这让祖母不时想起乐呵呵的安迪，现在安迪死了，祖父代替安迪在空中飞翔了吗？祖母愣愣地望着天空，好半晌才慌乱地点点头，接着又迅速地摇摇头，她既盼望祖父能当上飞行员，又祈祷祖父永远不要飞上天。

副官说："我得住进来，这样在外人看来，我们才像一家人。"祖母说："不行。"副官无奈地摇头。不久后的下午，祖母站在窗旁，被一个日本兵看到，他端着枪闯进来，把祖母和两个孩子逼到墙角，说着他们听不懂的日语。祖母从他的眼神里猜到他想干什么，连忙把两个孩子抱在怀里，身体不停地发抖，脸都变了形。副官从屋外走进来，返身轻轻地上了门闩，当日本兵逼近祖母时，他用匕首捅进日本兵的后背，日本兵还没叫出声来就倒在地上，双脚胡乱蹬几下就不动了。副官把尸体藏到床底，等到三更半夜才把尸体扛去河边，绑上石块抛到河里沉入水底。祖母才相信他不是祖父的敌人，才放心让他住进家里。他和二伯住一个房间，祖母和父亲住一个房间。他每天到宪兵队上班，下班回来就站在窗前抽烟，长久地盯着窗外的街面，不知是在凝视街旁的那棵玉兰树，还是在计算如何干掉出现在眼前的日本兵。

一九四五年夏天，飞虎队出现在龙城上空，对日本人的驻地进行轰炸，地面部队跟着挺进，城里的百姓也做出反抗。日本人抵挡不住弃城而逃，离开之前放火焚城，那场大火整整烧了七天七夜，整座城市化为一片废墟。那时有个美国人沿街拍照，脸上没有笑容，不像死去的安迪那样嘴角总是挂着笑。美国人用镜头对准一个坐在废墟上的女人，换了好几个角度拍摄，女人一直没有理他，连看都不看他，她和他处在两个不同的世界。

"她疯了。"祖母轻轻地说。仿佛是说给两个孩子听的，又似乎不是。她盯着那个美国人，眼里飘着淡淡的雾气，仿佛破晓时的清晨。美国人的镜头离开女人，又对准那些出现在街上的人影，人们来到被毁掉的房子面前，不哭不叫，默默地清理散乱在地上的砖块。美国人沿街往前走，直到最后消失在那堵坍塌的墙壁背后。祖母的目光依旧紧盯不放，以前她目送安迪和祖父去部队时也是这种眼神。

祖父跟随飞虎队回到龙城，在一堆废墟前看到他的妻儿，嘴角微微发颤，眼角闪着泪光。少祖母没有回来，也没有信件，不知是死是活。二伯又回到学校读书，校舍破烂不堪，院子里的几棵树，被炮弹拦腰炸断，裸露的树干像在哭诉。许多同学却都不在了，不知是逃走了，还是被日本人杀害了，学校的墙壁上到处都有清晰的弹孔和模糊的血迹。几个官太太慕名上门，出手阔绰，请母亲为她们量身定制旗袍。母亲没有贪心，只收取少量的钱——尽管家里并不富裕。

"没事，日子会越来越好的。"

日本人投降了，祖母对未来充满信心——事实上许多龙城人都这样想，信心满满地在废墟上重建家园。那时飞虎队已经解散，父亲回到窑埠街，并入驻龙城国民党部队，在军械处任职。每天夹着黑色公文包早出晚归，祖母总在傍晚时分站在窗前，要么缝补衣物，要么摘几根青菜，目光一直盯着窗外的街面，直到看见祖父夹着公文包从远处走来。祖母满足于这种清贫而平静的生活，她没有看到弥漫在平静下的那股暗流。平息不久的战争再次爆发，现在不是和日本人打，而是国共两党在打内战。祖母没想到祖父竟在这场战争中出事。一九四六年初秋的一个夜晚，祖父和数名士兵押送武器过江，船舶驶离窑埠码头，刚来到河中央就突然发生爆炸，据说船上人员无一幸存，祖父连尸体都找不到。但祖母坚信祖父还活着，坚信祖父会在某个傍晚时分敲开家门。

祖父所乘坐的船舶发生爆炸，最后唯独祖父活了下来，没人知道那个夜晚祖父是否在船上，或许就是祖父在船上安装的炸弹也未可知，因为那批武器是送往前线准备用于阻击南下的解放军的。祖父重回龙城已是一九四七年的夏天，那时少祖母所在的部队也撤回龙城，一家人得以团聚，却感到前途迷茫。祖父看着面前的妻儿，不由得对战争越来越厌恶，想带着家人离开此地，回到上海谋生，但是他的身份迫使他留了下来。

在祖父和少祖母不在的那段日子，祖母每天都带着父亲外出打零工，但压根支撑不起生活开销，十五岁的二伯在那几年疯狂成长，摇身一变成为帅气的小伙子，眉宇间透着祖父那般的英气和刚毅。二伯没有跟祖母商量就到机械厂当学徒，祖母知道后没有责怪他，因为知道他为什么如此选择，觉得他已经是个小大人了，会为这个家分担，于是叮嘱他一定要注意安全。局势不断恶化，龙城成了国共两党的必争之地，国民党管控的机械厂要搬离龙城，成为优秀学徒的二伯也要跟着走，走得匆忙连回家的时间都没有。他这一走从此杳无音信，至今没人知道他是否尚在人世。

二伯离开龙城后，祖母萌生返回上海的念头，那时安迪的女朋友从美国给祖父寄来一封信，她在信上感谢祖父所做的一切，给安迪在最后时刻减轻痛苦，她和安迪永远都感激他。祖母读这封信时泣不成声，最后把那封信拿到河边焚烧，不知"沉在河水里"的祖父是否可以收到。祖母在那时似乎看透了人生，觉得留在龙城已无意义，把找她定制做旗袍的钱全部退还给人家，收拾行李准备带着父亲回到上海。

副官说，上海是国共两党的必争之地，回去远比留在龙城危险。这里是伤心之地，龙江河里流淌的不是水，而是剐心的刀。副官情急之下道出了祖父的真正身份：团长是中共地下党员。祖母先是愣了愣，接着满脸苦笑，最后面无表情地说："人都不在了，他是什么人还有关系吗？""当然有关系，这么些年来是你在保护他，他才得以多次化险为夷。""你是说他娶我是为了掩护他的身份，是吗？""不能这样说，那只是结婚带来的结果而已。""别说了，不要把他留给我的最后那点美好破坏掉。""你应该留下来，我答应过团长要照顾好你们，你也看得出来，我喜欢你，也喜欢孩子。"祖母猛地抬起头直勾勾地盯着这个比她小近十岁的男人，眼睛里渐渐现出愠色。祖母说："滚！"

祖母这个温良的女人，瞬间变得陌生而强悍，副官在她的恼怒下退出门外，蹲在街边怏怏地往窗口盯来，像个无家可归的人期盼着家人的呼唤。从此，我们再也没有见到过副官，不知他是死了，还是到别的地方去了。

后 记

我来到月亮湾的山坡上，在杂草丛中找到石全党的坟，花了好半天时间，才清除完坟头上的杂草和树枝，让那个低矮的坟堆重见天日。我坐在那个坟前抽了几根烟，替消失的祖父感激和祭奠他。山坡上已找不到吴耀军的坟，如果不是凌昑女士的讲述，或许再也没人记起世间曾存在那样一个人。我又回到哑巴祖父的村庄，找到他和祖母的合葬坟，在坟前上香烧纸，然后在坟碑上刻下祖父的名字。我想他们会明白子孙的心思。

二〇一八年秋天，父亲和母亲跟我到龙城生活，我先把父亲带去几家医院做检查，医生都说父亲重新站起来的可能性几乎为零。母亲依然不愿放弃，我能理解母亲的心情，我又何尝不是呢。我先后请了几位医师到家里来为父亲扎针，父亲的双脚依然毫无知觉。父亲越来越糊涂了，嘴巴有些歪斜，给他喂饭时，总有少许饭菜从嘴角漏下来。母亲为父亲感到难为情，我每回都说："没事，阿爸能吃，说明一天天在变好。"

我再次去拜访凌昤女士，想促成她与父亲的见面，万一父亲一激动就能站起来了呢。她已经不在小院里居住，而搬进了龙城养老院。我去到养老院看望她，她患上了阿尔茨海默病，已认不出我是谁了。她盯了我半天，问我是谁。无论我怎么介绍，她都想不起来，还担心我要抢她手里的东西。那是一张祖父年轻时的相片，她惊恐万分地把相片贴在怀里，嘴里喃喃自语："这是我的阿昆，谁也抢不走。"我不由得一阵感慨。我从养老院工作人员那里找到她女儿的电话号码，打电话约她在五星街的茶室见面。她在机械厂上班，穿着朴素，淡妆素雅，从脸上看不出热情，也看不出反感。

"我妈非要到养老院去，也不知她怎么想的，她现在脑子糊涂了，可要把她接回家也根本不行。"她坐下来就说。她知道我想问什么，她说："我不是我妈生的，到现在我也找不到亲生父母。"她告诉我，凌昤女士是在一九九一年收养她的，那应该是在祖父离开后的第十个年头，当时凌昤已然知晓祖父再也不会归来，便到孤儿院领养了一个女娃。我说："你应该还有一个哥哥或者姐姐。"她说："我妈提过这件事，那年她出了车祸，肚子里才五个月大的孩子就没了，流产了，从此不能生了。"我再次认真打量这个年纪比我小，而我却该叫她姑姑的女人，现在她也嫁人了，不久就会为人母了。我不禁暗想，凌昤女士在这个毫无血缘的女人身上，开启了延续生命的另一扇门。

周末时，我、陶陶和母亲把父亲推到江边散步。每回，父亲总是长久地盯着水面，眼里钻出嫩芽般的东西，或许在父亲业已糊涂的脑袋里，再次浮现一九四八年秋天的一个夜晚。那个夜晚祖父就在这条河上送别他和祖母，让少祖母带几个随从把他们安全送到乡下。起初祖母不想走，说一家人无论生死都要在一起，当父亲咧着嘴笑时，祖母才咬牙点了点头，父亲是这个家仅存的孩子。岂料，那次送别即诀别，从此生死两茫茫。

少祖母就在那个冬天死去，她被一颗流弹击中，祖父想追查都无从查起。祖父在龙城解放前夕投奔共产党，却没人能证明他的身份。中华人民共和国成立后，祖父到小镇去寻找祖母和父亲，却找不到人，问镇上的人们，都摇着头说死了，兵匪恶霸横行，人命如草芥啊。祖父四处打听也杳无音信，只好回到龙城等待，结果也没有半点消息，他便认为自己的妻儿已不在人世。祖父心灰意冷，浑浑噩噩混日子。一九五九年，祖父因看管的仓库被盗而被公安局调查，最后无法说清一九四六年秋天到一九四七年夏天的去向，被下放到月亮湾进行劳动改造，直到一九六四年才弄清他的问题，重新把他调回龙城工作。祖父带着小他三十岁的凌昤一起回城。晚年的凌昤女士谈起这段往事时，说她不介意祖父的年龄，也不介意祖父的心里装着祖母和孩子，在她看来，成熟而直率的祖父更具男人魅力。一九八一年春天，祖父突然变得莫名焦躁，在一个满是晚霞的傍晚，说："我要坐船去寻找他们。"凌昤女士没有阻拦，因为祖父的心已走了。

母亲慢慢地习惯了城里的生活，当然要不是父亲的原因，她断然不会来到城里。不久后，母亲回老家处理一些事，我担心她在路上出什么事，就打算带父亲跟她一起回去。她坚决不同意，说是不想父亲太受折腾。母亲走的那天傍晚，龙城飘着雨，整座城市笼罩在茫茫的雾气里。吃过晚饭，父亲坐在轮椅上呆呆地望着窗外，除了一片茫茫雾气什么也看不到。我感到有些累，就靠在沙发上闭目养神，有一句没一句地跟父亲说话，不知不觉中睡着了。我醒来后，发现父亲不在屋里，连忙跑出门四处寻找，一路询问路人有没有见到一个坐着轮椅的老人。人们无一例外地摇头说没看到。我给陶陶打电话，她急匆匆地赶来，说："别急，我们到河边去找找。"我忽然想到了什么，扭头就往河边奔去。

父亲果然在河边，他坐在轮椅里，静静地望着河水，毛毛细雨飘落下来，把父亲的衣服和头发都打湿了。父亲对此无动于衷，目光一刻不离地盯着河面，似乎越过悠悠河水，依稀望见了七十年前的那个夜晚，父亲依偎在祖母身旁，少祖母和几个随从护着他们，船只在昏暗的夜色下逆流而上，渐渐地消失在茫茫的夜幕里。我悄悄地站在父亲身旁，跟着父亲的目光望向河面。陶陶蹑手蹑脚站在我们身后，撑开伞，为我和父亲遮挡雨水。父亲始终没有回头，眼角漫出两滴泪水，在路灯的映照下，泛出一丝轻柔的光芒。此时，陶陶手腕上的那只玉镯，也泛出同样的光芒。

好似影子划过

1

咣，暗灰色的监狱铁门慢慢地打开，上午的阳光明晃晃地投下来，一条影子掉落在地面上，像一尾鱼往墙角边移动，当那条影子移到墙角里，在墙角折弯处显现出极不协调的弯曲状。赵光不由得怔住了，木然地盯着墙角里的那条影子，一阵寒意冷不防顺着腰脊涌上来。在服刑期间，每当放风时，他多半选择在地上蹲着，仰头望向明晃晃的太阳，强烈的光线刺得他两眼发黑，等视线重新适应光线后，他不再望向天空转而盯住墙角，那里贴着他的影子，地面与墙面垂直使影子变得弯曲，像被一只无形之手硬生生地折断，而后不管不顾地丢弃在那里。他觉得自己的人生如同墙角里的影子，弯曲、压抑、不知所措，继而使他充满悲怆的内心得到一丝疼痛的抚慰。这条影子总是纠缠着他，连夜间做梦都没饶过他。他从没跟谁讲起过，不想以任何悲伤示人，那样不仅没用反而会成为别人的笑话。他打算出狱后就忘掉这条该死的影子，没想到刚出狱，那条影子还是异常顽强地刺入眼帘。好半晌，他才清醒过来，强迫自己不去关心地上的那条影子，用脚尖试探性地踩了踩地面是否真实。他背上的那个土灰色的牛仔包，连同他那颗剃得精光的脑袋，跟着脚下的动作晃动，脑袋上折射出惊慌而迷惘的光芒。

王彬彬从他身后走过来。王彬彬是他的管教，他们几乎同时来到这座监狱。赵光被送到这里关押的那天，王彬彬正带着一脸阳光来这座监狱报到，没多久他们就成了管教与被管教的关系，这关系保持了整整十年。王彬彬微笑着拍拍他的肩膀，说出去后好好生活，说着就从兜里掏出一个黑色口罩用力地拍到他手里，说："送你的，我说话算数。"赵光有些犹豫地接过那个口罩。王彬彬说："洗过了，还消了毒，放心用吧。"接着王彬彬伏在他耳边压低声音说："滚。"他向王彬彬深深地鞠了一躬，本想说谢谢，或者说别的感激的话，却被王彬彬脸上那丝微笑给摁了回去。他发现王彬彬脸上的微笑和以前不一样了，是成熟了还是虚假了他说不清，总之觉得此时说什么都不合适，不如不说。他把那个口罩塞进牛仔包，慢慢地走出大铁门，身后发出咣的声响，铁门再度关上。他浑身一震，像是身上的某扇门被打开了，又给重新关上了。他下意识地用手按了按牛仔包，真切地感受到包里的那个口罩还在，才放心地走进眼前的阳光里。

那是洛杉矶口罩。

在入狱之前，他喜欢看洛杉矶湖人队打球，尤其喜欢穿8号和24号球衣的科比。在监狱里偶尔也能看到，这是他没想到的。他更没想到的是王管教也是科比的球迷。有一回王管教对他进行训诫，没有说监狱里的条条框框，也没有教育他做人的道理，居然跟他聊起洛杉矶湖人队，末了取出一个黑色的口罩，不无得意地说："这是洛杉矶口罩，是我妹夫从美国带回来的，我特意叫他带的。"赵光紧紧地盯着那个口罩，似乎那不仅是一个口罩，而是稀世珍宝。王管教说："你喜欢？"他点点头，接着连忙摇摇头，王管教大方地说："等你出去那天，就送你。"他感到有些受宠若惊，却有点怀疑那个口罩并非来自美国，那只不过是王管教顺口编造的故事，目的依然是对他进行开导和训诫，但他愿意选择相信。

他因故意伤害罪和强奸未遂被判有期徒刑十年。狱友们无不嘲讽他，说他强奸妇女非英雄好汉所为。他承认自己故意伤人，却否认想强奸，每每跟人辩白，末了总不忘说上一句："我真没干过那事。"监狱里没人相信他的话，他越解释越没人信。他不由得泄了气，再也不提这件事。

他渐渐地习惯了监狱生活，这里的生活极其规律，像闹钟一样按时按点走就行。离刑期期满越近，他越焦躁不安，在一天放风时，还和狱友发生争执并打破对方鼻子。王管教自然找他去训话，说："你在这里还没待够？"他垂下脑袋没开口，脸上也没有半点悔意。王管教瞟他一眼，说："你是不是故意的？"赵光既没承认，也没否认，答非所问地说："他的影子是弯折的。"王管教愣了一下，说："别犯傻了，告诉你，我一直都相信你。"赵光的脑袋猛地抬起来，正眼盯着王管教，他在王管教的眼里看到一片明亮而纯净的光泽，如同大雨过后的阳光毫无杂质。他终于相信王管教的话出自真心。王管教说："有些东西我们只能看，摸不得。"他又意味深长地说："如果你没准备好，即便出去了也不一定是真的出狱啊。"赵光不由得错愕，这不像王管教说的话，他充满疑惑地盯着王管教的嘴巴，发现他的嘴唇有些像刚苏醒的孔雀。

铁门外空空荡荡的，没有人来接他，他也不想有人来接。他紧了紧肩上牛仔包的背带，走向几十米外的公共汽车站。他一路快步地来到站牌前，从包里掏出黑色口罩戴上，遮住了大半边脸。他看到公车从远处驶来，阳光在车轮下变成棉花，拖着一个摇摇晃晃的影子。又是影子，如影随形，这种感觉很糟糕。他没有等公车停下来，而是顺着被阳光晒得发白的公路奔跑，越跑越快，想要甩掉身后的影子似的。他戴着口罩奔跑并不好受，呼出的气没能消散，遮住的面部瞬间升温，呼吸变得更加困难，但他依然没有摘下口罩。那辆公车从他身旁驶过，车上有人在打量他，并一眼就能断定他是个刚刑满被释放的人，但他不在乎，又继续跑了一段路。他感到心里有某种东西在复苏，像发芽的种子即将破土而出。

他跑到下一个公交车站，满头大汗地蹲在指示牌旁，指示牌因掉了漆而露出锈迹斑斑的黑色铁块。他喘着粗气把牛仔包搁在脚边，依然没有摘掉把脸捂得难受的口罩。他面前停着几片从别处刮来的树叶，风一吹，树叶连同灰尘被卷到空中，慌乱地飘到参差不齐的草丛里。他看不到那些树叶的影子，这使他感到莫名的安心。

20路公车终于来了，他直起身把牛仔包背到肩上，往地上跺了两脚才走上公车，有些犹豫地往投币箱里投了钱。车上的人不多，他那颗光秃秃的脑袋特别引人注目，使仅有的几双眼睛时不时把目光投向他，目光里掺杂着怀疑和嫌弃。他装作不在意，紧了紧怀里的牛仔包，把脸别向车窗外。街道比以前更笔直宽敞，绿化带里花团锦簇，街旁高楼林立，商店里的商品琳琅满目。他有种穿越之感，不由得眉头微蹙，而后闭上眼睛。

2

赵光在龙铁公交站点下车。"龙铁"这两个字像铁钉般钉进他的脑海里，怎么也拔不掉。或许对改变命运之地，很少有人能够遗忘，他也不例外，尽管他在监狱里把自己从三十岁熬到了四十岁。

他来到龙铁小区，这里早已物是人非，压根找不到十年前的模样。他记得十年前这里的墙是红砖砌的，墙角种着月季和爬山虎。现在已摇身一变成了高档的住宅小区，周围换成涂着黑色油漆的铁栅栏，顶端削出尖头，在阳光下闪着逼人的寒气。

他是在龙铁小区大门外把罗勇捅伤的，医生说刀口再往上移半寸，罗勇肯定没救了。从前他会怀疑医生的说法，觉得有些医生夸大其词。但这回他完全相信医生的话，医生说什么就是什么，不敢有半点质疑。

以前罗勇就住在这个小区。罗勇是他父亲的徒弟，也是他最好的朋友，无话不谈的那种。罗勇多次请他到家里做客，他们每回都喝啤酒，别的酒都不喝。赵光好几次建议喝别的酒，罗勇死活不同意。赵光说喝别的酒会死啊？罗勇说死是死不了，但肯定活不成。赵光听不懂罗勇的话，但还是无条件地依着他。后来赵光才知道罗勇坚持喝啤酒的原因，不是他喜欢喝，而是为了一个推销啤酒的女孩。罗勇背着妻子李娟和女孩好上了。赵光为罗勇保守秘密，这使他们的关系更加微妙。每当喝多了——他们几乎逢喝酒必喝过量，然后罗勇不顾李娟的劝阻，把上衣脱下来，扎在腰间，光着膀子大摇大摆地走出小区，和赵光勾肩搭背地来到河边对着河水骂娘。他们不知道在骂谁，但对着河面嘶吼，就觉得解气。多数时候，他们摇摇晃晃地走出小区门外，赵光打车回家，而罗勇没有回家，赵光只不过是个幌子。

在此之前，赵光怎么也没想到他们会反目成仇。起因是他父亲的死。他父亲曾在县城铝厂当工人，待遇低，又看不到前途，于是辞职到龙城创办配件厂。他和母亲跟他父亲来到龙城。他哥哥赵荣已结了婚，并育有两个孩子，大的十岁，小的五岁，他们留在县城生活。罗勇在配件厂当技术员，深得他父亲的信任。起初，配件厂的生意很好，产品供不应求，但没过几年产品就滞销了，资金链断裂，他父亲卖掉了房子也难以为继。他母亲劝他父亲转让配件厂，虽然不赚钱，但是至少不再往下亏损。他父亲舍不得配件厂，也舍不下百余员工，说每个工人的背后都是一个家啊。没人能劝说他父亲。罗勇给他父亲出主意，以配件厂抵押贷款，然后进入股市。罗勇说："其实我是有私心的，如果牵线成功的话，贷款方会给我一定的联络费。"他父亲点点头，说："你这么说我就放心了。"于是，在罗勇的牵线下，他父亲把配件厂抵押出去，然后将所贷的200万元款项投入股市，没出几个月就输得精光。他父亲变得精神恍惚，在一个雨夜从桥上掉下去，当场摔死在河滩上。

赵光是晚上来找罗勇的，罗勇不在家，他妻子也不在家，他就到小区门外等。那天飘着南方常见的雨，细如针脚，密密匝匝。那个晚上赵光在大门外的榕树下守到凌晨，罗勇才撑着伞摇摇晃晃地走来，无疑是喝多了酒。"他还有心思喝酒！"赵光气得猛地扑过去，用弹簧刀抵住罗勇的胸口，把他推到墙角。地面因受雨水浸泡，堆积的尘土烂成泥泞。罗勇说这事不能怪他，是赵光父亲同意的。无论他怎样解释，赵光都听不进去。赵光说："是你和贷款方串通坑了我父亲，你们坑钱也就罢了，还把人命也坑了进去，这事我跟你没完！"罗勇因喝多了酒，两脚发软，他想往后靠一靠，脚底一滑，整个人跟着滑下去，左手条件反射地弹起来，啪地甩在赵光的脸上。赵光说："你还敢动手！"说着手中的弹簧刀已扎进罗勇的腹部。"赵光，你怎么动刀？"罗勇捂住腹部倒在地上，昏暗的路灯映在他脸上，使他看起来无比狰狞。赵光吓坏了，他怎么也想不到是这样的结果，当他看到罗勇的血淌进雨水里时，他抓着刀转身仓皇而逃。路人看到罗勇受伤倒地才报警，救护车把他送进人民医院。警察到病房里询问情况，罗勇没说是谁干的。

赵光既愧疚又心慌，他没打算要伤罗勇，即便带着刀，也只不过是给自己壮壮胆。赵光跟朋友借了些钱，不敢直接拿到医院给罗勇，而是借着夜色把钱送到罗勇家里给李娟。李娟看着赵光放在茶几上的钱，便明白了罗勇的伤是怎么回事，难怪罗勇不愿说出是谁伤害他的。"这是钱的事吗？"李娟心头猛地涌起一股怒火。她从沙发上跳起来，径直向赵光冲过去，不料脚下踩到东西，整个人就要往后倒下。赵光见状，便下意识地伸手去扶，却不想被李娟拉扯着，不小心将她扑倒在茶几旁，右手搭在她的乳房上。李娟心头的火烧得更旺了，嘴里叫骂着流氓，双手不停地使劲抓着赵光，在他的脖子上、脸上刮下多道伤痕，指甲里都有了血。一切都来得太突然，疼痛使赵光本能地想要逃离，他一边挣扎着想要起身，一边因为李娟歇斯底里的抓挠弄得视线迷离，头昏脑涨。他腾出一只手摸到茶几一角，好不容易借力站起来一点，身下的李娟却不依不饶。慌乱中，赵光碰倒了茶几上的水壶，被扑倒在地的李娟只感到一阵凉意，再反应过来时前襟已近乎湿透，两只乳房紧贴着湿透的衣物，如同裸露着一般。赵光怔住了，傻傻地坐在那里。李娟慌忙用一只手遮住胸部，另一只手抓起茶几上的花瓶砸过去。赵光慌忙夺门而出。李娟追出门外，没有追上赵光，反而被邻居看到她衣衫不整的模样。

"抓住他，抓住那个强奸犯！"李娟情急之下大声叫喊。邻居听到后跟李娟一起去追，却已看不到赵光的身影。

李娟满脸怒气地来到医院跟罗勇说："赵光到家里来了，他喝了酒，说了你的事，还，还想强奸我，要不是我拼死反抗，他早就得逞了。"罗勇直愣愣地看着她，满脸难以置信的表情。"报警，快报警！"反应过来后的罗勇双手拍着床沿咆哮着，刚缝合的伤口再次迸开，暗黑的血淌出来。他能忍受被赵光捅刀，却无法忍受妻子被欺侮。最终，赵光因故意伤害罪和强奸未遂两罪并罚被判处有期徒刑十年。听到宣判时，赵光脑子里一片空白，回想起带着刀去找罗勇的那个夜晚，以及去罗勇家送钱的那个夜晚，究竟是什么促使了这一切的发生？他不禁怀疑那时自己的内心定然起了邪念。

现在这里已经成了高档的住宅小区，仅大门就有三层楼高，大门旁站着精神抖擞的保安，出入大门的尽是各种豪车。赵光茫然若失地站在那里，再次意识到世界的变化超乎想象。

"请问，罗勇和李娟住在这里吗？"他走到保安面前微躬着腰问。

他原本打算用陈述句，然而话一出口，就把保安当成狱警，陈述句也变成问句，露了怯，最让他感到不满的是，自己的腰竟下意识地弯下去。保安警惕地盯着他，看出他不是这个小区里的人，没告诉他任何信息，只用冷峻的目光审视他。赵光心里不由得冒火，他受够了这种被审视的目光，不过他还是忍住没让内心的火爆发出来，只是抬头望向几十层高的楼房，阳光刺痛他的眼睛，他心有不甘地悻悻离去。这里连半点记忆都无处找寻，他内心充满沮丧，却又放松下来。

他来到桥下，当年他父亲摔死的河滩已被河水淹没，原因是下游建起水电站，河面已上涨好几米。他蹲在河边的步道上，河里悠悠的流水，在烈日下波光粼粼，行人从身旁经过，钓者倚住栏杆，宠物狗在撒欢，要不是他父亲摔死在这河滩上，眼前的景象该是多么美好啊。

3

赵光在路边摊买了黑色鸭舌帽和宽大的墨镜，把自己的头和眼睛遮掩起来，然后搭乘晚间列车回县城。他本不想回去，不愿面对亲人，他给他们带去耻辱。但他忍不住想念母亲，已经十年没见她了，在他锒铛入狱后，她在城里就落了单，他大哥赵荣把她接回县城生活，为此他大哥和大嫂吵了一架。他大嫂说："你爸生意好时，有记得我们吗？给过我们一分钱吗？"赵荣说："那时我们不需要，如果我们有需要，他会不给吗？再者说，这是我妈，你是想给我们的孩子做'榜样'，等我们老了，他们也不让我们进家门吗？"他大嫂被噎住了，无言以对，抹着泪走进厨房，算是同意。服刑期间，他大哥去看过他，但他没有见他大哥，没脸见，此后再也没人去看他。他大哥也没有再去看他，只给他写过几封信，告诉他家里的情况。他也从来不回信，之后他大哥连信也不写了，他也落得轻松。他不知道他们过得怎么样，母亲老了吧？大哥工作顺利吧？大侄子考大学了吧？小侄子也该上初中了吧？大嫂没有给母亲甩脸色吧？他想着这些，心里既紧张又充满暖意，眼角含着泪珠，所幸被墨镜遮住，没有被人发现。

他回到县城时已是凌晨。县城换了模样，而新区俨然是一座拔地而起的新城。他在月亮街找了一家旅馆住下，在旅馆可以望见穿城而过的河流。当年他和他大哥时常到岸边钓鱼，每回都能钓起不少鱼，曾经还钓到一条十斤重的鲤鱼。他站在窗前往外望，河岸边没有垂钓者，也没有渔船，或许是夜深了吧，或许是别的什么原因，总之他觉得过往的记忆已被淹没于水底。他掏出烟默默地抽着，在烟头忽明忽暗间，忽然觉得自己才是那尾被岁月遗忘的鲤鱼，无人垂钓，不禁悲从中来。

次日，他打听到他大哥赵荣在教育局上班，于是来到教育局大门外的街角蹲着，等了半个多小时才看到他大哥从门里边走出来，脑袋低垂，头发脱得所剩无几，脸色有些阴郁，陷在某种沉思里。他慢慢地直起身子，小心地叫了声大哥。赵荣听到叫声，扭头望来，看到他畏畏缩缩地站着，先是怔了怔，接着快步走过来，说："回来了！回来就好。"赵荣给家里打电话，告诉他母亲老二回来了。赵荣的声音有些哽咽，明显是强忍着激动，赵光悬着的心才稍稍落了地。赵荣又给他妻子打电话让她多带些菜回家。

赵荣带着赵光回家，赵光却有些担忧起来，说："大哥，要不买点什么吧？"赵荣说："不买了，妈在家里等急了，这些天在念叨你来着。"赵荣眼角泛着泪光，掺杂着激动和内疚。赵荣说："老二啊，你知道，我请假局里批了还不算数，还要得到县领导批才行。"赵光说："我知道，我懂。"他不好意思地垂下头，为给赵荣带来麻烦而不安。

他们回到楼梯口，他母亲已经站在那里等他们了。母亲比十年前衰老了许多，她的嘴角抽动着，多年前他和赵荣从河里钓起的鲤鱼，鱼嘴也是那样翕动。

"孩子，快迈过来。"他母亲说，声音颤抖着，如同被风刮着的秋叶。他母亲把一块刺绣铺在地上，那块刺绣花纹细密，绣着山清水秀的风光，似乎隔着世界，又连接着世界。赵荣说："老二，这是妈亲手绣的，绣了十年。"赵光明白母亲为何如此，脸皮不禁抽动了几下，眼里滋长着迷惘和感动。他踮了踮微微发颤的腿，咬了咬牙迈过去，像是迈过了一道无形沟壑，他母亲和赵荣都长长地舒了一口气。

"妈，您受苦了。"

赵光在他母亲面前跪下，磕了三个响头，额头碰到地面，以致额头上沾了尘土。他母亲含着泪把他扶起来，并用衣袖擦拭他额头上的尘土。她个头原本就矮，再加上年迈背有些驼，需要踮起脚尖才够得着。赵光连忙弯下腰，让他母亲不用踮脚。他母亲拍了拍他身上并不存在的灰尘，说："儿呀，回来就好，回来就好。"她说着，眼角的泪终于淌了下来。

赵荣说："先在县城找份工作吧，母亲老了，方便相互照应。"赵光明白赵荣的用意，便到光明补胎店当小工，这份活儿他做起来得心应手。以前，他跟他父亲学机修，到了监狱里也没闲着，管教知晓他的本事，时常叫他修理车辆，现在也算是学有所用。赵光就在店里住，说那样方便干活。家人都知道他不愿待在他大哥家里。这些年他大哥没能得到提拔，或多或少也跟他有关系。

补胎店处在县城进出口附近，来往的车辆多，车辆经过时总卷起一阵灰尘，而刮起大风来更是灰尘满天，视线都变得浑浊不清，仿佛大雨将至。赵光暗自满意，想这样就可以光明正大地戴口罩，也就没人能认出他来——事实上也没有几个人认出他。赵光每天都待在店里，哪儿也不去，手里总不闲着，下班后别的工人回去了，他依然在店里捣鼓。

他很少戴王彬彬送给他的那个洛杉矶口罩，在补胎店里只戴过一回。那天有一辆豪车开进店里来，老板连忙转脸看着店里的伙计们。赵光从老板的眼里看到心虚，这款豪车价格近200万元，弄不好把整个店全赔进去恐怕都不够。赵光面无表情地对老板说让他试试。他说着就走进里间，戴上那个洛杉矶口罩。赵光没用多长时间就把车整好了，车主一高兴还多付500元修理费。当那辆豪车消失在视线里，大伙才注意到赵光脸上的口罩有些特别。

"这是洛杉矶口罩。"赵光解释说。

他主动开口，竟把大伙愣住了，大伙愣愣地看着他摘下洛杉矶口罩，换上平时戴的那种，不由得觉得那个黑色口罩大有来历。大伙都知道他的过去，老板特意交代大伙要包容他，大伙便不在他面前说黄段子，生怕刺激到他。赵光不喜欢这种刻意的包容，这使他觉得面前拦着一面看不见的墙，怎么也翻不过去。他不愿说话，独自承受，大伙误以为他是个哑巴。那天他突然张开嘴说话，大伙的心里就踏实了。从那天起，他们闲聊时就多了关于洛杉矶的话题，关于洛杉矶湖人队，关于球星科比，赵光还偶尔说起监狱里的事，说起王管教。

赵光很少回他大哥家吃饭，他母亲时不时到店里送菜，有鱼肉、面包和蔬菜，都是从他大嫂菜摊上拿来的。赵光劝他母亲不要送。他母亲说："这点菜我还是买得起的，跟你大嫂原价买，不费几个钱。"他只好由着他母亲，因为店里的伙计一起吃中午饭，他母亲送菜来大伙都高兴，有时老板还给他母亲菜钱。赵荣依然担心赵光，有事没事就叫他去喝酒、拉他去钓鱼，结果发现无论怎么努力，赵光的兴趣总是不大，似乎依然走不出过去的阴影。他母亲说："老大啊，是时候给老二相门亲了，男人嘛有了家就知道该干什么了。"赵荣恍然大悟，拍了拍脑袋说："对，我这就去张罗张罗。"

赵荣就拿几张相亲对象的相片给赵光看，说该考虑成个家了，老待在店里也不是办法。赵光接过相片翻看着，没说中意，也没说不中意。赵荣就换一种办法，把赵光的相片拿给那些相亲对象看，结果有个丧偶女人对他感兴趣。赵荣就带女人到补胎店里。赵光不想浪费人家的时间，说："你知道我是什么人吗？"女人微笑着说："你哥都告诉我了。"赵光说："他没说我是个刑满释放人员。"女人微笑着说："你有本事。"赵光说："犯故意伤害罪和强奸未遂。"女人依旧笑着说："你有担当，有责任心。"牛头不对马嘴的对话，使赵光一时找不到话，好半晌才说："我们不合适。"女人也不恼，说："处了才知道合不合适。"末了补充一句："你不是在拒绝我，是在拒绝你自己，为什么对自己那么狠呢？"赵光不由得愣住了，抬头仔细打量这女人，还挺耐看，越看越好看的那种，就对女人说："我们去吃个饭吧。"

赵光没告诉赵荣那女人合不合适，赵荣却觉得他们有戏，借着大儿子从学校放假回家的机会，把赵光叫到家里吃饭，名义上是见见侄子，实则是想问他对那个女人的看法，如果中意的话就准备筹办婚事。赵光支支吾吾地没一句整话。

"你都这个样子还嫌弃人家？"

赵荣大儿子冷不防地冒出这句话，全家人都惊呆了，赵荣怒目瞪过去，孩子浑然不觉，依旧埋头玩手机。赵荣一把抢过手机，说："给二叔道歉！"孩子也不甘示弱，板着脸瞪着赵荣，说："要不是他，我现在早就是特种兵了！"赵荣啪地甩了他大儿子一巴掌，孩子咬着牙，倏地站起身走进房间，用力甩上门，嘭！整个房屋都震动起来。家里人知道孩子心里有气，那年部队招特种兵，他去报名然后体检合格了，最后没被招走。有人说他是政审关没过，有人说他本身条件不够，但他相信是赵光的原因。

赵荣冲过去，被赵光拉住，说："大哥，别怪孩子，孩子说得在理，一语点醒了我。那女人挺好的，我答应跟她交往。"赵荣才把话压下去，默默地坐回沙发，跟赵光讨论结婚的事。赵荣当即给那女人打了电话，告诉她赵光和家里人的意思，说："以后如果你们结婚了，我作为大哥，给你们出个首付。"赵光听着赵荣的话，眼眶红了，他大哥终究没怪罪他。那晚他和赵荣都喝多了。

次日，赵光背着包离开县城，没告诉家里人去了哪里，只说他走了。

4

赵光在龙城转了几天没找到工作，便到步行街散步，却看到王彬彬从服装店走出来，手里提着两个纸袋。他下意识地蹲在树下，拉了拉头上的鸭舌帽，身旁是一棵移植来的大榕树，根须从树枝上垂落，像钢筋似的扎入地下，显得孤寂和沧桑。他想起王彬彬曾对他说，人生无外乎孤寂和沧桑，每个人的内心都如此，都悲凉。他听到这话时不禁怀疑，王彬彬怎么会对犯人说这些呢，太不可思议了。他不敢盯着根须看，小心翼翼地蹲下去，当醒悟过来这里不是监狱，才直起身悄悄地转身离开。

"赵光，你怎么在这里？"

是王彬彬的声音，太熟悉了，在他耳边回响了十年。他回过身子把口罩、墨镜和帽子一一摘下，挤出讨好而谦卑的笑，身体稍稍前倾，又想往树下蹲。王彬彬说："站直了！你在这工作？"赵光说："前几天刚来龙城，还没找到工作。"王彬彬直勾勾地盯着他，说："真没找到？"赵光小心地点着头，不敢与王彬彬对视。王彬彬当即打了个电话，通话不到三分钟，挂断后对赵光说："明天到花园小区当门卫吧，经理是我兄弟，好歹先落个脚，好吧？"停了停说："你还是把帽子和墨镜戴上吧，口罩就不用戴了。还是那个洛杉矶口罩？"赵光就戴上帽子和墨镜，反而觉得内心被王彬彬看得更透彻了，慌忙把帽子和墨镜摘下来。

"到饭点了，我请你。"

王彬彬说着就往前走，赵光一路跟在身后，生怕一不小心又要被训话。王彬彬看到他这个样子，摇摇头没说什么。他们在眼镜饭店吃猪肚鸡火锅，这家饭店在这里开了二十年，之前他父亲带他来过，他和罗勇也来过。触景生情，尽管饭店重新装修了，但"眼镜饭店"那几个字让他感觉恍如昨日。赵光看出王彬彬有心事，就提议一起喝点酒，他们喝了两瓶酒，结果都有些醉了。王彬彬说："老赵啊，其实待在监狱有个好处，对吧？那个地方适合人思考，哲学家们都应该到那里去，等他们有所成就再出来，对吧？没去过监狱的哲学家算不上真正的哲学家。"赵光说："你这是哪门子歪理啊？"王彬彬不屑地瞟他一眼，说："不是歪理，那里离社会远是远，但那种远又是最近的，对吧？"赵光无辜地摇摇头，说："我不懂什么哲学，只想挣点钱养活自己，别的都不重要。"王彬彬端起酒杯一饮而尽，而后用手中的空杯点了点胸口，说："其实啊，真正的监狱在这里，对吧？如果这里被监禁了，无论在哪里都是囚徒。"赵光摸了摸胸口，说："那就从这里出来嘛。"王彬彬抬起头，目光望向窗外，步行街上人来人往热闹非凡，他最后喃喃自语："有谁能真正地走出这座监狱呢？"

他们从眼镜饭店出来后，步履都踉踉跄跄了，差点撞上几个小姑娘，她们用手捂住嘴巴满脸嫌弃。王彬彬哈哈大笑，从身上摸出一包烟，一百块一包的那种，硬塞进赵光的兜里，然后拍拍他的肩膀，说："谢谢你，你让我觉得人生有意义。"等王彬彬坐上出租车离开后，赵光还不明白他话里的含义，只是下意识地把手搁在衣袋上，隔着衣物感受那包烟。

次日，他就到花园小区当门卫。他和小彪轮流值班，小彪比他先来半年，大多时候他值夜班。这是他提出来的，他喜欢在夜色下看人和物，看不清，只能看到千奇百怪的影子，这是他想要的结果。小彪高兴地跳起来，说："老赵，你真是个好人，等发工资请你喝一顿。"赵光打趣说："还是留着哄女朋友吧。"小彪就哈哈笑着。说起小彪的女朋友小杜，她是贵州人，长得精瘦精瘦的，在超市里当服务员，他们认识不到半年就同居，但谁也没提结婚的事。

赵光每到深夜两点，就把口罩戴到脸上，然后在大门附近来回走动。那时已经很少有人出入，而当有人出入时，他先把口罩摘下来，该登记就登记，该起杆就起杆。每到三四点时，整个城市都沉入梦中，没有什么声音。那种时候他戴着口罩蹲在门卫室外头，透过夜间的雾气向远处张望，街上偶尔有几辆汽车飞驰而过，走不稳路的人在晃动，不知是鬼混而归的醉鬼，还是无家可归的流浪汉，整条街道似乎显得比平时更宽敞。月色和路灯交织而成的光亮，映着路旁的枫香树，深秋了，却看不清叶子是否发黄。小区有几百户人家，这时候人们大都已经入睡，偶尔有几扇窗口还漏出光，消失在无边无际的暗黑里。赵光猜想这些人家不是失眠就是在工作，他想不通人家干什么工作，非得三更半夜完成。

"你怎么那样想呢？那样想多没趣啊。"

小彪反驳他的观点。那天小彪领了工资，请他到街对面的饭馆吃饭。小彪喝了四瓶啤酒，他一杯也不喝，因为晚上是他的班，怕喝酒容易犯困耽误工作，被骂事小，被扣工资或者被开除就给王管教丢人了。小彪也没怎么劝，赵光不喝他也不勉强，自顾自地喝起来，几杯下肚话头就多起来。赵光的内心一阵震颤，脸上的表情也不大自然，小彪没注意到他的脸色，越说越起劲儿，说："听说前两年，在这发生了一起强奸案。"

小彪咬牙切齿地说出"强奸案"三个字，赵光听后打了个寒噤，不禁恍惚起来，之后小彪还说什么，他已经听不进去了，所有的声音都淹没在"强奸案"三个字里。他以为自己已经忘了那件事，没想到那件事依然像毒蛇一样盘踞在暗处，不时吐出血红信子，时不时地咬住他的心脏，让他隐隐作痛，又叫不出来。他猛地抓起酒瓶往嘴里灌酒，似乎要把那三个字灌死，不少酒水从嘴边漏出来。小彪看着他喝酒的狼狈相，咧开嘴哈哈傻笑。

5

南方的冬天树木依旧郁郁葱葱，但是寒气逼人，让人难受。赵光喜欢这种天气，夜晚人们大多不愿出门，他的工作就轻松多了，而且在那种天气戴口罩，让人看着挺正常的，天冷戴口罩来挡风寒嘛。他戴着口罩给人登记放行，起杆落杆，大大方方。小区里也有人戴口罩，不知是不是跟他学的，但他觉得是跟他学的，他喜欢这种感觉。一天夜间，有个女人来到值班室门外，看起来挺年轻的，但衣着破烂，头发蓬乱，光着脚丫，冷得瑟瑟发抖。"大哥，有吃的吗？"女人问。他看那女人可怜，转身走进门卫室，拿出一袋户主送给他的苹果。女人说："大哥，太多了，你给我两个就行。"他从袋子里拿出两个苹果递过去，女人接过苹果护在怀里，转身弯着腰往前走。他心底不由得有些空落，想这女人为何沦落于此呢？看她也不像精神病人呀，今晚这么冷的天又住哪儿呢？是不是在桥洞里过夜，会不会被流浪汉欺负呢？"你能做什么吗？"他反问自己，接着啪啪地拍着脑袋，嘴里已叫喊着让女人等等。他让小彪顶他的班，跑到附近给女人买了快餐，又买了运动鞋、运动裤和冲锋衣，共花了六百多块钱，不由得一阵心疼。但想着好人就做到底吧，一咬牙带着女人去住旅馆，打算第二天给她买张回家的车票。

他给她在旅馆开了间房，带她走进房间，让她到卫生间洗澡，然后准备离开。三个警察进来，把他们带到派出所调查，显然是怀疑他们的关系。早上王彬彬来到派出所把赵光领出去，赵光说："王管教，你是知道我的，我不会做那样的事，我这是在做好事啊。"王彬彬说："老赵啊，凡事多小心。"赵光听不出他话里的意思，说："王管教，你不信？可以问那个女人啊。"王彬彬拍拍他的肩膀，说："人家早就离开了。"又拍拍他的肩膀说："凡事小心便是。"

赵光回去上班，经理找他谈话，说："你知道你的行为是什么吗？你知道这种行为给公司带来多大的负面影响吗？你是对我这个经理有意见，还是对这个公司有意见？你连裤带都系不牢？告诉你，要不是出这事，我还不知道你老赵原来好这口呢。要不是看在王管教为你担保的份上我可不留你，我警告你，再有下次，从哪来就滚回哪去！"赵光说："经理，不是这样的，我……"经理不耐烦地说："我还冤枉你不成？"经理说着看都不看他，就背着手迈着八字腿走了。赵光望着经理臃肿的背影，顿时失去了解释的欲望。

晚上他去交接班时，小彪神秘兮兮地凑到耳边，说："老赵，你那事是真的吗？"赵光心里不由得一颤，翻起两只白眼，使小彪倒吸冷气。小彪讨好地说："老赵，别生气，你是什么人我还能不清楚？"赵光没有领他的情，嘴巴紧闭，脸色阴郁。小彪自讨没趣地离开，骑着一辆单车去接他女朋友下班。

小彪消失在街道那头，赵光的魂也跟着走了，剩下一个空壳蹲在门卫室里，他不再站在门外跟出入的业主们打招呼，生怕听到别人议论自己。他在门口蹲到凌晨，然后回到宿舍拿出王管教送给他的烟，他一直舍不得抽，似乎那包烟是余下的日子，抽完了日子也就到头了。这个夜晚他忽然想抽，本来他兜里有烟，但他就是想抽王管教送给他的那包，自从入狱后他就没抽过那么贵的烟。他慢慢悠悠地回到门卫室，没看到一个人影或一辆车，只有毛毛细雨在路灯下飘散，像冰冷的针尖扎在他脸上。他不计较这些针尖，蹲在门外抽起烟来，抽完一根就用脚踩灭，接着把烟蒂放在手里，最后捏了二十根烟蒂。他直起身把烟蒂丢进垃圾箱里，觉得在这里的日子已经到头，该离开了。

赵光到工地里找活干，没多久，竟然被人认出来，说他犯过罪。他不知道工地上的人怎么会知道的，他连那个月的工资也不要就离开了，不想人们议论他曾犯过罪。"不，我没有强奸！"这念头使他胸口发闷，继而对工作产生怀疑，不知道为何还要活下去，像行尸走肉一样活着，还有什么意思呢？他看不清前方的风景，他也不需要那样的风景。他拖着脚来到桥上，阳光迎面直射，他轻轻地闭上眼睛，想象着他父亲当初坠落的样子。阳光消失了，微风消失了，连同空气也消失了，最后剩下一个孤寂的灵魂。他忽然理解了他父亲，断定当年他父亲从桥上掉落，不是失足，而是刻意跳下去的。他父亲在从桥上一跃而下时，身上长出了翅膀，带着那个孤寂的灵魂抵达另一个世界。他不由得热泪盈眶。

"老赵，你怎么在这？"

还没等赵光反应过来，小彪已蹿过来拍他的肩膀，小彪和女朋友正走过桥。小彪看到他眼圈发红，以为他为辞掉工作而伤心，便拉着他到小摊上吃饭。他本不想去，但不好当着小彪女朋友的面拒绝。那天他喝多了，心里憋得慌，借着酒劲讲起十年前的案件，那是他出狱后第一次说给旁人听，末了还掏出他和罗勇、李娟的合影，说："我找不着他们了，这事怎么说得清呢？"他忽然拍着桌子，两瓶还没喝光的啤酒瓶弹跳起来，掉到地上啪地摔碎了。老板急忙过来问出什么事了，小彪说没事没事。赵光不理会他们，站起身跟跟跄跄地走了。小彪和女朋友没有去追他，拿起桌面的相片看，弄不明白他们之间的关系。小彪说："看赵光那么痛苦，帮他找找吧。"于是他们用手机拍下那张相片，发到微信群里，问有没有人认识罗勇和李娟，说有酬谢。群里就人人起哄，说酬谢多少？小彪回复说钱不是重点，情义才是。群里就一阵调侃。多数时候群里的人都在谈房价、工程、招工等，偶尔开开玩笑，减减生活中的压力。

那几天群里有人发来信息，说认识罗勇或李娟，小彪就打电话告诉赵光，等赵光找上门时发现他们说的只不过是同名同姓之人，不由得沮丧。他心里却有了主意，就是要找到他们，问清李娟为什么要冤枉自己，这个念想使他浑身是劲儿。

他当起了快递员，每天四处跑，这个工作到处跑，运气好的话或许能遇上他们。他还跟熟人打听，但三个月过去了，也没有任何消息。后来小彪的女朋友从超市辞职出来，到月嫂公司求职，看到有个叫李娟的人也到那里求职。

赵光听到后，按照小彪女朋友提供的信息，赶往城西的鱼巷。巷子两米来宽，铺着水泥地面，两旁都是陈旧的老房子，有的墙上的水泥掉了，裸露出灰色的砖块，有的还长着苔藓。巷子尽头有棵小叶榕，有三层楼高，树下有个卖袜子的小货摊，一个上了年纪的女人在守着。这片区域里的房子都很陈旧，户主大多都搬走了，现在房子大多拿来出租，租金不是很贵。他不由得有些恍惚，不禁怀疑李娟他们怎么会住在这里？他在巷子里走了好几个来回，不由得招引来街旁几个店老板的注意，似乎只要他有什么举动他们便会报警。最后他蹲在街口，盯着前边的菜市场，想着只要罗勇和李娟他们住在这里就会来买菜。

傍晚时分，一个中年女人引起了他的注意，李娟！果然是她！他一下就认出了她，内心骤然热浪翻滚，拳头慢慢地紧攥起来，想冲过去将她打倒在地，结果他蹲在那里纹丝不动。他再次细细端详李娟，她穿着一件半新不旧的衬衣，有些松垮的样子，头发被风刮过般散乱，脸上的肤色像黄昏的天空般暗黄，手里提一个沾着油腻的灰色袋子，在摊位前与小商贩为一两毛钱讨价还价。这个形象与他的想象完全不符，他感到内心的热浪慢慢冷却，攥紧的拳头慢慢松开，心头泛上一丝无力感。李娟提着袋子走出菜市场，没有注意到他。他把鸭舌帽往下拉了拉，挡住眼睛，尾随而去。

"你为什么跟着我？"

李娟在拐角处突然转身，蓦然站在赵光面前，冷冷地说。赵光被吓了一跳，冷不防收住脚，不知如何回答，就干脆不回答，冷着脸盯着她。"赵光，怎么是你？"李娟认出了他，不由得惊慌起来，结结巴巴地说，"你，你出来了？"赵光心头的恨意再次被激发，说："不如你愿，是吧？"李娟连连后退说："你想怎么样？"赵光紧逼过去，说："我只想知道你为什么要那样说，你得给我解释清楚。"李娟说："解释？你把我害成这个样子还要我解释？是不是还想强奸我一回？"赵光只觉得恶心，发觉眼前这个女人已不是他要找的李娟，或许在他入狱之后她就已经死了。

"妈，回家啦！"

李娟和赵光同时转脸望去，一个女孩出现在路口，穿着阳光幼儿园的校服，扎着马尾辫，六岁模样，如同年幼时的李娟。赵光扭过脸盯着女孩看，脸上的神情变得复杂，似乎她才是自己要找的人。李娟不由得一阵紧张，连忙过去用身体挡住他的视线，说："我警告你，你敢有什么企图，我立即报警。"赵光打了一个激灵，牢狱的记忆浮上来，心头不是滋味，咽了咽口水转身离去。

赵光来到他父亲摔死的地方，劝自己别再纠缠此事，既然以前那个李娟已不复存在，那就让往事消逝，放过别人便是放过自己。他努力让自己不再想这件事，结果夜里时常陷入噩梦，梦见自己被关在监狱里，墙上站着一个女人，拖着一条长长的弯折的影子，最后变成无数支竹箭向他射来，把他射得千疮百孔。他在刺痛中惊醒，浑身虚汗，恍恍惚惚。他每每坐在床沿上，双手抱住膝盖，目光有意无意地瞟向城西。窗外月光暗淡，映衬着街头孤寂的背影，他继而明白自己的心结在哪里。

他时常鬼使神差地来到城西，立在街角或街边的树下，注视着不远处的菜市。进入菜市的人脸上大多挂着疲惫，他们忙碌了一天，下班回家顺路到这里买菜，日复一日。这就是生活的真谛吧。他不由得对自己的等待产生怀疑，等待着李娟干什么呢？李娟承认或者不承认自己说谎还重要吗？那些活在谎言里的人还会去正视这件事吗？所有的历史都会被时间埋葬，的确没有意义。他的双脚却没有挪开，像是明知等不到猎物的猎人，依然不管不顾地守在陷阱旁。李娟不就是自己的猎物吗？不，不是，猎物已非李娟，那么又是什么呢？他回答不了。李娟每天都会到菜市场买菜，没发现被人盯梢。她的目光在菜市里寻找着低价处理的蔬菜和猪肉，遇到了还挑挑拣拣，小商贩不耐烦地说："好好，五毛钱就不收了。"

那天赵光又来到城西菜市，看到李娟从菜市场走出来，骑上电动车左拐右拐隐没在狭窄而破败的巷子里，拖在地上的影子疲惫不堪。他不由得对自己感到恼火，要么过去把事情说清楚，要么干脆别来。他啪啪地拍着脑袋，想这事能说清吗？这太可笑了。他沮丧地往回走，没走几步又折回身，疾步走向李娟的家。那是一楼，墙角养了几株菊花，静默地绽放着。他看着那几株菊花，神情有些恍惚，定了定神，举起手敲了敲门。

"怎么又是你？你，你到底想怎样？"

李娟看到赵光站在门外，遇到鬼似的满脸惶恐。赵光说："我只想听你说句真话。"李娟鼓着腮帮，欲言又止，转身走回屋里。赵光跟着走进去，屋里的家电和家具都已陈旧，没有一件值钱的家什，布置倒是干净整洁。墙角里搁着一辆轮椅，上头坐着一个瘦削的男人，目光呆滞，脸色惨白，如同大病初愈。他是个走不了路的残疾人。赵光立住脚呆呆地看着男人，男人对他挤出一丝苍白的笑意，笑里含着反感和敌意。李娟从房间里拿出一块毛毯，小心翼翼地盖在男人膝盖上，然后把他推回房间。

"他是我丈夫。十年前罗勇出院后，我们就离婚了，两年后我嫁给了他，他在广告公司做事，有一回在高空绘画时不慎摔下来，腰椎断了。老板赔了一笔钱。不久后他又患上尿毒症，赔偿款全花在治疗上了。"李娟从屋里走出来说，声音淡淡的，没带半点忧伤，像在说别人的故事。

"我想问你一件事。"

"我知道你想问什么。"她咽了咽口水说，"我全都告诉你吧，当年你捅伤了罗勇，他没把你供出来，因为你们是好朋友，他还要变卖所有的家产把钱给你们，他觉得那样才对得起你父亲。"她停了停说，"他有那样的想法，我能理解，但他在外边跟那个卖啤酒的女人好上了，你以为我不知道？你和他一起瞒着我，你们把我当成傻瓜，他不仅给那女人钱，还要给你们家钱，他考虑过我的感受吗？你作为朋友考虑过我的感受吗？我不想再过下去，只想离婚，这也有错吗？我不贪心，只想拿走属于我的东西。他偏不离，正好出了那事，我就借口说你强奸了我，这么说只是为了逼他同意离婚，没想到闹成这样。"

赵光像被什么东西猛烈撞击，疼痛瞬间把他淹没，他疯了似的往门外奔去，一口气跑到桥上，趴在栏杆上喘着粗气，望向他父亲摔死且已被水淹没的河滩，双手捂住脸面干号。他发觉自己被打败了，不知被谁打败的。他顺着阶梯走下河边，在拐角处看到一个流浪汉，衣衫破烂，浑身污垢，躺在那里呼呼大睡，引来一群蚊子在嘴边飞。他三步并成两步跑到河边，连衣服也没脱就跳进河里。水面上有两艘小游船驶过，桥面上人来人往，没人注意他的存在。他从水底钻出来，爬到岸上，浑身湿漉漉地走回去。

6

不久后的一个晚上，小彪请赵光喝酒，小彪满脸红光，中了彩票似的。小彪说："我要回去结婚了。"赵光说："回你老家？"小彪说："去贵州，当上门郎啦。"赵光怔了怔说："这有什么劲儿。"小彪哈哈笑着说："你想得太多了，有些事呢，不去想就好，一想就坏，管它呢，活着就是劲儿。"赵光听出小彪话里有话，那时他才发现，平时看似吊儿郎当的小彪活得比他明白。分别时，赵光塞给小彪一个红包，五百块，那是送给小彪的结婚礼金。小彪犹豫了一会儿，才接过红包，抱住他互道珍重，然后打车走了。

他试着按小彪的话去做，不再去想过往的事，把生活往简单里过，让它充实。他慢慢地发现，即便是当快递员，接单送单也感到快乐。有一天，他路过阳光幼儿园，看到一个女老师带领许多孩子在操场上做活动，另一个女老师在旁观看。赵光注意到墙角里蹲着一个小女孩，目不转睛地看着什么，他认出那是李娟的女儿，便停下脚步，他从小女孩身上看到了罗勇的影子。这怎么可能呢？他一阵错愕，不由得看得入了神。一位女老师注意到他，连忙慌张地赶过去把小女孩拉到人群里。赵光才摇着头离开，知道女老师把他当成了坏人，越走越难受，恨意又泛上心头。他坐在一棵桂花树下，掏出烟狠狠地抽着，目光再次飘回幼儿园。操场上已空无一人，大家都进教室里去了，剩下满地发白的阳光。

"赵光，我想跟你谈谈。"

赵光猛地抬头看到李娟。她似乎从地皮下突然冒出来，满面绯红站在他眼前，额头冒出细微的虚汗，眼里一片焦虑。赵光莫名心虚地点点头。她没有再说话，转身走向公车站。赵光往左右看了看，没看到什么，便跟着她走去。他们上了6路公车，隔着两排座位落座，到城西菜市场站下车。赵光明白她要带他到她家里，想必要找他谈话，又舍不得花钱找个场所。他理解她的所为，由此可见她的经济拮据。他犹犹豫豫地跟着她进门。她往门外看了看，轻轻地上了锁，垂着眼帘走进屋里。没看到她丈夫，饭桌上搁着半碗饭。"我接到老师的电话就赶过去了。"她低低地说。他没说话，静静地看着她，发现她后背微躬，似乎被什么压着。她不会又要做什么见不得人的事吧？不会把她丈夫怎么着了吧？然后嫁祸于自己吧？

"进来吧。"她背对着他说，边说边走进房间。

他想转身离开，双脚却往房间里挪，说不清双脚为何不听使唤。房间已拉上窗帘，严严实实的，一片昏暗，散发着一股中草药味。她丈夫不在房间里。"我丈夫在公园里晒太阳。"她背对着他说，"不要打我女儿的主意，算我求你了。"她说着转过身来，迅速地解开扣子，衣服和裤子脱落在地。

"来吧。"她语气里夹带着乞求。

他打了一个冷战，明白她想干什么，便啪地甩了她一巴掌。她整个人摔到床上，干脆仰躺在那里。她紧紧地闭上眼，眼角慢慢溢出两滴泪。啪！他甩了自己一巴掌，扭身奔出门去，背后一片死寂。

他跑到一个叫作漆黑的酒吧，有个狱友在那里上班，他把自己灌得酩酊大醉，狱友想把他扶出酒吧。他摆摆手说自己行，狱友就若有所思地看着他跟跟跄跄地走出去。他在街边的榕树下嗷嗷呕吐，似乎胃里的东西全倒了出来，而压抑在心底的所有冤屈也都吐了出来。他拿出手机打给小彪，刚拨通就被挂断，小彪没有回拨过来。赵光想起小彪说的话，再次确认他说得对：活着就是劲儿。

他忽然萌生找个女人过日子的想法。跟他要好的同事帮他介绍女朋友，结果交往的几个女人都吹掉了，她们都是在得知他有过前科时走的。他不怪她们，换成是他也一样会嫌弃和鄙视。这都是李娟造成的呀。

当他再次来到城西时，发现李娟他们搬了家，不知去向，他们刻意躲着他，把他当成瘟神，这使他心头充满火气。他问新搬进来的人家，对方说不知道他们搬到哪里去了。赵光跑到阳光幼儿园询问，幼儿园老师警惕地看了看他说："李娟的女儿叫什么？是哪个班的？老师电话是多少？"赵光感受到老师对他的提防和敌意，心里不爽，却强压住情绪，说："我和李娟是朋友，我就想知道她女儿是不是在这个幼儿园。"老师往幼儿园门口看了看，一个保安满脸警惕地走过来。赵光连忙说："我真的没有恶意。"保安说："请你离开，不要惹麻烦，要不然我报警了。"赵光猛地怔住了，警察、监狱等关键词向他涌来，没等保安再次驱逐，他就边哈腰边后退离开。赵光来到河岸边望着悠悠河水，心里越发不是滋味。那之后好些天，赵光有事没事就来到阳光幼儿园，每回都装着路过，终究还是引起保安的注意，只要他一出现，保安的目光就没离开过他，直到他消失在街角。有一天，他看到幼儿园门外出现一名警察，警察目光如炬，注视着四周，视线还扫到他脸上。他浑身一震，不敢逗留，快快地离开。

在这段毫无目的的日子里，赵光忽然觉得日子有了新方向，每天想着要找到李娟，究竟要找她干什么，他说不上来，但觉得必须找到她，某些东西才得以解决。他忽然觉得她的存在如同拖在自己身后的影子。对！她就是自己甩不掉的影子，倘若想要开始新生活，就必须彻底地甩掉这条影子，这个念头在他脑子里无比清晰地浮现出来。赵光回到李娟之前租住的地方询问房东的电话，然后找到房东问李娟的去处，说："她欠我钱没还，不打声招呼就消失了，您应该知道她搬到哪儿吧？"房东是个上了年纪的男人，毫不在意地瞟了赵光几眼，说："她搬家没告诉你，那就是不想让你知道，要是你还会让别人知道吗？我和她只是房东与租客的关系。"赵光掏出三百块钱，说："我知道她生活困难，有小孩子，丈夫还坐在轮椅上，但不能因此就逃避呀，有困难可以说，我要的只是尊重。"房东接过钱，说："也对，人重要的是相互尊重，她们搬到城北去了，柳城巷，你到那里去问问吧。"

赵光有事没事就来到柳城巷，特意蹲守在路口，想着只要李娟住在那里必会遇上。果不其然，几天后的一个傍晚，赵光就看到李娟骑电动车驶进巷子，速度很慢，不知是刻意开得慢，还是电动车过于陈旧使不上力。赵光没有过去质问她，当看到李娟时他反而感到心虚，至今都不明白找到她之后做什么，又该如何惩罚她。他还在胡思乱想，李娟已驶出视线，他反而松了一口气。那天之后，他隔三岔五地便来到柳城巷，蹲在不远处暗暗地观察。他发现李娟跟一个男人比较亲密，他们好几回在街口面带微笑地分别。他不禁想知道那个男人是谁，和李娟是什么关系，于是偷偷地跟踪起那个男人来。他换了新工作，到修理店里当小工，还特意买了台二手相机，有空就扛着相机四处拍照，把自己打扮成摄影爱好者。店里的老板和小工觉得他活得很潇洒，干这么累的工作还有心思搞艺术。他从不解释，只是一笑而过。

他带着相机时而偷拍李娟，时而偷拍那个男人。他发现那个男人结了婚，有老婆和孩子，他们的夫妻关系不好，他看到他们吵架，有时当着孩子的面吵，把六岁光景的孩子吓得哇哇大哭。赵光不明白自己为何如此，看到别人陷在矛盾里不是同情，反而是心生快意。他下夜班没事可干，也时常扛着相机四处乱窜。一个夜间他意外遇见李娟，当时快到十二点了，李娟从一条巷子里推着电动车出来，身后跟着一个喝醉了的老男人，街灯不是很明亮，看不清老男人的神情，却见他毫无顾忌地摸李娟的屁股。李娟没有反抗，麻木似的由他动手动脚，目不斜视地推着车往前走，直至穿过马路对面。老男人依旧站在街边意犹未尽地望着她远去。赵光似乎明白李娟同时跟几个男人交往，或许她靠这个来讨生活，他心头涌上一阵悲伤，说不清是为李娟，还是为他自己。

不久后的一个下午，太阳很大，路面晒得发白，李娟骑电动车驶出巷子，在半道上突然调转车头往街角冲去。赵光蹲在那里举着镜头对准她。他拍摄技术越来越好，调焦、对光，以及人物与背景的比例分割等，总能拍出让他满意的相片来，很多时候他端详着相片，有种欣赏大师作品的自我陶醉的味道。此时，闯进镜头的李娟满脸愤怒，与她背后那堵老城墙和从天而降的阳光，构成一幅意外的画面，他手指连忙按下快门。这就是"灵感"吧，他莫名兴奋，忘了是在偷拍。

"你到底要干什么？"她恼怒地说。

赵光才醒悟过来自己在干什么，想躲避已经来不及，便大大方方地举起相机说："拍照。""你到底要干什么?!"她加重语气。"我没想干什么。"赵光看了看镜头说。"你以为就你是受害者吗？要不是你和罗勇那样对我，我会是现在这个样子吗？"她停了停说，"现在我丈夫站不起来，要我承受一辈子啊，就算我有错，这样的惩罚还不够吗？"她说着说着就蹲下去，双手捂脸呜呜哭着。赵光看到路人投来疑惑的目光，没说什么便转身离去，当李娟的哭泣声越来越大时，他不由得怀疑自己的行为。

7

赵光不再去柳城巷，但空闲时依然扛着相机四处游逛，把镜头对准街上那些极具生活画面的场景。这种拍摄不仅需要技巧，还需要灵感和时机，而这竟慢慢地成了他的习惯，每每守在巷子口等待生活场景与想象中的画面重合，然后迅速咔嚓咔嚓按下快门。他回到住处整理相片，发现拍下的相片大多是影子，无论是拖在地上，还是贴在墙上，看起来都比人脸更加真实。他竟萌生起办摄影展的想法，当他说出这个想法时，遭到工友的嘲笑，说："你这样就是艺术？拿个破相机就成了艺术家？要是这么容易我们还要在这风里雨里挣生活费？"赵光被浇了盆凉水，也清醒过来。他去看过摄影展，知道自己的拍摄水平确实不如人家。这个发现使他浑身使不上劲。他感到无聊就给小彪打电话，还没等他开口，小彪的话已涌过来："老赵，你猜怎么着？我老婆怀孕了，有经验的妇人说，怀的是男胎，他们家更是高兴，把我当祖宗供，我可想要个女孩，把她打扮得漂漂亮亮的，不过男孩女孩我都喜欢，下回再努力要个女孩，你可要准备好大红包哦。"赵光心里那股阴云忽然消散，想象着远在贵州的小彪满脸笑容的模样，他真心为小彪感到高兴，竟忘了打电话要说什么。他忽然觉得自己像一个武林高手，找不到对手，继而失去了方向。

那之后，他对摄影也失去了兴趣，日子过得浑浑噩噩，到月底了，就拿着工资到狱友的酒吧里买醉，享受着酒精带来的短暂麻醉。有时他跟着狱友到按摩院去按摩，当按摩女的手像蛇一样从他身上滑过，总使他先是惊起一身鸡皮疙瘩，接着才慢慢地感受到久违的放松。狱友有时会带女人回住处，他有过此想法，终究不敢越雷池，每每想起监狱生活不由得心有余悸。狱友嘲讽他"无情无义"，都不管他"老弟"死活。他每每默不作声，却下意识地往裤裆望去。狱友注意到他这个细微动作，在他们喝多后打电话约了一个站街女，直接把站街女推进赵光的房间。

"出去！"赵光半醉不醒地说。

这句话刚溜到嘴边，他整个人就怔在那里，走进来的女人是李娟。"你怎么干这个？"他终于证实了自己的怀疑，李娟的确是靠这个讨生活。李娟也没想到会在这里碰到赵光，扭头就拉开门想往外逃。赵光飞奔过去按住门说："我会付钱的。"李娟推开他说："你混蛋！"赵光也来劲了，说："我的钱不是钱？"李娟侧着身子说："赵光，我知道你在报复我，我不怨你，这是我的命，是报应，但老娘当站街女又怎样？比你活得有劲，哈哈哈！"赵光定在那里，酒也醒了，望着李娟夺门而出，才想起追出去。李娟跑到街边去推电动车，回头看到赵光追来，跨上车猛然往前开，与一辆飞驰的小车迎面相撞。她和电动车被撞出三米多远，小车没有停下来，拐了个弯就不见了。赵光吓住了，跑过去看李娟，她浑身是血，躺在地上动弹不得。赵光连忙报警，然后守在李娟身旁。

"赵光，我不行了，这样，应该，应该是个好结局吧。"李娟艰难地抽动着嘴。赵光让她不要说话，李娟不理会他，说："你以为，你以为你没有罪吗？我们，我们谁没有罪？你、我、罗勇，谁没有，没有罪？我利用你们的友谊诬陷你，可你们不也是以友谊的名义破坏我的生活吗？"她说着，脸上泛出一丝凄婉的笑意。赵光不由得浑身一颤，他想安慰和鼓励李娟，却找不到合适的话语。警车和救护车很快就来了，把李娟送到人民医院。

"奇怪，她在潜意识里放弃自己，没有一点求生的欲望。"医生摇着头说。

赵光看着昏迷不醒的李娟，明白她为何放弃自己，但是她没有放弃的资本呀，她身后还有瘫痪多年的丈夫和还在念幼儿园的孩子，她要是放弃了自己，就等同于放弃了他们，他们该怎么办？他们将像角落里的废纸、枯树以及折翅的鸟儿，连寒风都可以随意欺负他们。或许她太累了，她也努力过、拼命过，只是她运气不大好，一直没有看到前方的微光。她只是一个弱女子，无法承受生命之重，死亡对她来说不是苦痛，是解脱。不，死亡本身是罪恶。赵光无比懊恼和悔恨，不住地拍打自己的脑袋，使劲地拍，像拍皮球，没感觉到半点疼痛。他像影子一样尾随着她，使她内心压力陡增，压断了她最后的那根救命稻草。他面向苍穹祈祷，让她醒过来，苍穹沉默不语。

但是，她死了。

她怎么能就这么死了呢？他不愿相信这是真的。她的确给过他伤害，但那不是她的初衷，到底问题出在哪儿呢？他沮丧地垂下头，盯着自己的手，忽然看到手里有把刀，闪着刺目的寒光。这把刀与当年捅进罗勇腹部的刀何其相似啊，只不过现在手里的刀是无形的，但同样能置人于死地。李娟就被这把刀捅死了。

现在，李娟死了。

她家里剩下她丈夫和女儿，他们在龙城没有什么亲戚和朋友，曾经建立起来的关系早被困苦败光了。赵光来到殡仪馆想帮他们处理李娟的后事，被李娟丈夫呵斥，说："你离我们远一点。"赵光只好躲到远处，看他们忙碌，悲伤淹没了他们。最后，他们把李娟的骨灰带回家。

赵光彻夜失眠，想着李娟的丈夫和女儿怎么生活，他们一个瘫痪在轮椅上，一个还在念幼儿园，应该有人来帮他们吧？如果没有人帮他们呢，李娟丈夫会不会把他们的女儿送进孤儿院？她到那里会不会被别的孩子欺负？她受到欺负谁会帮助她呢？这些胡思乱想充斥着他的整个夜晚。

他得想办法帮他们。第三天，他去看他们，刚到柳城巷的菜市场，就看到李娟的女儿在买菜，她母亲死了，只能靠这个没菜摊高的孩子买菜，造孽啊。她从肉摊前走过，目光贪婪地扫过去，偷偷地咽下口水，最后买了腐竹和青菜。她看到地上有几片菜叶，弯下腰装着系鞋带，迅速地捡起菜叶塞进袋子，然后往胡同里奔跑而去，似乎有人在背后追赶。赵光看着她消失在巷子里，内心猛地震了一下，终于明白自己在逃避什么，又在寻找什么。

他在菜市场买了两斤猪肉、一条鲤鱼和几把青菜，又买了两瓶酒，还在菜市场旁买了一个熊猫布娃娃。他来到他们家门外轻轻敲着，李娟女儿来开门，屋里很乱，地上到处是书本和衣物，似乎屋里进了贼。李娟女儿见是他，脸上先是惊讶，接着是惊恐，连忙回头往屋里看。李娟丈夫坐在轮椅上瞪着双眼，在昏暗的屋里闪着寒光，说："快滚，别等我骂人。"赵光说："对不起。"他把手里的东西搁在门口，鞠了一躬才转身离开，身后一片静默。

8

赵光每隔两天就去看望他们，但每回他们都不让他进门，他就把买好的菜挂在门口，尽管他们对他有敌意，但还是收下他买的菜，使他稍许心安。几天后，他又去看他们，在菜市场外头看到李娟女儿，她被一个陌生男人抱着，往街边的车走去，车门像只饥饿的嘴巴张开着。她满脸惊恐，脸上淌泪，但没有叫喊。赵光觉得不对劲，连忙奔过去，说："我是她舅舅，你是她什么人？"男人说："我是他叔叔。"赵光说："你是她叔叔，我怎么没见过你？"男人说："你没见过的人多了。"李娟女儿哇地哭着说："他不是叔叔。"赵光立即意识到什么，扑过去抓住那男人手臂，说："再不放开我就叫人了。"男人瞪着他，看了看四周，人来人往，只好把李娟女儿放到地上。李娟女儿立即抱住他大腿，她浑身发抖，被吓坏了。那个男人用手指着赵光的鼻子说："你等着瞧。"他对那人冷笑一下，想要是今天没来，后果不堪设想啊。

"先买菜，舅舅再送你回家，好吗？"赵光伏下身帮她边擦眼泪边说。

李娟女儿使劲地点点头，他就牵着她的手走进菜市，她还在发颤，他就把她抱起来，说："你想吃什么，舅舅就买什么。"她说："爸爸喜欢鱼头。"赵光说："好，舅舅会做剁椒鱼头，可好吃了，今晚舅舅来做菜好不好？"李娟女儿又使劲地点点头，说："舅舅，我的名字叫王慧呢，以前妈妈叫我小慧。"李娟女儿缓过气来，赵光才稍稍放了心，把小女孩吓坏了可不得了。他笑着说："小慧，舅舅以后也这样叫。"小慧笑着说："舅舅，你脸上有酒窝。"赵光才意识到自己笑了，他不记得有多久没笑过了。

赵光抱着小慧提着菜走进家门，李娟丈夫坐在轮椅上惊讶不已。赵光小心地把小慧放到地上，说："老王，今晚我做饭。"赵光说着举起手中的酒和菜，没等李娟丈夫应允，他已经走到厨房里。李娟丈夫摇着轮椅来到门口，看着赵光在厨房里忙碌。赵光回过头来，说："今晚尝尝我的厨艺吧。"李娟丈夫脸上一片迷茫，嘴巴半张着，什么也没有说出来。小慧抱着熊猫布娃娃走过来，小声地说："爸爸，今天有个人拿刀吓我，说如果不跟他走，就杀了我，舅舅看见了才救我。"李娟丈夫终于明白过来，摇着轮椅到客厅，脸上的神情愈加复杂。不久，赵光就做好了饭菜，他们坐到饭桌旁，小慧给他们盛饭。赵光说："小慧真懂事，以后有谁欺负你，就告诉舅舅，舅舅帮你出头。"赵光把菜市场里的事告诉李娟丈夫，说："老王，小慧还小，幸亏今天我碰到啊，现在想想都后怕。"李娟丈夫渐渐地垂下脑袋，但他又能怎么办呢，他连这个轮椅都离不开。

"老王，李娟不在了，还有我呢。"赵光边喝边说。

李娟丈夫听懂赵光没说出口的话，眼角不由得湿润了，他不想让赵光看到，举杯喝酒掩饰，泪水掉到酒杯里。那晚李娟丈夫喝得有点多，赵光把他和小慧扶上床才拉门离开。

赵光搬过去跟他们住，一来省了租房费用，二来可以更好地照料他们，小慧又回到幼儿园去上学。老师还没开口问，她已仰起小脸大声说："这是我舅舅，做剁椒鱼头可好吃了。"老师就微笑着跟赵光招呼，弄得赵光既高兴，又不好意思。

赵光从商场里买回一尊小佛像，把李娟的骨灰倒在里边，摆放在正屋墙上，初一、十五给她上香。李娟丈夫说："老赵，谢谢你。"赵光说："老王，咱是一家人，不要见外。"停了停说："等挣到了钱，再买块墓地，先委屈委屈她。"李娟丈夫点点头，眼角就泛泪了。赵光装作没看见，转身走进厨房，其实他眼角也泛着泪。

那之后，赵光边工作边接送小慧上下学，每天都忙得团团转，却很充实。李娟丈夫每每看着赵光走进门，女儿蹦蹦跳跳跟着，还哼唱着歌，脸上现出满足的神情。赵光又买来画笔和画纸，李娟丈夫看到了，明白赵光的意思，想让他重新拿起画笔，自从受伤后他再也不敢碰这东西。他眼里泛上一丝绝望，连忙把头扭到一旁。赵光也不急，自从李娟死后，他忽然明白王彬彬曾经跟他说的话：人活着，首先是心活着。他相信李娟丈夫的心总会活过来。

不久后的傍晚，赵光刚到幼儿园门口，小慧已张开双臂奔过来，大声说："舅舅，老师说明天开家长会，还说要你去参加呢。"老师站在旁边微笑着望来，赵光知晓小慧是讲给老师听的，她也有家长，心里不由得泛起酸楚，接着感到莫名紧张。次日他调了班，准备跟小慧去幼儿园，刚走出门口又折回房间，戴上黑色的洛杉矶口罩，才放心地重新出门。

老师和学生都坐在教室里，按惯例老师先是点名，点的是学生名，其家长站起来跟大家打招呼。当点到小慧时，没等赵光站起来，小慧已经跳起来说："这是我舅舅。"教室里所有人都望过来，赵光站起来摘掉口罩，向大伙点头，说："我叫赵光，是小慧的舅舅。"认识李娟的人都蒙了，小慧舅舅不应该姓李吗？但赵光没有解释。家长会散后，赵光背着小慧回家，他把那只口罩丢进垃圾箱里，心间跟着清亮起来。

他们买了菜回家，家门反锁了，怎么敲也没人应，当看到窗户都关得严实时，赵光预感出了事，用脚把门踹开，浓烈的煤气味扑面而来。李娟丈夫靠在轮椅上，双眼紧闭，脸面微微上仰着，像是睡着了。不对，不是睡着了，他是在开煤气自杀。赵光捂着嘴跑进厨房关上煤气罐，打开所有的门窗，把李娟丈夫推出门外。小慧趴在他爸爸大腿上哭喊："爸爸，爸爸快醒醒，爸爸快醒醒。"李娟丈夫醒了过来，看到他们站在面前，满脸无助而忧伤，知道自己没死，把脸扭到一旁。

"老王啊，你这是在干什么？"

"我是个废人，连女儿都照顾不了，活着还有什么意义？女儿跟你亲，有你照顾我就放心了，我不想成为拖累。"

"老王，你看你说的什么话，大道理我不懂，对女儿来说你活着本身就是意义，人活着并不只是为自己。"赵光咳了两下又说，"以前王管教跟我说过，每个人来到这世上都有他自己的使命，存在就是使命的一部分，那时我听不懂，我现在懂了。"

李娟丈夫早已泪眼婆娑，咬着嘴唇不再说话，仰起头望向火红的太阳，双眼紧紧地闭起来，淌过脸颊的泪闪着金光。小慧用小手帮他擦拭，说："爸爸别难过，慧慧很听话的。"赵光把手放到他肩膀上，稍微用劲地按了按，他的身体在微微发颤，李娟丈夫伸出手盖到赵光的手背上。赵光发现拖在他们身后的影子充满活力。他轻轻地笑了，没人知道他笑什么。

他们已然是亲人。

那之后每当赵光轮休，他就把小慧也放到轮椅上，然后推着出门去散步或逛公园，他们一路说说笑笑，小慧更是开心，就连长在路旁的树木都能让她开怀大笑，惹来许多路人羡慕的目光。王彬彬来找他，二话不说就拉他去喝酒，他本想说还有家人要照顾，但看到王彬彬满脸疲惫就答应了。那天王彬彬喝了几杯酒之后，摇晃着脑袋，说："我离婚了，她走得那么决绝啊。"赵光没问他离婚的原因，不幸总是各不相同的，有时候你的不幸在他人看来却是难以企及的奢望。赵光用手捶了捶自己的胸口，说："王管教，过去的就让它过去吧，只有自己愿意才能真正地走出牢狱来，这话是你以前教我的，有个朋友对我说，活着就是劲。"王彬彬不由得怔住了，呆呆地看着他，好半晌才说："老赵啊，你活得比我明白。"后来王彬彬喝多了，赵光也喝多了，赵光心里清楚，家里还有人等他。

他吹着口哨回家，看到邻居家失火，殃及他们家，烟雾灌满了屋子。他边叫喊老王和小慧的名字边冲进屋里，先把小慧抱出来，接着又冲进去推李娟丈夫的轮椅，顺手把装李娟骨灰的小佛像抱出来。当他们站在空地上时却发现小慧没了人影，邻居说小慧跑进屋了。赵光来不及多想，用衣服捂住嘴，再次冲进屋里。烟雾弥漫整个房间，呛得眼睛都睁不开，他趴在地面往里爬，叫着小慧的名字，没有听到回答。他边往里爬边用手挥舞，摸到躺在地上的小慧，连忙抱住她爬出门外。小慧双手紧抱着画笔、画纸。赵光和李娟丈夫同时看清小慧抱在胸前的东西，他们相互看了看对方，在彼此眼里望见一片遥远的森林。李娟丈夫驾着轮椅来到小慧身旁，伸出微微发颤的手，抚摸着她的脑袋，继而抚摸她怀里的画笔和画纸。赵光装作没看见，他扭头望向被烟雾吞噬的房屋，消防车的警示声呼啸而来。

（原载《南方文学》2021年第5期）

如果风吹落了夕阳

你当然不记得说过干掉王朝伍的话，这样的话你只会在烂醉如泥后说，而你只要喝醉，记忆便是一片空白，压根不知道自己说了什么、做了什么，好几回你酒醒发现自己鼻青脸肿，却怎么也想不起和谁干过架。你多半在我的小饭馆喝酒，然后发发酒疯摔摔杯子吓吓服务员，我从来没有责怪过你，一来我们是朋友，二来我也喜欢听你酒后所说的话："王朝伍这个王八蛋把我列入下岗名单，我必须坚决干净利索地干掉他，让他尝尝人生终极下岗的滋味。"这话说得让人提气。"下岗"这个词太让人忧伤和迷茫，几乎是整整一代人刻骨铭心的记忆。我曾在县城的黄排铝厂上班，工资不高但有归属感，后因企业污染严重被勒令关闭，所有员工在一夜之间失去工作，不得不另寻谋生之路。我在老城区租间门面做小饭馆，赚不到什么钱，只能勉强度日。你是一个作家，把文章写上市报，还写上省报，在小县城里是一件了不起的事，是朋友间最喜欢提起的话题。

没想到你居然也下了岗。

你老婆程素雅为此撕破喉咙叫喊："早就告诉你不要写那破玩意儿，你就不信，现在好了，都把工作写没了，你看你这不是猪脑子吗？"你说她面红耳赤地叫喊时像是骂街的泼妇，她以前是个文静而且漂亮的女孩子，还是县里糯米酒厂的职工，时常写一些诗歌发表在报纸上。你读过她的诗并称赞她是个很有潜质的诗人。她深受鼓舞就更加勤快地写诗。你们一来二去就好上了，然后顺理成章地结了婚。我读不懂诗，至今都弄不懂是你老婆真有潜质，还是你醉翁之意不在酒。你们结婚后程素雅仍然热爱诗歌书写诗歌，直到你们的女儿斑斑长到五岁的那年夏天才告别诗歌。起因是她们厂存有大量产品销不出去，厂里没钱了就要辞退一部分职工，原则是留下有技术有特长的职工。当厂长问她有什么特长时，她不假思索地说会写诗。厂长的脸拉下来变得哭笑不得，说："我们需要销售，不是诗歌，你还是先回家等等吧。"回家就是下岗。那一刻，你老婆内心嘭的一声响，诗歌就死掉了。

你老婆下岗后站过柜台、当过导游、做过代课老师，都因收入太低没能坚持太久，导致她的心情越来越坏，每每看到你写文章心里就莫名来气，说："李由，你别弄那破玩意儿了，那破玩意儿会害你的。"这些话从来没能在你耳朵里逗留。在这一点上我绝对支持你，我不是希望你们夫妻闹矛盾，而是希望你多写，或许哪天就把我也写进去，那样我就能跟着报纸进入千家万户，那感觉绝对比餐馆里客人爆满来得爽。只要你发表了文章，我就会第一时间打电话叫你到小饭馆喝酒庆祝。每当那时程素雅就会在我们背后气得跺脚，当然从没跺掉我们的酒杯，顶多只是跺起一阵尘埃。她实在没辙就哀求着，说："李由，你就不能学学阿络吗？"

她所说的阿络就是我，她居然要你向我学，这不是折杀我吗？你是县里数一数二的作家，才华比我小饭馆里的碗还要多，你才是我们学习的榜样啊。程素雅冷着脸说："就他那狗样还榜样？学他能弄来钱吃饭吗？"这话让我很生气，真想反驳她，作家又不是卖臭豆腐的，能用钱衡量吗？程素雅咯咯地咬着牙说："阿络，你不开导他也就算了，还整天哄着他，再这样整天弄那破玩意儿，到时候连哭都找不到地方哭。"你怎么会哭呢？就是哭也只会在文章里哭，也能哭出千古绝唱。所以面对让人心慌意乱的裁员时，全厂只有你泰然自若，仅凭你发表在报刊上的文章，"下岗"这样的词就落不到你头上。程素雅却说："我会写诗不也一样当不成酒厂职工？你还是去想想办法吧。"你满脸微笑，没说去也没说不去，极有涵养的模样。程素雅更是气不打一处来，说："你会后悔的。"

你果真下了岗，憋着一肚子气跑到王朝伍的办公室。王朝伍知道你去干什么，说："李由啊，你来得正好，我就在这告诉你吧，这是局里考核的结果。"你认为这是谎话，觉得所有的结果就是王朝伍决定的。你想说狠话，想拍着桌子跟他干上一架，结果糊里糊涂地接过他递过来的烟。你被一支烟打败了。后来你拖着脚从办公室走出来，心里堆积着许多话，多想找一个人谈谈，曾经熟悉的同事都没理你，似乎你只是一个陌生人。

　　你就这样被抛弃了，回到家瘫坐在沙发上，双手抱着脑袋沉默不语。程素雅知道你出了什么事，满眼怀疑地盯着你，脸上漫上慌乱的神色，嘴巴抖了抖，终究没问出话来，想知道原因又害怕懂得答案。你心里忽然冒出一群活蹦乱跳的兔子，使你更加心烦意乱，站起来在屋子里来回转了五圈，都没能把那群兔子转晕，于是随手抓起一个热水瓶想往地上砸。你凶神恶煞的模样把程素雅和女儿斑斑吓住了，斑斑钻进程素雅怀里呜哇呜哇地哭着。你意识到什么，手便僵在半空中，好半晌才把热水瓶轻轻地搁在桌面上，说："不就是下岗吗？有什么了不起，就那破厂我还不想干了呢。"程素雅说："厂子再破也是厂子，至少有工资可领，你快去跟阿络商量商量怎么去找厂长说说情吧。"你瘫坐在沙发上半天都没有反应。程素雅见你无动于衷只好自己跑来找我。我知道此事不简单，就从柜子里拿出两瓶名酒塞给程素雅，她把酒带回家放到你面前，说："试试吧，也许厂长会改变主意的。"

　　你的目光在酒上来回徘徊，犹豫不决，最后目光移向电视，终于定在那里不动。程素雅急着说："你不去我去。"她说着又看了你一眼，见激将法也不奏效就气呼呼地出门。她来到王朝伍的家门外，深吸一口气，然后整了整衣服，又拢了拢有些散乱的头发，才伸手去按门铃。门开了，王朝伍的脸露出来，看到她手里提着东西便明白来意，说："素雅啊，这不是我能说了算的事，这是厂里的决定啊。"程素雅硬着头皮把两瓶酒递过去，说："厂长，本来是孩子他爸要来的，他病了，我就不让他来，两瓶小酒，不成敬意，您可要留着自己喝啊。"王朝伍听出言外之意，程素雅送的不只是酒，还有比酒还丰富的内容，说："素雅啊，你这是干什么啊，让我腐败啊，有什么事就到厂里去说。"

程素雅的脸刷地红了，像被人把衣服剥得一丝不挂，真想找个地洞往里钻。她咽了咽口水，说："厂长，我没别的意思，我已是个下岗工人，孩子他爸再下岗，我们的日子就没法过了，看在我们生活困难的份上，再考虑考虑吧。"王朝伍说："这就是你的不对了，李由有他的长处，能写作，也能做别的，完全可以再就业的嘛，现在政府对下岗工人有很多优惠政策，有什么需要厂里会出面帮助的，明天到厂里说去嘛，只要厂里能帮的一定会帮。"

程素雅还想说些什么，话却鱼刺般卡在喉咙里吐不出也咽不下，便扭头含泪跑掉了。她回到街上望着一路灯火通明，泪水再也忍不住哗哗地夺眶而出。她猛地举起酒瓶往地上摔，没摔破，想了想又捡起来，用衣袖擦掉包装盒上的尘土，再把脸上的泪擦掉，买了几个斑斑喜欢吃的东北饺子，然后拖着疲惫的脚回家。

下岗后，你整天无所事事垂头丧气，如同一只斗败的公鸡。你该找事情做，活人总不能被尿憋死，我打电话叫你到小饭馆来，把你带到那辆半旧不新的三马车①前，说："我以前也是开三马车的，也能赚点，小饭馆靠它起步的。"你瞪着眼，说："你让我去开三马车？你在和我开玩笑吗？我能开着这破车在街上到处乱窜？"我笑着说："你不是经常对我说写作要深入生活，体验生活的吗，把这当作体验生活不就行了？"你愣愣地看着我，像看着陌生人。我知道你在想什么，笑了笑，从口袋里掏出三马车的钥匙递过去。你像见到毒蛇般连连后退，

---

① 方言，用于载人的三轮摩托车。

碰到身后的墙壁才站立，目光呆呆地落在钥匙上，忽然你蹿过来夺过钥匙就哐的一声丢到阴沟里，转过身逃命似的跑了。

现在你整天待在家里，除了吃饭和看电视什么也不做。起初程素雅认为你心里难过就让你好好休息，然而半个月过去了，你还没休息够，一天到晚地陷在沙发里，都快成了一棵从沙发里长出来的杉树。程素雅不满地说："你做菜吧，别整天坐着不动。"你依旧像棵树，沉默着。程素雅的腮帮就鼓起来，说："你没看到我整天这样那样忙个不停吗？早上早早要给女儿做饭，然后送她去上学，接着赶着去上班，晚上得接女儿回来，才到市场里买菜，你一个大老爷们做点事就犯法了？"你依旧没有应声，只是不停地调换电视频道，屏幕上出现卡通片，斑斑叫喊起来："我要看卡通，我要看卡通。"你对女儿的叫喊也充耳不闻，最终调到足球比赛的频道上来。斑斑就呜呼哭喊："妈妈，爸爸不给我看电视，他不给我看，他在看足球。"

程素雅的胸口便堵住一股气，抓着菜篮子就往地上摔，几根青菜掉到了地上，可怜巴巴的样子。她想弯腰去捡而脚已经踩上去，说："你有本事就惹我们生气吧，天天惹我们生气吧，我上辈子欠你的啊！"你翻了一下白眼把遥控器丢到沙发那头，说："不就是挣钱吗？这有什么难的，我就挣给你看。"你说着就狠狠地把门嘭地甩上，把程素雅和斑斑的哭喊声关在门里，你心里也有一道门跟着给关上了。

你来到街边不知该去哪里，站在电线杆下望着警察指挥交通，那些车子老实得像一只只听话的青蛙。你不也是一只青蛙吗？一只找不到水田的青蛙。这想法使你瘫软坐在电线杆下，掏出烟狠狠地抽起来，一根接一根，终于把白天抽没了。你穿过夜色走向小饭馆低垂着头说：

"阿络，把三马车钥匙给我吧。"我掏出钥匙递给你，说："一切都会好的，能不能过去，其实都在心。"你把车钥匙接过去没有说话，抬起头目光越过我头顶，然后才转身走出小饭馆。你嘟嘟嘟地把那辆破旧的三马车开到街上，心里的那群兔子又扑腾起来，这令你抓狂，抓着车把的手都颤个不停，只好把车子停靠在路边。路人的目光落在你脸上，像小刀一样把你的脸皮一块一块地剥下来。你难受极了，觉得开三马车赚钱太丢人了。

这时四个年轻女孩子钻进车里，说："师傅，送我们到江口酒店。"你犹豫了一下便发动车子，调转方向往江口酒店开去。下车后，一个女子掏出五块钱。你翻遍所有口袋都找不出一块零钱。女孩见你笨拙的样子就笑着说："算了师傅，不用找了。"你连声说："谢谢，谢谢。"几个女子就咯咯地笑着离去，终于消失在视线里。你把那张五块钱搁在大腿上抹了抹，轻轻地放到口袋里，心里涌起一股莫名的酸楚。

那天你开着车在街上来回地跑，有人招手就停下，没人就一直向前开。夜越来越深，行人渐渐少了，街道变得空旷而寂寥。你发现自己也和街道一样空旷而寂寥。这想法使你不愿回家，说不清是与程素雅怄气，还是与你自己怄气。你开着车经过车站路口时，看到程素雅和斑斑站在街边东张西望。她们在找你。你心里一抖便加大油门从她们面前驶过，她们没有看到你，你不由得感到失望。县城不大，往来就几条主街，你开着车兜一圈回来，看到她们依然站在那里，像两只不知所措的兔子，便不忍心再逃避，于是把车子缓缓地停下来。斑斑看到你就大喊起来："那是爸爸，爸爸在那车上。"程素雅也看到了你，脸上闪出一丝不易察觉的惊讶。你心里咯噔一下，疼痛着，酸楚着，又呼地把车开走。

程素雅和斑斑呼喊着往车子追来。你没有停车，从后视镜里看到她们越来越小，终于成了两块抹布在风中飘荡。女儿摔在地上，却不哭，爬起来又追来。你鼻子发酸，吱的一声刹住车。她们追了上来。斑斑端着一只比她脑袋还大的饭碗，说："爸爸你吃饭，这是我给你盛的饭，还有你爱吃的鱼头，你吃，饿了就不能开车了，就不能给我买玩具了，阿络叔叔说你开车会挣很多钱的，会给我买很多玩具。"程素雅说："吃吧，我们都找你大半天了，饭都冷了。"你这才发现自己还没吃晚饭，接过饭碗就大口大口地往嘴里扒饭。你觉得饭菜味道有点咸，不知是盐放多了，还是泪掉进了饭菜里。程素雅说："是阿络打电话告诉我的，斑斑就不肯睡，一定要等你回家，我只好带着她来找你。"又说："晚了，先回家吧。"你就点点头，然后你们一家人坐着三马车回去了。一路上，斑斑不停地唱着在学校学的儿歌，一首接着一首，一直唱到家里。

从那天起，你过起了三马仔的日子。

程素雅每每望着你起早摸黑地去开车，心里却越来越没底，三马车能撑起一个家吗？她这样想着目光不由得飘忽起来。你就安慰她，说："知道阿络是如何起家的吗？就是这辆三马车，我也会像他一样挣到钱，不过我不会开饭馆，到时开一家旅馆，你就是坐着收钱的老板娘，一点也不累，你就等着吧。"程素雅咬着嘴唇不说话，脑袋轻轻地点了点，接着又摇了摇。

那段日子，你出门载客总戴着一副超大墨镜遮住大半边脸，尽管那样，人们还是轻而易举地认出你来，还常常发出咋咋呼呼的惊叹。

这使你无比难受，而更让你感到难受的是，认识你的人总是有意无意地多付车费。一次，以前的一个同事付了五十元钱车费把你激怒了，你抓过钞票就甩向同事的脸，同事已淹没在人群里，那些钞票成了一群迷失的蝴蝶四处乱飞。当那些蝴蝶受伤一般掉落在地上时，你的心头不由得疼痛起来，跳下车把那些蝴蝶捡起来，过路的人见到了就过来帮你捡。你把这群蝴蝶夹在一本书里，发现心窝里的那群兔子被夹住了，不再胡乱扑腾。那天黄昏你把车开到河边，摘下脸上的那副大墨镜，对着镜片哈了两口气，用衣袖擦了擦，接着把墨镜抛到河里，墨镜很快就沉入水底。

那天你哼着歌走进家门，程素雅和斑斑望着一个走错门的人似的望着你。你说："你们不认识我了？"程素雅说："好久没听你哼歌了，有点不习惯。"斑斑说："爸爸唱的歌没有电视上的好听。"你又哼起歌来把斑斑抱到半空中，还在斑斑脸上响亮地亲了一口。晚饭后，你就早早地哄斑斑入睡，然后迫不及待地剥掉程素雅身上仅存的几块布料……你都记不起有多久没有做这事了。事后程素雅像只小猫一样蜷缩在你怀里，说："你今天怎么啦？这么来劲。"你没有说话，在她脸上吻一下便沉沉地睡下。天刚蒙蒙亮，你就悄悄地爬起来，在程素雅和斑斑的脸上各留下一个吻，然后抓着车钥匙蹑手蹑脚地拉门出去。

你判若两人，以前穿戴讲究，头发梳得一丝不乱，乍一看就知道是个知识分子；现在穿着运动服，脚上是球鞋，头发随意而蓬乱，怎么也无法把你和作家联系起来。其实你下岗后就不再写作了，现在你头脑里没有文章，全是马路。

然而，不久后的夜晚你重新提起了笔。

那个夜晚已近凌晨，你在春水大酒店旁边等客人，王朝伍从酒店里出来，竟然坐上了你的车，他径直说："开车。"你瞟了他一眼就嘟嘟嘟地把车子开走了，越开越快。王朝伍在后座上像个南瓜一样被车甩得颠来倒去，他叫骂起来："你会不会开车啊？"你吱一声猛地把车刹住，王朝伍整个身子由于惯性往前冲，脑袋撞到护栏上，眼前一片金光闪闪，正欲发飙却见你对他瞪着牛眼，溜到嘴边的话生生地压了回去，说："是李由啊，你那……"你没等他说完又忽然把车开上路，开得更快了，都超过一辆飞奔的小汽车了。王朝伍惊叫着："兄弟啊，你要冷静，不要乱来。"你没理会，只顾闷头往前开车，不知该把车子开到哪里，终于看到"美艳"发廊，心头一动便把车子吱地在发廊前停下，王朝伍又由于惯性跌坐下来。你向发廊招了招手，两个穿着暴露笑容可掬的小姐立即迎过来。你对她们说："我们厂长喝多了，把他扶进去休息休息。"两个小姐就左右扶住王朝伍。王朝伍明白你的用意，想甩掉缠住他的那四支手臂，却越甩缠得越紧。你见状就哈哈大笑着把车开走了，停在大桥上仰起头来想高声呐喊，结果发不出半点声音。

你哑了。

那天晚上你失眠了，心头爬上一只蚂蚁，接着又爬上两只蚂蚁，后来越爬越多，像要聚众起义。你离开床铺来到阳台上抽烟，不但没把那群蚂蚁熏昏，反而使它们愈加兴奋。你越发烦躁不安就走出门外，街上行人寥寥，只有显得孤独和无助的街灯，正散发着昏昏欲睡的暗光。此时整个小县城已沉入了梦乡，夜色漫不经心地拂面而来。你穿过夜色来到绕过县城的河边，静静地望着川流不息的河水，心中的蚂蚁终于安静下来。你站了一会儿，终于放心地回家。你刚进家门，心中的蚂蚁又苏醒了，顿时使你手足无措，最后稀里糊涂地走进书房，从书柜底下拉出稿纸铺在桌面上，那群蚂蚁立即哗哗地排列成队，整齐划一地顺着笔尖爬到纸上。太美妙了。刹那间，你明白了蚂蚁们去向何方，激动得泪流满面。你写下了这些天来的感受，越写越激动，完全沉浸在故事里，猛一抬头，窗外的景物竟清晰可见。此时天已经放亮，你慌忙把稿纸藏起来，连脸都不洗就出门了。那天还不到中午你就犯困了，眼皮直往下掉，自己往脸上拍两下才清醒过来，过一会儿又犯困了，眼睛似乎再也睁不开，只好回家倒在床上睡去。

傍晚，程素雅回家看到你躺在床上睡觉，以为你累了便没有惊动你，到厨房里弄饭菜去了。你在程素雅做饭的声响中醒来，爬起来就想往外走，看到屋外灯光一片，才知道已是夜晚，不由得一阵愧疚，心想再也不弄文字了。然而，半夜里你又失眠了，翻来覆去睡不着，又担心影响程素雅，便爬起来走到书房，趴在书桌上又书写起来，写着写着不料天又放亮了，你猛地抓起车钥匙就跑出门去。还是没等到中午，你的眼皮像粘了胶水往下掉，只好把车子停在路边靠在车上休息一会儿，竟然睡了过去，直到执勤的交警把你拍醒。你不好意思地笑了笑，径直把车开回家。

你开车路过菜市场看到程素雅蹲在鱼摊旁，睡意一下子就消散了，这些天程素雅总是买鱼，也不管你和斑斑爱不爱吃，你知道是因为鱼比猪肉便宜。你连忙调转车头回到街上去载客，载几趟客人后眼皮直往下沉，结果把一条不守交通规则的小狗给碾死了。狗的主人要你赔一千块钱，你知道摊上了无赖却又理亏，只好给我打电话。我赶去掏出三百块钱，说："三百，要不要？不要就叫交警来处理。"狗主人看了看我，说："我认得你，就三百吧。"我捡起地上的那条死狗，就跟你一起回小饭馆。我去厨房干活，你钻到里间的小床上睡去了。我刚想叫你帮忙，你的呼噜声已经此起彼伏。我知道你累了，便让你安心睡觉。天暗了，你才从里间一头蓬乱地走出来，也没跟我打招呼，自个儿拉开抽屉掏出几十块钱就走出小餐馆。我不知你葫芦里卖的什么药，心想："拿吧，不就是几十块钱吗？"没想到的是此后你三天两头就跑到店里来睡上大半天，醒来后总是拉开抽屉掏出几十块钱匆匆离去，连店里的两个服务员都替我打抱不平，说："老板啊，你这作家朋友不是无赖吗？"

我瞪着她们，说："你们不懂。"

其实我也不懂你在干什么。一天下午，我拦住你问个究竟，说："你每次跑到这里来睡觉还要我给你付钱啊？"你的脸瞬间红了，说："阿络，我又写作了，晚上熬夜了，太困了就跑到你这来睡，我想想也就只有这个办法。"我拍着你的肩膀，说："原来如此，那你就好好写，这个事我完全支持你，放心写吧，把文章写好了比什么都强。"你点点头，像是应答我，又像是在应答你自己。

那以后你的文章又频频出现在报刊上，不过用的都是笔名，而且报刊寄来的样刊和稿费全都寄到我的小饭馆里，所以从始至终程素雅都不知道。那时你写出了一篇六千多字的短篇小说，写一个叫阿联的男孩，命运多舛，却永远不向命运低头。样刊寄来时，你像抱着程素雅一样抱着那本杂志，说："发了，真的发了。"你把杂志抛到空中，张开双臂抱住我，还抱着我身旁的两个服务员，弄得她们"流氓作家""流氓作家"的尖叫。

那天晚上，你买了一只大烧鸡和一条大草鱼。程素雅看见你笑眯眯地走进门，说："你发财了？"你笑着说："是一个叫阿联的男孩送给我的，让我们改善一下生活。"程素雅一脸疑惑地接过烧鸡和草鱼走进厨房。你坐在客厅里看电视，听到程素雅在厨房里轻轻地哼着歌，心底便冒出一片郁郁葱葱的禾苗。你也轻轻地哼起歌来，感谢那个叫阿联的男孩。斑斑站在门口往厨房里望着程素雅，又往客厅外望着你。

你便放开嗓子唱起歌来，感受到久违的踏实。

应该说你的歌声是被杨桃打断的。杨桃是你以前的同事。吃饭时程素雅脸上淌下了泪且止不住，说："杨桃太欺负人了，摸我的屁股。"你觉得像吞了一只苍蝇似的，倏地站起来冲出门，嘟嘟嘟地把车开走。你来到杨桃家门前，用拳头嘭嘭地拍打着门板叫喊："杨桃，杨桃，开开门，有东西送给你。"杨桃开了门，说："啊哟，是大作家啊，好久不见了呀，什么东西呀？"你说："拳头！"说着就向杨桃挥出拳头。杨桃猝不及防，栽倒在地。你蹿过去踢着杨桃的肚子。杨桃就爬不起来了，蜷缩在地上号叫，如同被捆住待杀的猪。路人围过来，有的劝架，有的来哄架，乱糟糟一片。有人报了警，警察很快就到了，三下两下就把你们押上警车带走了。

程素雅背着斑斑一脸惶恐地跑来找我。我问清事由后就给派出所打电话。接电话的民警说："你明天来办手续把他领出去吧。"第二天我到派出所把你领出来，本想说些安慰你的话，没想到你吃错药一样兴奋异常，还神秘兮兮地说："我知道怎样干掉王朝伍了。"我说："你没喝酒也说要干掉王朝伍？"你笑而不答。

后来你喝多后才说，你要在一部长篇小说里把王朝伍干掉。你说这个念头是在派出所时想出来的，你能让王朝伍在小说里活着，也能让他死去。你的话让我一头雾水，尽管如此，我依然相信你能够在小说里干掉王朝伍。

从此你完全沉迷于写作中，几乎每天都熬夜，还常常写到天亮。你不再跑到我的小饭馆里睡觉，困了就把车子停在巷子里靠在车上休息。钱自然赚少了。程素雅就来问我，说："李由不会到那种地方去了吧？这段时间他怎么才挣那么一点钱？"我撒了个谎说："这是淡季，开三马车的人多了，收入就受到影响。"程素雅眨巴着眼睛，终于半信半疑地走了。

不久后程素雅就发现你在背着她写作。那天夜里，程素雅吃坏肚子爬起来上卫生间，发现你没躺在身旁，就叫了你一声。当时你是那么专注，以致程素雅的叫喊都没听见。程素雅从卧室里走出来，看到你伏在书桌上，像一只冷飕飕的大甲虫。她心底立即蹿起一团火，推着她往你书桌扑去，抓起书稿就哗嗞哗嗞地撕个粉碎，然后抛出窗去。她指着你叫道："不是不让你弄这破东西吗，这破东西害你还不够吗？你还整天弄这个破玩意儿，还不如到外边去找个女人呢。"你从没见过程素雅发这么大的脾气，僵在那里眼巴巴地望着她撕碎自己多日来的心血却不敢吭声。窗外传来一个醉汉的声音："哎哟，哎哟喂，这么多蝴蝶，白的，哈哈，全是白的，不骗你，还有，还有好多。"醉汉的话激起程素雅更大的愤怒，发疯似的在屋子里翻箱倒柜，找到一张手稿就撕掉一张，毫不留情。你偷偷地把一叠手稿藏在身上，不让它变成蝴蝶。

几天后你自己用打火机点燃了那叠手稿。那天你开车冲出路面撞到电杆上，左脚给撞伤了，就到医院里包扎。程素雅赶到医院满脸焦急地说："伤得不重吧？"你说："不重，包扎一下就好。"程素雅就不放心地捏着你的臂膊、大腿，终于捏出那叠手稿。她看了看手稿，又看了看你，最后把手稿插回你的衣袋，动作是那么慢，如同电影里的特写镜头。你在程素雅眼里看到一盏渐渐暗淡的油灯，心里不禁有些痛起来，抓着手稿一瘸一拐地走出医院大门，来到垃圾桶旁边，摸出打火机把手稿点燃。火苗呼啦呼啦地往上蹿，你的目光越过火苗落在打火机上。程素雅一动不动地立在你背后，安静地淌着泪，如同一棵春雨里的柳树。

回家后你打电话叫我过去，以不容推辞的口吻。我猜不出你发生了什么事，便放下手头的活赶过去，看到屋子里一片狼藉，地板上到处是书籍，而你像树木一样靠在墙角里。屋子里没有看到程素雅和斑斑。我说："吵架了还是小偷进来过？"你哎地叹了口气，说："不是吵架也不是小偷，这些都是我弄的，你帮我把书全搬出去吧。"我说："你要搬家了？"你脸上的肉抖一下，说："不要了，把它们卖给收废旧的吧，我不想看这些书了。"我一时听不明白。你说："你帮我把它们处理掉吧。"我总算听明白了。我叫人来把你的所有书籍搬走，并没有把这些书当作废旧卖掉，而是叫几个工人搬到我的房间里。我舍不得那些书，尽管我基本读不懂，只是觉得应该留着，更是为你不再写作而惋惜，至今你还没把我写进小说里。我按废旧价给你折算了八百块钱。你站在阳台外边头也不回地说："放在桌面上吧。"你的声音在颤抖，心里一定很痛吧。

　　我到家私城买来一个精致的书柜，然后叫小饭馆的两个服务员帮我把书整整齐齐地放在书架上。两个服务员端详着那个书柜良久，说："老板，你现在蛮像个文化人了嘛。"我想说些什么，结果变成哼哼两声。

　　之后的一段时间里我不再见到你，有时候打电话叫你来喝酒，你都说忙而推辞，倒是两个服务员常常在街上遇到你，说你冲着她们吹哨。我笑笑，笑出一股酸味。现在你一门心思地开车赚钱。程素雅为此高兴不已，还兴冲冲地跑来小饭馆说："阿络，你教教我怎么弄王八，李由开车太辛苦了，该给他补一补。"

　　我就教程素雅弄王八。

　　程素雅说："阿络啊，是你对李由说了些什么吧？他变了个人似的，木头脑子开窍了，不再看书了，也不再胡思乱想了，终于懂得赚钱养家了，是一个正常人了。"我顿时怔在那里，如同咽下一勺地沟油，油然想起不知谁发来的一条信息：跳舞出情人，读书出傻人。读书真的出傻人吗？怎么连曾经喜欢写诗的程素雅都这么认为？我望着程素雅渐行渐远的背影，似乎看到她每天晚上倚着床头细细地数着你赚回来的钱，脸上尽是幸福的神情，尽管那只是一堆零散的钞票。

　　我有些糊涂了。

　　不久后的一天晚上，你突然跑到小饭馆里来找我，说："阿络，你带我去玩两把吧，我想去过过瘾。"我伸手在你的额头上摸了摸，说："一段时间没见你了，怎么想去赌钱了？你没病吧？就你这样还去赌？"你的眼睛睁大了，说："你才有病。"我望着你不由得感到陌生，你身上的那股书生气已荡然无存，难道这就是程素雅所说的正常？我把你拉出去，说："走走走，喝酒去。"你闷闷不乐地跟在我身后，来到餐馆就闷头咕噜咕噜地喝起来。我夺过你手中的酒杯说："哪有你这么喝的，是不是和程素雅吵架了？"你摇了摇头，又点了点头，似乎失去了说话的能力，最后连走出门也是那样摇着头离开的。

我再次见到你是在两个月之后。那天你开着车到小饭馆前把车钥匙丢给我，说："阿络，我要学炒菜，当厨师。"我一时蒙了，不知你哪根神经又不对了。你没解释也不需要我同意，自个儿跑进厨房干活去了。后来你才告诉我，之所以来找我去赌钱、喝酒，是不想再提笔写作。那段时间你心里的蚂蚁又复活了，总在不停地噬咬着你的五脏六腑，使你烦躁不已，便想出赌钱、喝酒这样的馊主意，结果仍旧没能转移注意力，反而使你更加寂寞。后来你又在半夜里偷摸进书房沉浸在文字里。

几天后的晚上，程素雅就发现了你的行踪，她没有冲上来撕毁书稿，只是静静地立在门边看，如同一朵开在悬崖边的金茶花。最后那朵金茶花说："我不怪你，真的，不怪你。"她说着就转身离开，留下一个决绝的背影。你跑过去抱住她说："老婆，我不写了，真的不写了，我只是难受，但没有这个家会更难受。"程素雅站着不动了，不知应不应该相信你的话，你是个痴迷写作的男人。你乞求着说："再给我一次机会好吗？"程素雅心软了下来，压抑已久的哭泣喷发出来，她把头埋在你的怀里，任由委屈的泪水往下淌。你抚着她的头发说："明天我去跟阿络学炒菜，将来我们也开饭馆，你当老板娘。"程素雅哭得更厉害了。

没想到李由还是个天才厨师，不出三个月炒出的菜竟然比我炒的更可口，回头客也越来越多，小饭馆的生意日渐红火。有了你的帮忙，我的野心变大了，想把小饭馆改成大饭馆。你想都没想就说："好，我就跟你打天下了，就不信，我李由混不出个名堂来。"

可小饭馆还没改成大饭馆，你却不愿当厨师了。事情得从杨桃到小饭馆里来摆酒席说起。那是杨桃升职当上办公室主任，请了一帮人到小饭馆里来庆祝。酒过几巡，杨桃就嚷嚷起来，说："喂，叫厨师出来。"我连忙赔着笑脸走过去，说："杨主任有什么吩咐？"杨桃把我推到一边，说："叫你的大厨出来，有几个菜还不知道叫啥呢，你的厨师不会是缩头乌龟吧？"我不想让事情闹大，也不打算叫你出面，没想到你已经站在身后。杨桃眯着眼睛说："大作家啊，怎么不在家里写作，跑到这儿来熏油烟了啊？哈哈，这烟没把你的文章熏黑吧？来，我敬你一杯酒。"我正想拦着，你把酒杯抓了过去，仰头就一饮而尽，然后在杨桃的对面坐下来，叫着上酒。你倒满就喝，也不看杨桃，接着倒上第二杯、第三杯，都一饮而尽。杨桃也不示弱，也一连饮了三杯。他们俩像两头牛似的斗上了，我担心出事就向派出所所长阿余求援。阿余很快就来到小饭馆。杨桃才带一帮人酒气熏天地走出小饭馆，到店门口回头对你阴阳怪气地说："大作家啊，你还是赶回家看你老婆戴了金耳环没有吧！"

你听不明白杨桃的话，却知道那是在侮辱你，倏地立起身往家里奔去。程素雅坐在沙发上默默流泪，见你回来了就说："他爸，酒店不要我去上班了。"你并没有发现程素雅戴什么金耳环。程素雅说："前几天有个客人在酒店里丢了金耳环，找不到，就怀疑是我偷的。那耳环是你们厂接待的一个贵客的，那客人是个女人，我见过她，看起来挺和善的，不像是冤枉人的那种人，可她的金耳环不见了。那天的确是我收拾她住的房间，我真的没见过什么金耳环，酒店成立了联合调查组，王朝伍也是调查组负责人之一。"你说："这么说，怀疑你偷东西的是王朝伍了？"程素雅说："他说如果我看到那金耳环就把它交回去，我告诉他说我没见过，他就让我回家来想想。这不是冤枉人吗？开除我可以，但不能让我背负这个罪名。"

你攥着拳头冲进王朝伍办公室，说："今天我不是来跟你吵架的，我只想来让你还我老婆一个清白。"王朝伍说："没人说你老婆不清白啊。"你说："那为什么不让她上班？"王朝伍说："小李啊，你先别激动，丢耳环的客人很重要，所以每个细节都要认真对待，我们也只是叫你老婆回家想想，有没有漏掉哪个细节，等事情解决了自然会叫她去上班的，这事是大家讨论决定的，我只不过是传话筒而已。"你攥着的拳头最终变成一根手指，指着王朝伍的脑袋，然后愤然离去，你实在不知道跟这个人还有什么可谈。

警察也介入了此事。

警察对酒店里的每个服务员都做了笔录，自然包括程素雅。程素雅吓哭了，说："警察同志，我没干那事，我是被冤枉的。"两名警察合起笔录本，说："不要激动，我们会查清楚的，你要相信我们。"但过了一段时间还是查不出金耳环的去向，酒店为难了，担心找不到金耳环会影响跟客人的关系。王朝伍就向调查组建议，说："我们去买一对同样的耳环送还不就解决了？"调查组同意了，就让王朝伍去办理此事。王朝伍跑到香港去购买金耳环送还给客人。这件让大家提心吊胆的事总算平息。然而酒店却没叫程素雅去上班，这让程素雅感到难受。你为此又去找王朝伍理论。王朝伍拍了拍那颗光脑门，说："调查组原本想让这事过一段日子再说，既然你来了，态度又诚恳，那叫程素雅去办手续准备上班吧。"

第二天，程素雅敲开王朝伍的办公室，看到王朝伍斜靠在座椅上。王朝伍指着沙发说："素雅啊，坐吧。"沙发是皮质的，程素雅坐在那里浑身不自在，准备了满肚子的话一句也说不上来。王朝伍站起来给程素雅倒了杯水，刚到她跟前脚下一滑整个人向前倾去，正好把程素雅压在沙发上。程素雅被这突如其来的事情弄得惊慌失措。此时，办公室秘书推门进来惊呆在那里。王朝伍怒叫起来，说："谁叫你不敲门就进来的？"秘书站在那里进退两难，程素雅推开王朝伍抹着泪冲出门外。

不到半天时间，整个县城都流传了：程素雅为了谋酒店的一个职位，不惜色诱调查组负责人，要不是秘书及时出现，怕王朝伍早已经被色诱了。

"不是这样的，不是这样的。"程素雅对你不停地保证。你紧紧地抱着她，说："我相信你，我们在一起生活这么久，你是什么样的人我还不了解吗？"程素雅呜呜地哭，委屈极了。你也委屈，你相信你老婆，但谁会相信她呢？这件事像个足球一样被人们在街头巷尾踢来踢去。你想到报案。警察会相信吗？警察要的是证据，没有证据只会让程素雅更加难堪。

程素雅连门都不敢出了，整天缩在家里从早到晚都不说一句话。你为此苦恼，不知如何安慰她，每天都装着跟没事一样，不想让她受到刺激。程素雅还是变得越来越敏感，你不经意的一句话或者一个表情，都会让她陷入惶恐中。你不停地劝着她不要胡思乱想，却没什么效果。程素雅的情绪一天比一天糟糕。你也被她拖得心力交瘁，最后也无心去理会。程素雅开始失眠，而且每当失眠就会头疼欲裂，那种时候她宁愿不要那颗脑袋。那种夜晚她总是做着乱七八糟的梦，梦见已经死去的父母，梦见吃人的红鲫鱼，梦见荒郊野岭里的坟茔，梦见河水倒灌淹没你们的房屋，梦见王朝伍压着她……她常常被这些梦吓醒，缩在床角像只受伤的老鼠。她胸口如同被一块巨石压着，让她难以呼吸，很多时候她都认为自己不行了，便对你说："他爸，如果我走了，以后你别让斑斑写文章。"你听了就生气，说："你有事没事说这话干什么。"程素雅就住口了，不敢再给你添麻烦。

程素雅最终不得不靠着安眠药找回睡眠的感觉。这种感觉被斑斑给打碎了。那天她们老师把她送到家，原因是她在学校打人。程素雅就当着老师的面甩了斑斑一巴掌。斑斑鼓着腮帮不认错，泪水在眼里直打转却始终没掉下来。程素雅的巴掌又挥起来了，说："你还不向老师认错道歉？"斑斑就说："她们说妈妈是坏女人。妈妈不是坏女人，她们乱说，我才打她们的。"程素雅的巴掌顿时搁在半空中，终于把斑斑揽在怀里。她们呜呜地哭起来。老师见状就悄悄地离开了。那天之后程素雅的失眠症越来越严重，连安眠药都起不到作用，总是熬到快天亮时才能睡一会儿。你也习惯了她的失眠，早晨都是悄悄下床，然后叫醒斑斑又悄悄地拉门出去，让她多睡一会儿。

出事那天，程素雅和往常一样在清晨里安然熟睡。你把斑斑送去幼儿园然后挣生意去了。傍晚回到家时，程素雅仍旧躺在床上睡觉。你叫了几声，没有回应，就走到床边去推着她，发觉她已经没有知觉。

你背着她往医院跑。医生也救不了她。你一下子瘫软在地上。

程素雅服了过量的安眠药。

你对任何事情都提不起兴趣了，被生活彻底打败了。我也不知该如何安慰你，就带着你出去游玩，那些迷人的风景也唤不起你的激情。你如同一个没了灵魂的木头人。我实在没辙了，想来想去便把你拉到书房里。你站在书柜面前，像望着程素雅一样深情地望着那些书，充满阴郁的眼睛里闪出光芒，最后双脚慢慢地跪下去，双手抱住脑袋呜呜地哭着。我暗自庆幸留下了这些书。这些书把你救活了。我把一台笔记本电脑搁在你面前，你的眼角湿润了，说："让我一个人在这待着吧。"我就离开了房间，让你把自己关起来。

那几天我充当起保姆照顾斑斑，开始两天斑斑还很听话，第三天就吵着要见你。我哄不了她只好把她带到书房里。书柜上的书躺在地上。你用书在地上拼出"程素雅"三个字，树木一样伫立着凝望那三个字，似乎可以把程素雅望得复活过来。半晌后你转过头，说："程素雅叫我不要再写文章了，我听她的，她是个好女人。"我说："那我们就把餐馆做大吧，你天生是个厨师，天生吃这碗饭。"你摇了摇头，说："我想当理发师。"我实在不明白你的脑瓜子里装什么，你也不需要我明白，没过几天就拜城西的李学东为师。李学东说："你在搞什么名堂，再说了我这是老发式，你学了也没多大用处。"你说："师父啊，凡事从基础学起嘛，学好基础了，什么样的发式弄不出来？"李学东笑着摇了摇头便应允了。李学东知晓你的遭遇，也同情你，便细心给你传授手艺。你脑子好使，手也好用，很快就领悟了，不出两个月，李学东就开始让你搭把手给客人剪发。李学东说："剪发时要心无杂念，专心致志，把这项工作当作你的作品来完成，你是搞创作的，这个道理你应该有体会的吧。"你笑了笑没作答。

说来也怪，你理发时总是能得心应手，而刮胡须时手却总是微微发颤，好几次都差点伤着客人。这让李学东对你放心不下，说："学无止境，一定要做到手随心动才行，切记。"你点点头，明白师父的意思。

出师后你每天背着箱子来到林荫镇，在街边搭一个小摊，给路人免费理发。起初人们都来凑热闹，不知你在卖什么药。你说你没卖药，只是理发，后来一个好事者就坐到摊前，客人一坐定，你就往后退两步，瞅了一下客人的脸型，便心中有数了，说："老板，我理了？"客人说："你随便理。"你的理发刀就在客人的头顶上来去飞奔，如一条自由的鱼，观看的人都觉得是一种享受。不多时你就理好了，然后递给客人一面镜子。客人接过镜子一瞧，猛拍起大腿惊呼着："师傅啊，你怎么知道我想要这样的头型？"你笑而不答。人们见识了你的手艺，头发长的就挤过来让你给理发。

这个免费理发小摊的名声渐渐传开，不但理得好，而且还不收费，每天都有许多人奔着小摊来。来理发的人坐在椅子上，说："师傅，你就看着剪吧。"李由点点头，心里一阵舒畅，人们信任你的手艺，于是你就像表演一样舞动起来。小青年们也喜欢你的小摊，他们对发型有更高的要求和见解，这让你甚是喜欢，每每与他们讨论着各种潮流发型。你的手艺在长进，连刮胡须时手也不再颤抖。你的名声在小镇鹊起，小镇上的一些理发店邀约你加盟，你都一一婉拒。有个老板不甘心，请你到饭馆里喝两口，结果还是没能打动你。

你就像一个孤独的剑客来往于小镇上。

一天下午，你离开小摊上厕所，回来时看到小摊嘭地炸开了。小摊倒下去时一根木头扎伤路过的妇人。人们围过来看热闹，很快派出所民警也到了，察看现场后把你带到派出所做笔录。小镇正在修建一条通往县城的公路，开山劈道必然少不了炸药。估计有些炸药流落到了民间，自然埋下隐患，说不准哪天又嘭地炸开。派出所民警对此事很重视，问了你很多问题，你都没能说出什么有价值的线索。一群小青年跑到派出所为你做证，说理发师是被人陷害的。小青年们的话点醒了民警，也点醒了你。民警就把你放回去，你却不愿去想是谁干的，只是清楚自己该离开小镇了。

那天你回到城里已是万家灯火，连忙往家里奔去，却见家里一片漆黑，心里便担心起斑斑出什么事。你匆忙打开灯，发现斑斑安然地坐在沙发上，心里不由得涌起一股火气，说："怎么不亮灯？"斑斑说："我不敢开灯，开了灯，天就黑了，天黑了，爸爸怎么能从乡下回来？"你像被敲打一棒，愣了半晌才把斑斑抱在怀里，说："斑斑，从明天起爸爸不下乡了。"斑斑仰起脸一本正经地说："大人说话要算数。"你咬着牙点点头。斑斑说："那你现在带我去阿络叔叔的餐馆，我要去告诉他，不然没有人证明。"

你把斑斑抱得更紧了。

你租了一个店面，取名"无创意美发店"，请了四个美发技师和八个洗头的男孩和女孩。开业的头一个礼拜，全部享受免费服务。我不由得为你捏了一把汗。毕竟城里不如乡下，免费需要成本，担心你把做生意当成写小说。没想到你的生意出奇的好，而且收费也高得让人咋舌，是山城同行业的三倍甚至更高。然而每天都有很多客人往店里钻，大多数混得不错的所谓成功人士，尤其是老板娘或官太太更愿意来，她们并不缺钱。你还打出了广告"山城无创意，创意无山城"，口气大得快吞山河。你的美发店就这样在山城里声名鹊起。

现在杨桃和王朝伍都相继成了你的顾客。

杨桃是喝了酒才壮着胆来的。他对你说："李老板，今天我来向您道歉，李老板您大人有大量。"你笑哈哈地说："过去的事不提也罢。"你们就相互在对方胸前捶了两下。他不知道你捶出了什么，你却知道自己把心胸捶宽了。

王朝伍是在一个阴沉沉的下午走进店里的。你看到王朝伍，抬头望一下窗外，心想这真是个报仇的好天气。你竟有些紧张，手心开始冒汗。王朝伍自个儿在靠椅上躺下来，说："李老板啊，你现在可是山城里的人物了。"你有些语不搭调地说："哪里，哪里，承蒙厂长您的照顾。"王朝伍说："县长都成了你的顾客，还称赞你的手艺，今天我也享受享受你的手艺吧。"你说："应该的，应该的。"你这样说，心里渐渐紧张起来。你开始理发后心里总算平静了，每剪几下就侧着身子瞧一瞧，检查是否长了短了，然后才又往下剪。每当被剪掉的发丝纷纷落地，你的心里就变得很轻柔，你极其享受这个过程。你终于为王朝伍剪了一个精致的平头，使王朝伍变得很有精神。你说："厂长，你看看，是否还要修一修？"王朝伍对着镜子看了看点头赞叹，说："难怪县长夸你，果然名不虚传。"你说："那剃胡须了？"王朝伍说："嗯，我早在等待那温柔的一刀了。"你心里一惊，慢慢地抓起刮胡刀，在抹布上哗哗地抹了几下，刀口立即变得明亮。你握着刀往王朝伍的脸颊滑下去，那些细小的毛发纷纷掉落。王朝伍紧闭着眼，脸上露出满意的微笑，那是一种极其舒坦的表情。你心里想，王朝伍这表情以后永远也看不到了。你手里的刀游到王朝伍的下巴，刀口往里一挺，轻轻地划了一下，王朝伍的脉搏就断开了，血喷溅而出，王朝伍还没来得及挣扎，便像一只鸡似的断了气。店里的顾客惊慌呼叫，四下跑散，很快一群荷枪实弹的警察冲进来把你带走了。你对自己犯的罪供认不讳。警察讯问完之后，说："你不想想你的女儿，你要让她在孤儿院里长大吗？"此时你看到斑斑从走廊上走来，每走到一个路灯下就要跳起来按亮。警察想把灯关了，她就大哭起来。警察不解，问："天还没暗，亮着灯干啥呀？"她说："灯亮了，天就暗了嘛，天暗了，爸爸就回家了嘛。"

你心里一颤，手一哆嗦，咣的一声，刀掉在地上。王朝伍睁开眼，说："李老板，你脸色苍白，没事吧？"你说："今天有些不舒服，头有些晕。"王朝伍说："可能太劳累了吧？那就让另一位师傅来帮我刮胡子吧。"你就把刮胡刀递给小刘，转身逃似的跑出店面。

后来你才告诉我，开美发店并不是为了挣钱，而是想干掉王朝伍。你是从《理发师》这部电影里得到启发的，最终却没有下手，一是因为斑斑，二是这个行当为你闯开了一条活路。我欣慰无比地拍了拍你的肩膀，庆幸你放了别人，也放过了你自己。

第二天你带着斑斑到程素雅的坟前，从始至终没说一句话。事实上，你在用心跟程素雅交流，斑斑一句也听不到。你对程素雅说："老婆，我带斑斑来看你了，放心吧，我会好好带女儿的，我没忘记你的话，我不写作也不会教斑斑写作。"

现在你全身心投入工作，精心经营着"无创意美发店"，生意越来越好，你的野心也跟着大了。你要把"无创意美发店"开成连锁店，还特意跑到相邻的县区做市场调研，发现市场很广阔，于是更加坚定了这种想法。你还鼓动我入伙，说："伙计，你也投资入股吧，这钱不沾油烟味的。"我没接你的话，只是笑了笑，自知干不了你的活，就由你折腾去吧。你拟出连锁店合作方案挂到网上，一时间不少有意向者前来洽谈。王朝伍也跑来找你，使你不无惊讶，说："厂长也对这感兴趣？"王朝伍说："我不是来谈加盟的事，是来告诉你一件事，关于金耳环的事。"你瞪着眼。王朝伍递给你一支烟，说："本不想再提这件事，但一直压在心底难受，想想还是对你说吧，调查组派我去送还金耳环时，客人笑着说丢失的那对金耳环找到了，就搁在一件衣服的衣袋里。"你把目光从王朝伍的脸上挪开，落在窗外那条穿城而过的河流上，听到心底传来吱吱的声响。那是什么东西在撕裂。王朝伍说："我不是在推脱自己的责任，我一直为此事愧疚，对不起你和素雅。"顿了顿又说："我只是想说我女儿现在躺在医院里，已经一个多月了，情况越来越不好，而我又不得不为工作奔波。"你紧紧地盯着王朝伍，说："你为什么要对我说这些？"王朝伍垂下眼睑，说："或许是求一份心安吧。"你不再说话，嘴角泛起笑意，轻蔑的。

晚上你在我面前痛哭，像个失去母亲的孩子，那是为程素雅哭，也是为自己哭。我不知道该如何劝慰你，一句不经意的话就把程素雅伤害了，而这伤害又不断地向周边的亲人蔓延。人生有时真是不可思议。我就拿出珍藏着的酒，与你一杯接一杯地喝。我们都喝醉了。第二天醒来，我第一个电话便打给你，担心你想不开。你在电话那头极不耐烦地叫吼着："你烦不烦啊，还让不让人睡觉啊？"我一听心就宽了，你正常了，悲伤已成往事。

不久后你做了一件震惊整个县城的事。那天你守在路边，等待"丢金耳环"客人的到来，消息是王朝伍告诉你的。你满脸视死如归的神情，守在路口一支接一支地抽着烟，抽到第十七支烟时，车子才缓缓驶过来。你丢下烟头跨过护栏拦在车子前，接着高喊："还我老婆！"当时是下午五点钟，正值下班高峰期，街上人来车往，整条街便很快被堵塞住了，像一串疲惫的蚂蚱在歇息。斑斑他们的校车也被迫停下来，孩子们趴在窗口上张望，斑斑就看到你站在那里。她觉得那样好玩，便激动地叫喊起来。孩子们听到斑斑在叫喊，也都跟着"爸爸，爸爸"地叫喊着。孩子们看到几名警察过去抓住你往外拖，叫喊声更大了，乱哄哄的，有个女孩哭起来，说："老师，我要尿尿。"护送的老师拉开车门把那女孩子抱下车。斑斑趁机跳下车，老师想伸手去拉住她已经够不着了。斑斑往马路上奔去。老师在背后边叫边追。车上的孩子就大声叫喊着"加油，加油"。你看到斑斑便对警察说："那是我女儿，放开我，那是我女儿。"警察没理会你，反而更加用力地夹住你，使你动弹不得。道路慢慢地恢复畅通，车子又开始蠕动起来。斑斑不在乎路上来往的车子，往前直奔，任老师在背后着急呼叫，她都不去理会。她只想去告诉警察，她爸爸不是坏人，他们抓错人了。

斑斑横过马路，车子纷纷停下来。她看都不看这些车子，哭喊着往前跑，似乎慢了就再也追不上你。在拐角处，斑斑被一辆飞奔的越野车撞飞了，像一块白布飘在空中，跌落到路边的一块草坪上。你狠狠地甩开警察往斑斑奔去。斑斑见到了你，嘴角动了一下，淌出一股暗红的血。你抱着斑斑边哭喊边向医院跑去。

斑斑在县人民医院里抢救一天，然后转到市人民医院。我和你都心急如焚，我们不能失去斑斑，她是我们的天使。我们坐在手术室外，沉默着、煎熬着，你坐立不安，在走廊里走来走去，忽然问："肇事者是谁？"我说："是王朝伍。"你整个身体颤抖起来，像发病一样，眼里猛地燃起火来。这把火把你给烧透了。你当着护士的面叫骂起来："又是他，我看他怎么死！"

你到超市买了一把水果刀，每天都藏匿在衣物下，随时准备向目标刺杀过去。王朝伍就是目标。几天后的夜晚，你揣着刀来到808病房。王朝伍不在，只有他女儿和他老婆。他女儿叫栅栏，比斑斑大一岁，已在这里住了四个月的院。那天王朝伍老婆来看望斑斑时，我们才知道这个情况。栅栏的病情很糟，需要做心脏移植手术，问题是没有可移植的心脏。医院下达了病危通知书。你曾一度为此幸灾乐祸，苍天开眼让王朝伍也尝尝失去亲人的痛苦。王朝伍来看过斑斑，说："李老板，对不起，那天我太疲惫了，正从市里往回赶，所以，我，你要多少赔偿就说吧。"你冷笑一下，说："命，你能赔吗？"他沉默了。你们的谈话不欢而散。你的手按在衣物下的刀柄上，想立即一刀解决掉王朝伍，为妻女报仇。但那时医院里到处是人，你最终把手从刀柄上移开。

斑斑的生命力越来越弱了，如一朵暮春的花渐渐枯萎，随时可能被风扫落在地。你的心弦跟随着斑斑的病情越绷越紧。你知道只要斑斑的生命消失，你的心弦也会随之断裂，而你衣物下的刀终将出鞘。

两天后，医生对你说："李老板，你要有心理准备，斑斑的时间不多了。"你拖着脚走出医院来到酒吧，太难受了，想借酒消愁。此时一个穿着暴露的女孩子挤到你身边嗲嗲地叫着："帅哥，你一个人喝闷酒啊，妹妹来陪你喝好不好吗？"你没好气地说："滚开。"那个女孩子脸上的桃花立即消失了，剩下一张面无表情的脸，低声骂了一声"神经病"，然后鱼一样游走了。你喝得东倒西歪才离开酒吧，来到一个胡同口，四个黑汉从角落里蹿出把你围住。你知道自己遇上了抢劫，但心里一点也不慌张，说："不就是要钱吗？我正发了点财，拿些去喝茶吧。"你就从衣物下拔出刀，说："这个值多少钱？"四个黑汉见他不想活的样子，心虚了，慢慢地往后退，终于退到街角，不见了。你望着没有了黑汉的胡同哈哈大笑，终于笑出一脸的泪水。你在街上漫无目的地走着，走了大半夜把酒走醒了，站在路边凝望着街灯，如同斑斑可爱的小眼睛。你猛地一甩头，拦住一辆出租车往医院奔去。住院部已经很安静了，走廊里没有什么行人。你揣着刀径直走向栅栏的病房。

病房里只有栅栏和她母亲。栅栏躺在床上睡着了，她母亲趴在床沿上也睡着了。你蹑手蹑脚地推门进去，刀口对准栅栏和她母亲，手却打起抖来，你终于还是把刀收起来。你伸手摸了摸栅栏的小脸，那和斑斑一样可爱的脸。你的泪水滴落在栅栏的小脸上，使栅栏梦见了一场滂沱大雨。你悄悄地退出病房，给王朝伍打电话，说："我们之间该有个了断了。"

你把王朝伍约到郊外的荒地上见面，那里没有什么人家，只有废弃的烂尾楼和没过人头的杂草。此时远处的路灯还在亮着，风似乎是从明亮的路灯里吹出来的一样，哗啦啦地把树上的枯叶刮落下来。王朝伍应约而至。你在荒地上生起篝火，火堆上烤着肉，旁边是两瓶拧开盖的酒，一把水果刀靠在酒瓶上，闪着逼人的寒光。王朝伍知道是怎么回事，双脚软得快走不动了，然而他还是往前走，欠得太多，是该还的时候了。你抓起一串烤肉递过去。王朝伍的目光从烤肉移到你脸上，发现你的脸也像一块被烤黑的肉。王朝伍接过烤肉索性坐在地上吃起来，心想做鬼也不做饿死鬼。他们都没有说话，只有吃肉喝酒以及篝火的声响。你们都吃饱了，把喝空的酒瓶抛到杂草丛里，吓跑一群无所事事的野鼠。你们一同望向远处灯火辉煌的城市，你们的女儿将殊途同归。最后你们又一同望着那把水果刀。

你说："是你自己动手还是我来？"王朝伍苦笑着，伸手去抓水果刀。你从背后抢起一根木棒击中王朝伍的后脑勺。王朝伍噗的一声跌倒在地昏死过去。你用木棒推了推王朝伍，毫无反应，你又朝他狠狠地踢了几脚。你抓起刀咬牙切齿地往王朝伍的脖子方向扎去，然后直起身拍了拍手上的尘土，扬长而去。

太阳出来时，王朝伍醒了过来，睁开眼看到一片明媚的阳光，不由得倏地爬起来，没见到你的身影，却见地上扎着一把水果刀。他立即明白了什么，慌忙向医院奔去。刚到医院时，他老婆紧紧地抓住他，说："昨晚你去哪了？怎么电话也关机，不知道女儿病危吗？"他喘着气说："女儿怎么样了？"他老婆抱住他哭着说："昨晚做了心脏移植手术，刚刚做完，医生说很成功。"王朝伍没听懂似的，说："心脏移植手术？"他老婆说："是的。"王朝伍啊地叫了一声，推开他老婆向斑斑的病房奔去。病房里空荡荡的，已没有斑斑的身影。

那年你离开了山城，再也没有消息，几年后春暖花开时节，你从北京给我寄来一张明信片。明信片上画着一双大大的眼睛。这双眼睛出神地望着前方。我似乎明白你的用意，又似乎什么都不明白，便自嘲地笑了笑。

你真是个不折不扣的天才，连酒后随便胡编的故事都这么跌宕起伏、引人入胜。要不是我早就认识你，了解你的处境和为人，不然我就相信你所说的真有其事。你把故事编得那么残酷和惨烈，我也是能够理解的。或许如你所说，故事里的人面对不同的处境，即将发生的命运也是不同的，而结局往往早已注定。你的话实在让我摸不着头脑，但我始终相信你是对的，相信你编造故事的能力是天生的，应该坚持写，没准哪天就成了名满天下的作家。

"呸!"

你对我的鼓励不屑一顾，尽管喝得双眼迷蒙，分不清东西，心里却像明镜似的。你说："我不能再听你的，要听老婆的，你这朋友是坑人的，老婆才是真心为自己好。"你的话让我无以反驳，是因为我理解你内心的苦闷。你们厂面临精简人员，厂里的每个人都如临大敌，每个办公室都陷入喧嚣后的沉默，让人莫名惶恐。谁也不想被精简出来，你也不例外。你买了两条烟和两瓶酒，提着东西走进王朝伍的住宅小区，做贼一样东张西望，生怕碰见熟人。门卫用怀疑的目光盯了你几眼，你不由得更加心虚，赶紧往小区里走去，差点撞上路旁的树木。门卫以为你喝多了，摇着头放心地收回目光。你来到王朝伍家的楼下，双脚竟微微发颤，在那里来回转悠。你知道王朝伍的家住五楼，那里有几束明亮的灯光透出窗来，映照着你内心的阴暗。你慌忙往后退，缩在一棵榕树下抽烟，目光盯着楼梯口，期盼着王朝伍出现，那样你就可以把东西塞给他，楼下灯光昏暗看不到你脸上的表情。然而王朝伍没有下楼，或许正坐在沙发上看电视，今晚有足球比赛，你和他都是球迷。你似乎听见他在欢呼，接着站起来跺脚叹气，往日你看球赛就是如此。你把烟头掐灭，丢进身旁的垃圾箱，整了整衣服，壮着胆往楼梯口走去。你心跳加速，祈祷不要碰上什么人，走到四楼时有扇门吱地打开。你慌忙转身拔腿就跑，回到楼下才发现身后压根没人。你再次抬头往五楼看了看，暗暗地诅咒几声，抱着东西离开小区。你所瞧不起的溜须拍马其实是门"高深的艺术"，你自叹不如，干脆不送了，转念想你在厂里文笔最好，以往领导的材料多半经你草拟，厂里会需要你这样的人才的。

没想到你居然第一个下岗。

你觉得是王朝伍搞的鬼。你不禁想起自己发表在晚报上的文章，写领导开车轧死一头母猪不得已给农户赔偿，回去报销说是车轮胎坏了。王朝伍有过同样经历就对号入座，曾拐弯抹角地跟你说不要写此类文章。你嗤之以鼻，认为自己下岗是王朝伍公报私仇。你气呼呼地去找王朝伍，结果垂头丧气而归。你想找人说说话，忽然发现原本热闹的世界变得陌生起来。你似乎在那一刻发现了世界更加真实的面目。

你老婆对这个结果非常恼火，她早就警告过你，让你不要老跟我混在一起。你从不把她的话放心上，现在在她面前自然无话可说，也不知道该干什么，突然失去工作如同脚踩空失去支撑点。你老婆铁青着脸要你去找王朝伍，你瘫坐在沙发上没有反应，你何尝不想去？而是自知做不到。你老婆就跑到小饭馆里找我哭诉。我下意识地拿出两瓶酒给她。她把酒带回家放到你面前，你依然无动于衷。她急了，说："你不去，我去。"你被什么刺中一般，猛地从沙发上弹起来，说："别去！"你老婆白你一眼，气呼呼地出门。你追到楼下时她已经坐上出租车。你心情沮丧地坐在路边抽烟，抽到第十八根烟时，你老婆满脸是泪地出现在视线里，怀里抱着两瓶和她一样灰头土脸的酒。

你时不时到小饭馆里来找我，起初我不停地安慰和鼓励你，说没有过不去的坎，还和你一起痛斥你们厂领导有眼无珠。你来的次数多了，我也烦了，说："不就是下个岗吗？下岗的人都不活了？"你被泼了一盆冷水似的怔在那里，直勾勾地盯着我，似乎我和你们领导是一样的人。我说："活人还能被尿憋死？"说着把你拉到小饭馆背后，那里停着一辆半旧不新的三马车，对你说："我以前开这样的车，小饭馆就靠它起步。"你的眼睛越瞪越大，说："你让我去开三马车？在和我开玩笑吗？我能开着这破车在街上到处乱窜？"

"你不是经常对我说写作要深入生活，体验生活的吗，把这当作体验生活不就行了？"我没把这句话说出来，只是对你笑了笑，掏出三马车的钥匙递过去。你接过钥匙在手里掂了掂，甩手丢到不远处的阴沟里，嘴角抽出一丝轻蔑的笑，转过身拔腿就跑，没跑几步又停下来，若无其事地往前走。

你整天待在家里除了吃饭和看电视，什么也不做，还三天两头与你老婆吵架。你深刻地理解了"贫贱夫妻百事哀"这句话。一天晚上你又跟你老婆争吵，手不由自主地挥起来，打在了你女儿的后脑勺上。你女儿发出撕心裂肺的哭喊，然后抱住你老婆的大腿，说："妈妈，爸爸打我，爸爸打我！"你老婆边哄女儿边骂你。你充耳不闻，坐在破了几个洞的沙发上看足球比赛。你女儿的哭声再次响起，说："妈妈，爸爸不给我看卡通片，他又在看球。"

你老婆鼓着腮帮子，顺手抓到什么就往地上摔什么，把女儿都吓得不敢再哭。你对她翻了一下白眼，说："不就是挣钱吗？这有什么难的？"你说着就摔门而出。你来到街边望见警察在指挥交通，天下起雨，他们依旧站在街中央指挥若定。交警也不容易，谁也不容易。你脑海里忽然冒出这样的念头，却又感觉有什么不对劲。你躲在屋檐下避雨，默默地抽着烟，街上的行人很多，也很忙碌，没人在意你的失落和忧伤，世界是你自己的，与他人无关。你一根接一根地抽着，终于把白天抽成了黑夜。你在黑夜里毫无目的地走着，最后耷拉着脑袋走进小饭馆，低垂着头说："阿络，把车钥匙给我吧。"

"会好起来的，能不能过去，其实只是在你的心。"我掏出钥匙递给你说。

你伸手过来想接住钥匙，忽然想到了什么似的，紧紧地盯着我的手，眼里滋长着陌生和惊恐。你连连后退，突然又冲过来朝着我的脸就是一拳。我来不及躲避，刺骨的疼痛传遍全身。我盯着你的脸，又盯着你的拳头，竟忘记了应有的愤怒。你也盯着我流血的脸，满脸迷茫和惊恐。我支撑不住瘫在地上。

"你还不快送我去医院！"

我怒吼着，两个服务员站在店门口惊慌失措。我对她们挥了挥手，示意她们好好看店，不要趁我不在时偷懒。你把我架上三马车，嘟嘟嘟地发动，往县人民医院奔去。医生是熟人，边处理伤口边问，结果满脸不可思议。

"你干吗要打我呢?"

你在我怒目而视的逼问下缩着脑袋,脸上却隐现着无辜和委屈,咽了咽口水说:"我以为那是个梦,如果是梦,打一拳,梦就破了。"我说:"那你也不能用我来做实验啊!"你看我一眼又迅速垂下目光,说:"我不想之后的生活按照梦境那样发展,不想老婆和女儿出事,我想着打你之后,事情就不会再那样发展,像河流拐了弯流向别处。"停了停又说:"再说了,朋友就是两肋插刀嘛。"我说:"那你可以让我打你啊!"你的嘴巴半张着,终究不再说什么。我想对你破口大骂,见你那副样子,连骂都不愿意。

你经常来看我,你老婆还到店里帮忙,天天为我熬汤。我竟对你恨不起来。你死皮赖脸地说:"你就别生气了,当作救我们一家子吧,我以后也不写作了,就好好挣钱好好过日子,没什么大不了的,生活生活,就是生下来后想着怎么活。"我对你笑了笑,也只能对你苦笑。没几天你就判若两人,以前穿戴讲究,头发一丝不乱,乍一看就是个知识分子;现在你穿着运动服套着球鞋,头发随意而蓬乱,身上那股书生气早已消失殆尽。

"我现在脑袋里全是马路。"

你用两只手指弹着车钥匙说,脸上透着接受现实后的坦然和真诚。你离开小饭馆走出大门时,我恰好从窗口看到你迈着八字步,心底忽然涌起一阵酸楚和惶恐,似乎有什么将会到来,又似乎什么都不会来。

(原载《湘江文艺》2019年第6期)

同情所有夜晚有光的人

我匆匆赶到小吃店，李子兰已静静地坐在那里，面前摆着一碗没动过的八宝粥。她显然只是为了等人。我走过去跟她打招呼，目光再次盯着她的肚子。她看了看我，脸上浮出一丝无奈的苦笑，说："我没怀孕，阿杰病了，我没和他上过床。"我心头不由得一震，摇了摇头，只剩下被人看穿的尴尬，想必葬礼那天她已注意到我的目光。李子兰是阿杰的妻子，他们结婚还不到半年，阿杰就死了。阿杰葬在小镇背后的山坡上。下葬的那天下午阳光明媚，滴血的杜鹃漫山遍野，喜鹊斜着翅膀上下翻飞，把妖媚的背影和清脆的啼叫抛在空中。李子兰静默地站在人们背后，目光空洞地盯着慢慢隆起的坟堆，眼角始终没有闪出泪花。或许，她的泪水早已流干。我不时注意着她，看得最多的是她的肚子，想：要是那里孕育着孩子，那么死了的阿杰也算还活着。我慌忙在脸上挤出笑，那笑容肯定是僵硬的、不自然的，或许比哭还难看。她没有看我，目光落在破败的街面上，外边稀稀拉拉地下起雨。

"阿杰考公务员的事，你知道吗？"

她低沉地说，声音里透着湿气，似乎她的话被雨淋着。我低声说："不知道。"她转过脸来盯着我，眼里充满着不可思议。我能理解她的怀疑，甚至是不满，我和阿杰是最要好的朋友，无话不谈，但我居然连此事都不知晓。我只好再次在脸上挤出笑。她说："阿杰考了三次，每次都考第一。"我说："那阿杰怎么不离开学校去上班？"她又抬起眼奇怪地盯着我，接着慢慢垂下眼帘，好半晌才再次鼓起勇气似的抬起眼来，眼里没有了埋怨和责怪。她说："阿杰没去体检。"我不知该说什么。她说："阿杰报考的是公安。"我说："他想当警察吗？"她说："他的身体不允许。"我又不知该说什么了。她扭过脸看了看窗外，雨还在下，街面上积聚着大小不一的水洼，给来往的路人造成了许多不便。一个挑柴火的中年男人一路小心地走来，踩着从水洼里冒出来的石块，石块一滚，连人带柴倒在泥水里，引来一阵哄笑。李子兰没有笑，我也把笑憋在肚子里。她把目光从中年男人身上拉回来，定定地落在面前的那碗八宝粥里，轻轻地叹了口气，从背包里掏出一个剥落了漆的小盒子，说："这是阿杰留给你的。"我说："这是什么？"她说："阿杰不让我看。"停了停又说："我原本不想把这小盒子给你的，但阿杰人不在了，这些东西还有什么意义？后来想，这也是阿杰的一个遗愿吧。"我双手接过盒子，感觉很沉重，不知是盒子重，还是阿杰留下来的意念重。李子兰如释重负地点了点头，站起来走出小店。她在门外扭过头来看了看我，欲言又止，转身撑着半新不旧的雨伞走到街上，落寞的背影在细雨里晃动，很快就走出了我的视线。

盒子里装着阿杰的日记本。

…………

死亡，原本是个遥远的词汇，谁知忽然就来到了我面前，触手可及。这人生，这命运，似乎就在这一瞬间悟透了。凡尘里的人多数是这样吧。其实，在住院并知晓病情后，我并没有悲伤和绝望，心里也已没了恐惧。当想通了人生不过是从未知抵达未知的过程，那些曾经参不透的东西便再也无法左右我的情绪。说这些，不知你是否同意，我们曾经都是极为固执的人、极为偏激的人，内心狂野，不甘寂寞，面对生活又无可奈何。现在，我和你不一样了，我走到了生命的对面，回望着一路走来的影子，看清了我们为何变成现在的自己而不是别的模样，如若稍作改变就不是现在的样子。不久前，我们谈论过这个问题，每个人身上都存在着许多个自己，之所以变成现在的自己，是因为我们在生活中遇到形形色色的人和事，也就是说，那些人和事促使我们变成此时的模样。

"迷时师渡，悟了自渡。"

我理解了这句话，这句话是在《六祖坛经》里读到的。不瞒你说，当重新拿起这本经书时，我竟然能够心平气和地读着，而且读进去了，似乎读懂了，困扰我的许多问题也随之一一解开。我不是佛教徒，也不是在劝你信佛，据说佛是讲随缘的，随佛缘。但是这和我想表达的，想告诉我的朋友你的，是完全不相干的两码事。我想对你说的是，有时不是我们智慧不足，而是心性被世间灰尘遮蔽而辨不清南北。我并不是在责怪我们曾经的轻狂孤傲，古语说：人不轻狂枉少年。我已是将死之躯，而你仍然活在盘根错节的世俗里，仍然要面对许多能预料和无法预料的事，仍然在苦心追寻理想和信念，我能做的只是在停止思考之前，将一将过去的那段日子，或许能够映衬未来，如若如此，那便是我留给朋友你的最后的礼物。

············

我们是同一年考入中学任教的，对于许多事物的看法极为相似，成为无话不谈的朋友更是情理之中。所谓"物以类聚，人以群分"便是这个道理吧。起初我没注意到你，你的名字听起来像女生，长得瘦瘦弱弱的，但后来发现你发起脾气来居然火爆惊人。记得第一个学期开学不久，有个女生被街上的两个小混混欺负，那个女生满眼的愤怒和绝望。你不知从哪儿冒出来，冲到小混混面前，让他们给女生道歉。他们没把你放在眼里，还对你出言不逊，说："这是老子的女朋友你管得着吗？"你也没多说什么，直接挥拳冲过去，结果两败俱伤，最后那两个混混被派出所的警察带走了。你的行为让我吃惊，也让在场的其他人吃惊。

我重新认识了你，你是个值得交心的朋友。

············

周末的夜晚，学生们都回了家，校舍里空荡荡的，我们站在宿舍楼顶上，倚着栏杆看着月光洒在球场和屋顶上，有如冰霜。校长拿着手电筒在校园里四处查看，没有发现异常，最后消失在拐角处。一条流浪狗不知从哪儿蹿出来，见球场上没有人，便往球架的支柱上撒尿。

两个保安发现了它，手持棍棒弓着腰围堵过去。他们没发现我们站在宿舍楼顶上，注意力全落在流浪狗身上。他们把它逼进死胡同，接着传来一阵凄惨的吠叫。当四周重新安静下来，两个保安抬着流浪狗走过球场。

我们讨论起那条流浪狗。我说那条狗没想到会在这个夜晚死在保安的手里。你说那是它的命运，它闯入了不是它的世界。我说那两个保安是在耍流氓。你说他们有权处置闯进他们管理范围的动物。我说再怎么说都是滥用职权。

…………

莫名其妙的破碎感如影随形。

这句话是你写在日记本上的，我偶然看到，深有感触。我们考进中学任教那年，正值全县推行九年义务教育，取消了自费——自费是为成绩差而又想上学的孩子存在的，这些孩子要多交一笔费用。我能理解这种现象，以往，社会对学校、学校对老师，多以分数论英雄。而实行九年义务教育后，分数不再是唯一的标准，既不让一个孩子留级，也不让一个孩子失学，无论孩子把书念得怎么样，都必须保证在学校里待满九年。这种突然的转变使我们学校的老师和学生有点猝不及防。那些成绩不如意的学生不再为自费而忧心，回家不用再面对父母铁青的脸孔，长久以来笼罩在他们心头上的雾霾一扫而空。他们不用再担心因为调皮捣蛋、打架而被除名，即使辍了学，学校也会派老师把他们请回学校。我们学校里这些原本害怕被开除的孩子，开始放肆起来，他们把学校当成了放牛的荒坡。即便如此，我们学校也没有几个老师敢呵斥他们。为确保升学率，学校把想学习的学生组成快班，剩下不想学也学不进去的学生就归到慢班里。我们都是慢班的班主任，每天面对那群不想学也学不进去的孩子，心里别提有多憋气，又找不到发泄的地方。

我承认你胆子比我大，你敢作敢为，带着学生去到野外踏青，在课堂上看电影，美其名曰在尝试新教学方法。你还别说，你的这些教学行为显然激起了学生的兴趣。我跟你讨论过这种教学方法。你说你只想让孩子们能够认识自己，看到自己身上的优点，天生我材必有用，你相信每个孩子都是老天派来的。我觉得那是慈悲，你有一颗慈悲之心。相较于你，我是愧疚的，我心里这样想却不敢这样去做，尽管我知晓那些想法对孩子们是有益的。你说大不了不在这里干了，装出一副破罐子破摔的模样。我猜你想以此把自己逼走，那样的话内心就不会因为抛弃学生而感到愧疚。我觉得没有这个必要，你这样会很累，会身心交瘁。谁又能说服你呢，你就是这样一个充满怜悯的人，以表面的轻松幽默掩盖着内心的真诚。我很欣赏你身上的那股劲儿。你说每个人都害怕孤独，而孤独任谁也逃不脱。你说你在鼓励学生敢于面对内心的孤独时，实际上也是鼓励自己面对内心的孤独，并战胜它。这在教学大纲上是没有的。你把许多教学大纲之外的话题带入课堂，现实的、生活的，甚至把性教育也搬进课堂，那是别的老师想都不敢想的事啊。不光是学生，就连老师都对这样的话题极其敏感。你对此却轻描淡写，借用《活着》《茶花女》《泰坦尼克号》等作品来讲解，教孩子们学会自我思考，学会寻找和思考事物本相，从而明白许多心理和生理上的知识。我感到惊讶的是，你班里的学生居然按照你的预期发展。

"你再这样是很危险的！"校长警告说。

所有老师都知道校长对你是恨铁不成钢。我也觉得你那样做是危险的，只是我和校长所说的危险并不一样。唉，这话题本该属于"肉食者谋之"，与我们这些活在乡村的人相距十万八千里。但是，你的存在，教我无端地思索着。

…………

我没想到自己会当上警察。李子兰离开小镇后，给我发来一条信息：我不想活在别人的可怜里，有空时替我去看看阿杰，别忘了给他带瓶米酒。阿杰的病是喝酒喝出来的。我知道李子兰不会回来了，她将和阿杰一样从我的视线里剥离，如同两棵树被无形之手连根拔起。好像有些东西在慢慢消失，使我内心陷入看不见的恐慌和孤寂里。我想在他们消失之前抓住什么，越想抓住心里越空虚，以至于看什么都不顺眼，尤其是那群调皮捣蛋的学生。我渐渐地无心上课，对工作产生了怀疑，觉得没有什么意义。我读着阿杰留下的日记，想阿杰都考公务员，我为何不试一试呢？如果考上了，既能换个环境，又能了却阿杰的心愿，即便考不上阿杰也不会怪我。我拿定主意便像阿杰一样悄悄地去报考和参加考试，并顺利地进入面试和体能测试，成绩都不错，如愿以偿地收到了录用通知书。对于这个结果，包括我在内的所有人都感到意外。我想是阿杰在天上默默地帮着我吧，从那天起，我便把阿杰的日记本带在身上。离开学校那天，老师们都给予我祝福，班里的学生都来送我，看不出平日里的捣蛋调皮。我心头一紧，继而满心愧疚——我是在抛弃他们呀！尽管他们成绩不好，但心地一样善良，应该拥有属于他们的未来。我却在冠冕堂皇的理由下离开他们。

我在省城集训半年后，被分配到林荫镇派出所当民警。这半年我被晒得黑乎乎的，腰板却挺了，与人对视不再犹豫躲闪，总逼得对方把目光挪开。我回到学校看望校长和老师们，他们对我变得客气而热情。我知道他们敬重的是我身上的警服，而非我本人。

我每每把混混们扭送到派出所，总有种错觉是替阿杰在做。每过一段时间，我都会提着米酒爬到山坡上看阿杰，告诉他我又抓了几个小混混。我处理工作总是雷厉风行，小混混吃过我的亏，对我敢怒不敢言。此后小镇上日益安宁，已没有什么案子可破。

"小杨，你的心态要端正，要知道我们当警察的，没事才是最大的本事。"所长石磊说。

我说："石所，你放心好了，谁没事整事啊？"石所看了看我，把手放在我的肩上，意味深长地笑了笑，说："你明白就好，明白就好。"他对我依然不放心，每次上街巡逻，总把我护在身后，发生案情也不让我冲在前头，我不由得心生反感。

不久后的一个集日，我又跟石磊上街巡逻，在车站旁发现一个小偷在偷东西。小偷也发现了我们，他不但没跑，反而与我们隔街对望。我没等所长反应过来，便拨开人群冲过去，扑上去摁住他，将他反手铐住。小偷像被捆杀的猪一样发出号叫："疼死我了，我的手断了。"所长赶过来查看，确认小偷真的受了伤，便带着他走向卫生院。事后所长把我叫到办公室，边用手点桌面边说："行事不能这么鲁莽，一要注意自身安全，二不该下手太重，能抓住就行了。瞧，今天这小偷受伤了，他身上没钱，我们还得为他垫医药费。"我堆着笑脸说："保证

183

下不为例。"

所里的同事都知道我的脾性，都不放心让我单独出警，凡是被我遇上的小偷小摸，我从不手软，有时还会被同事说下手太重。我在小镇上声名鹊起，人们对我议论纷纷、褒贬各半，后来把我传得越来越玄乎，说我练过少林功夫，以至于街头的小混混见到我都绕道走。以其人之道还治其人之身，这伙人就是欺软怕硬。

不久后的一个晚上，我把镇长的小舅子抓进了派出所。那天我从朋友家喝酒回来，微醉，摇晃着往派出所走去，到派出所门前的桥上时，两个叼着烟的小混混围到我身旁，哈着腰给我敬烟又点上火，说："杨哥，告诉你一件事，前面出租房里有人聚众赌博，还玩弄少女呢。"我瞟他们一眼后把目光投向天空，月亮安静地悬挂在云端，像一个心里有怨气又欲说还休的少妇。他们又说："杨哥，你不会是害怕吧？听说镇长的小舅子黄平也在。"

他们在激我，看我敢不敢抓镇长的小舅子，如若我不加理会，那么在他们眼里我只不过是个欺软怕硬、狐假虎威之辈。我把烟头用力地摔在地上，还用脚狠狠地踩灭，径直往出租房走去。我来到出租房门外，听到屋里传来乱糟糟的叫喊声，我抬起脚嘭的一声把门踢开，酸臭味扑面而来。屋里聚集着十来个人，果然在赌博，他们一同转过脸来，看到我时顿然惊呆了，脸上露出慌张的神色，接着把目光纷纷投向黄平。黄平把嘴里的烟吐掉，目光往上一挑，满不在乎地说："看牌，看牌！"

那伙人哗地马上往门外跑，纷纷翻过栏杆，跳到街面上，三两下就逃得不见踪影。屋里只剩下黄平和一个染着红头发的女孩。我走到黄平面前，说："你就是黄平吧，跟我到派出所去一趟。"黄平连眼皮都不抬，说："你谁啊？这里有你什么事。"他边说边亲身旁的女孩的脸，根本没把我放在眼里。我没跟他废话，抓住他的衣领把他拖出门。红头发的女孩怔在那里不知所措。我说："走。"她醒悟过来似的侧着身子从我们身旁走过，接着甩开胳膊往前跑去，抛下一串慌乱的脚步。我把黄平连拉带拖地带到派出所。

············

你数次劝我少喝酒，说老是喝得醉醺醺的，既伤身体，又浪费时间，多不值得。你还拿自己不喝酒当作例子，说："瞧我不喝不是也活到现在？"起初我觉得你不够男人，男人怎么能不喝酒呢，喝酒怎么能不醉？你却不在乎别人怎么说。你的哲学是，不要理会不理解你的人，也不要去叫醒装睡的人，不如用别人喝酒打牌的时间读书写作。我没见你写出什么文章，尽管你每天都埋头苦写。可能是，我喝酒和你写作是同一个道理：排解内心的迷茫和恐惧。我们谈论过逃离，只不过不知能逃往何方，我们都没有足够的勇气，能做的只是蜷缩在小镇上望着日出日落，想象山外情景，不知是在活着，还是在生活。我在那时生出考公务员的念头，这也是一种逃离。那年我去考了，考了第一名，但后来没有去体检，因为我不敢，我的身体出了状况。我到医院做过检查，医生是我的朋友，他明确告诉我，我的身体条件是当不成公务员的，建议我先把身体养好再说。

那段时间我听了你的话，想把酒戒掉，但在聚会时总经不起别人劝，更经不起激将，当人家说"不喝酒还是男人"？我就会端起酒杯与人对干，明知不该这样，但就是咽不下这口气。我挺佩服你的，不管别人怎么调侃和嘲讽，你都只是付之一笑。你清楚自己有更重要的事要做，而不是无聊地斗酒。家里人也不让我喝，把家里所有酒都收起来。我就从家里偷来一壶酒，塞到你的床底，我大哥到我宿舍来也看不到。你却把我的酒倒掉。那天我下课走向宿舍，你站在阳台上叫喊着："用酒浇花啦，都来看呀。"没等我明白过来，你已提着酒壶往花盆里倒，惹得学生们哈哈大笑。

我知道你为何那样做，心里既埋怨又感激。

…………

那个叫王勇的学生特别捣蛋，以欺负人为乐，不仅是班主任，连学校领导都找他谈过话，但每次谈完话他反而变本加厉地欺负人。

有一回，王勇欺负你班里的一个女生。那天周五下午，学生们下课后回家。王勇在校门外抓住你班里一个女生的辫子，女生进退不得，不住地乞求他放手。他说："放手可以，只要答应做我女朋友。"你从操场旁经过，见此情景便跑过去呵斥："你干什么？快放手！"他非但没有放手，反而更加用力扯着女生的辫子，使女生的脑袋往后仰，眼角泛起泪花。你用手指着他，说："再不住手，别怪我不客气！"他哈哈大笑着，说："你有胆不客气吗？我就等着你不客气！"他说着又扯了扯女生的辫子，女生的身体便倒进他的怀里，眼角的泪滚落下来。你没再说什么，抬脚就往他的膝盖踢去。他没想到你真敢踢，踉跄几下摔进路旁的污水沟，惊起一群绿头苍蝇。路过学生围过来叫喊、起哄，乱哄哄的。王勇从污水沟里爬出来，浑身脏兮兮的，头上还顶着半页纸。他用手指着你，说："你给我等着，看我不找人来整死你。"

你用手里的课本砸中他的脸，说："我在这等你！"他捂着脸跑了，围观的学生又一阵哄笑。

你把女生送回家才返回学校。校长面色慌张地跑来，说："你打学生？"你说："没有呀。"校长说："你还狡辩！那么多人看到了，人家给学校打电话来了，说要到教育局告你。"你说："哦，学生我是没打，流氓我倒是打了，流氓要去告状是吗？"校长说："别跟我扯没用的，你说现在你打算怎么办吧。"你说："你是校长你来问我？流氓欺负你的学生你说该怎么办？你没把学生当成自己的女儿吗？要是你女儿被人欺负你还是这个态度吗？"校长也火了，说："你以为我这个校长好当？学校规定不能体罚学生，你还打人！我知道王勇欺负人在先，可你是老师，打人就是不对，不能以流氓的方式解决问题。"他缓了缓口气又说："趁着人家还没告到教育局，你赶紧想办法解决。"你翻了个白眼，说："校长，既然你承认是他欺负人，我只不过是教训他而已，这事与你无关，与学校无关，别说告到县教育局，就是告到省教育厅，我也不怕。"校长说："你别意气用事，这样解决不了问题，再说了，你以为这事情只是你的事吗？这件事也是学校的事。"你说："校长，我知道该怎么办。"你没等校长反应过来就转身离开了，校长看着你的背影跺着脚喊。

这事，我是理解校长的，诚然也是理解你的。不知从何时起，我们变得越发暴躁，心里像活着一只野兽。我们谈过此事，你嘴角挂着不屑的笑。我知道你心里怎么想。这也是我佩服你的地方。

…………

下晚自习时，王勇带着一帮人到学校来找你。"打架怕吗？"你这样问我。我拍着胸口说："怕什么，算兄弟一个。"我身后站着的几个年轻男老师，都不作声，是不想惹上麻烦。这怪不了他们，生活不易，当个老师工资才几百块，要养活一家老小，稍有闪失就是整个家庭的灾难。

我跟着你来到校门口，那里聚着一堆人，每个人嘴里叼一支烟，吞云吐雾，像香港电影里的古惑仔。王勇嘴里也叼着烟，还对着我们吐烟雾，挑衅的意味弥漫在空气里。你打开门卫室，拿出两根木棒。你把木棒递给我，笑着说："等着明天上新闻吧。"我接过木棒，手有些发颤，从没想过当老师还要打架，但再怎么心慌，此时只能硬着头皮上。你走到他们的面前。带头的是吴波，他刚从牢里放出来，五年前他因打架伤人而坐牢。吴波用手指把烟蒂弹出去，说："两位老师，我今晚不是来打架的，只想给我的小弟讨个理，你们看怎么办吧？"你说："既然是来讨理的，那就好说，先问问王勇都干了什么吧。"吴波逼到你面前，说："老师打了学生还用得着问吗？"你直视他的目光，冷笑着说："既然不讲理，那就以不讲理的方式解决吧。"吴波怔住了，没想到你如此强硬。他说："我劝你还是认个错的好。"

"别动！"

派出所所长和两个民警匆匆赶来，校长也惊慌失措地赶来，想必是他报的警。吴波连忙后退两步。所长说："都给我闭上嘴，到派出所说吧。"

做了笔录后，所长留下你、我和吴波，其余的人都走了。所长把我们带到家里，说："我今晚因为你们几个连晚饭都没吃，你们不该陪我吃个饭？"我们自知理亏，便陪他吃饭。起初，气氛是压抑的，酒过三巡后，所长站起来说："你们是不是想把我这所长整下去？"我们面面相觑。所长说着便仰头一饮而尽。我们又面面相觑，虽心存芥蒂，但拗不过所长的面子，只好碰杯把酒干掉。那晚你破例喝了酒，最后喝醉了，在所长家里的沙发躺到第二天。

所长用一顿酒摆平了此次风波。那之后吴波还请我们去喝酒，说："我就佩服两位敢为学生出头的老师。"从此街头的小混混再也不敢惹你，想来是吴波给他们的警告。

我心里五味杂陈。

…………

开学那天，有好几个女生抱着书本找你报名，表示要转到你班里。王勇竟然也去找你，这个曾经连老师都不放在眼里的学生，扛着小书桌怯生生地出现在教室门口，说："老师，您就收留我吧，您不收留我，我就没书读了。"你说："你该去找校长呀。"他说："是校长让我来找您的。"你明白是怎么回事，说："嗯，那好，这样吧，要是你能打得过我就留下。"他挽起衣袖又忽地把衣袖拉下去，说："我都来求您了，还怎么能和您打架呢？再说了打架是不对的。"你哈哈大笑，说："看来你还没笨到家。"想了想又说："那就再给你一个机会，现在班委还没组建，你就随便选个班委来当，要是有信心当好就留下。"

王勇看着教室里的学生，学生们也都在看着他，他背过身掰着手指头算着，忽然叫喊起来，说："老师，老师，我能当劳动委员，我能当好。"整个教室哄笑起来。他红着脸说："我说真的。"你说："刚才大家在笑，你也听到了，你要知道不是谁都能当劳动委员的。"王勇苦着脸，说："老师，我真能当好。"你说："学习委员，主要任务是和班委一起管理班级，团结大家好好学习，为班级争光；劳动委员，是要带领全班同学做好劳动，争取拿到流动红旗。"王勇说："这我知道，我能。"你站到讲台上，说："同学们，说实话，我以前不喜欢王勇，以前他是个欺软怕硬的人，现在他想成为我们班的一员，而且要当班委。按道理讲，是不应该收留他的，但我们是一个特别的班级，要有宽广的胸怀，要有能够和做过错事的过去告别的勇气，所以，我们不妨给他一个机会，也是在给我们自己一个机会，看看到底有没有能力和勇气改变和把握我们自己的命运。"全班学生默默地点着头。你接着说："现在我宣布，王勇同学试读期为一个月，在这个月里担任劳动委员，考核的标准为，团结和带领全班同学在这个月的四次评比中，至少有三次获得流动红旗，考核才算通过。王勇同学，请到讲台上表态。"

你把王勇请上讲台做班委表态。王勇不禁深受感动，当学生这些年，他从未受过如此对待，竟像个士兵一样双脚并拢向全班敬礼，说："请同学们放心，相信我，我保证完成任务！"

教室里响起经久不息的掌声。

…………

不得不说，你的激将法是奏效的。我曾担忧地提醒你，说："别好了伤疤忘了疼。"你笑了笑说："你就放心啦，不用担心王勇，倒是你要好好戒酒。"你说着眼里闪过一丝忧郁，继而被一丝明亮覆盖着。我知道你在想什么，心里感激着你，想你真是值得依赖的朋友。那段时间，我们谈得最多的是慢班学生的种种可能性，交谈的最后是陷入悲伤。

"我想证明他们是错的。"

你这么说，也这么实践。后来我才明白你为什么让王勇当班委，你给予王勇尊重，他自然报以尊重，从而激发出他身上的潜能。你对王勇说："以前所有人都不看好你，现在全班同学都相信你、等你努力。你该想着怎么做，才能让瞧不起我们的人刮目相看。"

王勇像变了个人似的，每到劳动课，就带头奔向卫生区，别的同学看到了也都积极劳动。可以想见，当班里之前最能捣蛋的学生变成最积极的，班风可想而知。你就这样化腐朽为神奇，每次评比，你们班总能拿到流动红旗。这又激发了全班学生的荣誉感，出现良性循环。你对王勇的引导和教育是正确的。你曾说过，争取流动红旗不是目的，让学生认识到自身的潜能才重要。我同意你的说法，教育学生的关键是由学生自己做主。有一次，王勇在校门外看到班里的一个女生被欺负，冲上去理论，结果和对方打起来，后被学校通报批评。你在班会课上说起这件事，你说："王勇为同学出头，这就是友情、义气，尽管他的方式有争议，尽管他这样做不符合校规，但是我们要学会明辨是非。"你又说："作为老师，我想告诉你们，凡事都要动脑筋，既要保护自己，又要保护班集体，我们是集体中的一员。"全班学生哗哗地拍手，不知他们是否真的懂你的话，反正我听得挺激动。那天我溜进你们班的后门偷听。

你真让人羡慕。

…………

我和玲珑处了对象，她在镇卫生院当护士，我带她回老家看过父母。父母亲对她都很满意。不久后，我们就谈婚论嫁了，决定在县城按揭买房，等房子装修好就结婚。我每天都充满期待，不再觉得无聊，在街上巡逻时，看到谁都觉得是善男信女。我和玲珑开始计划着婚后的生活，觉得要先调到县城再生养孩子。我们都没有能帮得上忙的亲戚，唯一能帮我们的是自己，我们要好好工作，做出让人刮目相看的成绩来。我更加渴望立功，诚然已不是为了做给别人看，也不是为了死去的阿杰——事实上我自谈恋爱后便没有再去看过阿杰。

五月的一天下午，天阴沉沉的，还起了风，废纸被卷离地面，在半空中胡乱飘荡，眼看就要下雨了。我驾着吉普车来到街上，小镇一如既往的平静。在街口处看到一个男人戴着黑色太阳帽，遮住大半边脸，东张西望地走向小摊。我不禁心生怀疑，跳下车走向"太阳帽"。"太阳帽"看到我后转身钻进一辆黑色小车里，忽地飞驰而去，街上的人和狗都被吓得纷纷避让，叫骂不已。我返身跳上吉普车，边追赶边向石磊汇报。石磊在电话里叫喊："杨智，吉普车的刹车不灵，先去修理车再说！"我没听他的话，把对讲机丢在一旁，加大油门狂追而去。我追出小镇，追上盘山公路，离目标越来越远，不由得心浮气躁，便把油门踩到底，拐弯处也不减速，拐过大弯道时刹不住车，车子直接冲出路面落下山谷。坏事了。"太阳帽"正逃出视线。我的心狂跳着，想着石磊没有骗我，刹车真的不灵。

车子跌入十多米深的河谷，我躺在车子里不能动弹，钻心的疼痛和冰冷的河水劈头盖脸把我淹没，我的眼皮直往下垂，怎么也睁不开，面前飘浮着一团团白云和黑云。我仿佛看到一群身材矮小的人从山坡上走来，他们脸上都带着温暖的笑容。我认出他们是传说中的"山兄弟"。这个流传数百年的传说至今依然在村庄里流传：在山林里生活着一群身材矮小，脚跟向前，武功高超，法术精湛，来无影去无踪的人，村里人称他们为"山兄弟"。他们受到村里人的爱戴和敬重，逢年过节村里人都会到山脚下去拜祭他们。村里人说看到"山兄弟"就看到了死亡。"山兄弟"会安抚死去的灵魂，不让死去的人离开尘世后变得孤单。那一刻，我明白自己的生命已走到尽头。我曾想过死亡，害怕死后的世界，感觉那是一个无底洞，没人知道洞里存在着什么。当发现有"山兄弟"陪伴着，我心里忽然踏实了，对于即将来临的死亡不再惧怕。我轻轻地把身体摊开，任其在意念里沉浮，那些活着的人和死去的人在眼前一一浮现。我想念他们，祝福他们，最后慢慢失去了知觉。

我从昏迷中醒来已是第二天下午，眼前是满脸焦急、泪眼汪汪的玲珑，她身后挤站着一大堆人，床边堆放着鲜花。我知道是怎么回事，心里想的却是那个"太阳帽"。石磊站在病床前微笑着说："你小子就放心养伤吧，你追的是流窜犯，已经被抓了，是个通缉五年的逃犯。"我想跟他握握手，再说些感激的话，不料左脚钻心的疼，这才注意到左脚上打着厚厚的石膏，左脚被吊起来以免再次伤着。

我在县医院躺了一个多月，玲珑请假陪护，她每天在病房里忙碌，担心我闷还找书朗读给我听。她真是个好女人。我感谢老天把她带到身边。我暗想今后要尽己所能保护她爱护她，做个让她放心、让她幸福的好丈夫。

....

你班里的学生很自觉，除了成绩不如意，样样都表现得很不错。

我感到惊奇的是，你并没花多少时间去管理他们，甚至每周一早上你都没去参加学校举行的升旗仪式。周一集会，校长是要讲话的，要求每个班主任必须参加，当然主要的任务是监督班级的学生。那时你多半躺在教师宿舍的被窝里，即使醒了也不起床。不可思议的是，你班的学生比其他班的学生表现得都好。我问过你是怎么做到的。你只说出两个字：信任。

真是醍醐灌顶。

用这个词来形容我当时的感受并不为过，你就是那么特立独行，让人意外。我有你这样的朋友，此生足矣。

…………

现在想来，你对学生的信任是很特别的，记得有一次你惩罚赌博的学生就很有意思，每回想起都觉得好笑。那回你班里有学生在宿舍里赌钱，其实学生并没有什么钱来赌，只是追求刺激。你得知情况后并不着急，而是哼着歌慢悠悠地走向宿舍。学生们自然在你到来之前，把所有的赌具都藏起来，装作若无其事地躺在床铺上看书。你没跟学生们多说，叫王勇找来木棒。王勇不知你要干什么，还是找来了木棒。你抓过木棒，在手里掂了掂重量，宿舍里所有同学的目光都跟随着木棒上下移动，忽然你抡起木棒砸向窗户，哐当哐当，玻璃全被打碎在地。学生们吓坏了，这太意外了，他们缩在床铺上不敢吭声。你让班长计算被打碎的玻璃需要多少钱，最后平摊给宿舍里的每个学生，每人收两块。你让班长到街上去买玻璃装上，装好后接着又把玻璃砸碎，让学生们再次交钱，再次装上。然后你又扛着木棒走向窗户。学生们立即抱住你，说："老师，你别砸了，我们都没钱吃饭了。"你没说话，只是哼哼冷笑。那帮学生面面相觑，转而对躺在床铺上的几个同学"拳打脚踢"。你才用木棒敲了敲门板，说："够了！"学生们才停住手，一个个耷拉着脑袋。

这件事在学校里传得沸沸扬扬，校长在会上批评你，说你破坏公物。你没有反驳。我知道你心里不服，也无所谓。果然，从此后，你班里再没有发生此类事件。我跟你讨论过这个问题，你说你理解这帮学生，但不能成为原谅他们犯错的理由，更重要的是只有感觉疼才会长记性，人都是这个脾性。

…………

那段时间，我的病越来越重，我清楚自己的身体状况，没跟你说，也没跟家里人说。我母亲担心我，更担心的是我至今还没结婚，她每每瞅着和我一般大的人讨媳妇，回到家眼睛就闪着光。我知道她在想什么。我父亲早年就不在了，是我母亲辛苦把我们兄弟几个拉扯大。我不想让她失望。

问题是，谁愿意嫁给我呢？

…………

我母亲又给我介绍了一个姑娘，我让你陪着我去相亲，结果见面时，你话也没说，只顾埋头吃东西，像饿了大半年似的。回来时我还没说你，反而被你数落。你说："你根本就看不上人家姑娘，还假装喜欢干吗，不累吗？"

你说的有道理，问题是，这就是生活呀，喜欢是一个问题，过日子是另一个问题。你活得太直率，我还担心你会吃苦头呢。可是该怎么活着，这也是个问题。

…………

　　我是在足浴城遇见李子兰的。她刚到那里上班不久，手法并不好，却很是热情，还没学会世故圆滑。她边给我按脚板，边有一搭没一搭地跟我瞎聊，她知道我喜欢喝酒后，还劝我少喝酒。她说酒虽好喝，可喝多了会伤身的。她劝我少喝酒，我也不生气，觉得她善良，只有善良的人才会对一个不认识的人说这些话。

　　我记住了她。

…………

　　我被调到梅林乡派出所工作。

　　梅林乡比林荫镇更加安静。所长李其请我到他家里吃饭，边给我倒酒边说："小杨啊，你还年轻，心高气傲，在你这个年龄，我的想法和你一样。"他扭头看了看他的妻子。他妻子微笑着给我们添酒，说："老李在这待了十几年呢，起初也是不适应，现在哪儿也不想去了。"他妻子的话使我倒吸一口冷气，天啊，真不敢想象，要是我在这待上十余年，玲珑怎么办？也把她调过来？能不能调过来姑且不说，她愿意到这偏远的乡镇来吗？这里四面环山，山势高耸，连绵不断，通往县城的公路坑坑洼洼，需要一天时间才能到达县城。要是没有那条公路，这里几乎与世隔绝，我猛地陷入糟糕的情绪里。我离开所长家已是半醉，摇晃着走到街上，街旁的商铺都已关门，没有过往的人影和车辆，两条无家可归的狗在刨着垃圾堆，听见脚步声才抬头望来，发现我对它们没构成危险，便继续埋头刨着什么。我蹲下去捡起石块砸过去，它们汪汪闷叫着跑到昏暗的角落里，惊恐而无辜地向我望来。

我满足地哈哈笑着，拖着脚往宿舍走去，昏黄的路灯把我的身影越拉越长。我似乎走在一条没有尽头的路上，掏出电话打给玲珑，告诉她这里山清水秀，人们善良和睦，所长和同事热心又专业。玲珑在电话那头安静地听着。我能想到她微笑地拿着电话，并在脑子里想象着我所描述的情景。

我挂断电话，内心难以平息。

那些天我给亲戚朋友打电话，看看是否有人能帮我调离这里。没人能帮得上忙。我忽地陷入沮丧里，生怕像李其那样要在这长久生活。

接下来的日子寻常而平静，早晨到了，黄昏来了，又是晨曦了。玲珑倒是有好消息。她给我打来电话，说："杨智，我通过了县医院的考核了，不出意外的话很快就能调到县城，离我们的目标又近了一步。"我和她一样兴奋和开心。李其和所里的同事下班了就上街买菜回家，准备着千篇一律的晚饭，这个乡镇很少发生非要警察出现才能解决的矛盾。每当周末和节假日，我都向李其申请值班，他每每感激地答应，许诺说等我想回去看女朋友时就多批几天假。

不久后的周末，我又在值班，电话突然响起来，生生地把我吓一跳，竟然没在第一时间抓起话筒。"喂，你好，这里是梅林乡派出所。""喂，喂，派出所吗？我要报案，杀人案。""你好好说。""西尤村王群杰的妻子死了，是被打死的，不是摔死的，今天就要下葬，快派人去找吧。""你是哪位？"嘟——嘟——

电话挂断了，没显示号码，想必是报案人刻意隐瞒身份，案件必定复杂，我不由得紧张起来。我打电话向李其汇报。他有些不太相信地说："既然接到报警，我们先去看看。"李其来到所里，带上一个黑色公文包往西尤村走去。从乡里到达西尤村要爬两座山，只有一条穿过林间的崎岖小路。路旁的杂草长得茂盛，纷纷往路中间拱，掩盖住路面。我们用木条拨开杂草，露出的石块爬满青苔，偶尔有几只老鼠和四脚蛇出没。李其说："不用担心，没毒，真正该担心的是那种在杂草下躲着的蛇，用木条拍打，把它们吓跑就是了。"我在心里想，我才不担心这些东西，该担心如何破案才对。他像是看穿了我的心思，却没有揭穿，边喘气边往山上爬。

我们来到西尤村已是下午两点，村子不大，一眼就能看到办丧事的人家，那家屋顶上冒着白色的烟雾。我们径直往那个人家走去，人们没有戴孝，忙碌着，脸上也看不出悲伤，屋外摆放着几张桌子，一堆人围着桌子在赌钱。我们径直走到灵堂前，嘈杂声才渐渐安静下来，人们用奇怪的眼神看着我们，不知我们是来抓赌还是来办别的事。在乡下，以守灵的名义赌博，派出所通常以劝诫为主，李其对赌钱的人们挥了挥手，示意他们尽快离开。

我跟在李其身后走到堂屋里，死者躺在靠墙的木床上，床前摆放着一只用坏了的铁锅做成的香坛，里边插着冒烟的香。巫师在做法事为死者超度，他紧闭着双眼，嘴里念念有词。死者家属跪在地上，手里都捧着香。在一旁烧纸的姑娘似曾相识，想不起来在哪见过。我见李其没说话，便向他使眼色，暗示他我们是来办案的，不是来奔丧的。他没理会我，走过去给死者上香，又蹲下去烧纸，然后站到一旁静静等着。法事完毕，李其才把死者父亲叫到房间里，说："阿叔，我们接到报警电话，说死者是被人打死的，不是摔死的，我们来看看到底是怎么回事。"李其边说边递给死者父亲一支烟，死者父亲犹豫了一下才接住，李其拿出打火机给他点上。死者父亲吸了两口，说："我女儿死了，才二十六岁就死了，怎么还会有人这么说呢？"李其说："你女儿叫什么？"

"李子兰。"死者父亲说。

李子兰?!

我心头抖了一下，不会是阿杰的妻子李子兰吧？忽然想起烧纸的姑娘，她不会是李子兰的妹妹吧？难怪如此面熟。死者父亲说："我有三个女儿，大女儿子兰死了；二女儿叫子香，嫁人了；三女儿叫子莲，在城里当保姆，不知今天能否赶回来，回不来也要把她姐葬了，时辰已定。"李其说："你对你女儿的死没有别的看法？"死者父亲落了泪，说："子兰是从坡上摔下来的，伤得重，想送到山外的医院，抬到半路人就没气了，可怜的孩子。你们去问村里人吧，现在我们要送孩子上山了。"我正想说难道就这么算了，被李其用目光制止。我明白在葬礼上提出死者家属不愿接受的要求会带来怎样的后果。

"阿叔，我想看一眼你女儿，按我们老家的习俗，这样会让死者安息，生者顺利。"我撒谎说。

李其和死者的父亲一同看着我，然后一同点头。死者父亲带着我来到死者的床前，慢慢揭开盖在死者脸上的灰布。李子兰！果真是阿杰的妻子李子兰。她面色土灰，气绝身亡。死者父亲看了看我，用灰布盖住死者的脸，几个中年男人走进来，把死者连同床板一起抬出去，小心地放到棺材里，生怕弄疼她似的。人们把李子兰抬到山上埋葬。我望着那座新坟，在心里发誓，一定要查个水落石出，给阿杰一个交代。

············

我没有把李子兰的事告诉你，是不想你有别的看法，更确切地说是不想让你瞧不起，她的确只是个洗脚妹，没念过什么书，但是那又怎么样呢？就这样一个姑娘，不经意地就走进了我的心里。我无法解释这种情感。她的出现使我觉得整个世界都变得明亮而温暖。

你也有过这样的体验吧？你时常偷看来支教的女老师，她是东北姑娘，从你的眼神里就知道你有多喜欢她，你却没有跟人家表白。我问你为何不去找她。你皱着眉说她是个特别的姑娘，说她活在尘世间，又飘离尘世，只能远远地看着。我没理会你，不上你的当。你在给自己找借口。三个月后，那个姑娘的支教生活结束，她离开了。

············

"我们结婚吧。"

这句话是李子兰提出的。这话从她嘴里蹦出来时，我真是吓了一跳。我从没想过这个问题，似乎那是遥不可及的，与自己毫无关系。我清楚自己的身体状况，她也明白我的身体并不健康。她笑着说："不管以后怎么样，我都愿意跟着你，结婚对一个女人来说就是找到可以依靠的人，对我是，对你母亲也是。"

她说中了我的心思，我反复地想着这事，很想跟你商量，还是没有勇气跟你提起。我知道你不会说什么的，只会祝福我，但我就是不愿提起，其实也不知为什么，似乎这事和你扯不上关系。

············

我把病情毫无隐瞒地告诉李子兰，想让她知难而退，想让她知道尽管我喜欢她、爱她，但我的身体不允许，生活有时就是这么残酷。她说："我知道的，我都想过了，我相信一切会好起来的。"我担心会害了她，偷偷地去找医生，问我的病能否痊愈。医生是我的朋友。他很认真地说可以痊愈。

我相信了。

…………

我和李子兰结婚了。正如她所言，我母亲很高兴，她松了一口气，认为结婚是我做的最为正确的事。我要感谢妻子李子兰，是她给予我信心，是她给予我面对未来的勇气。我们的婚礼仪式很简单，同事们都来参加婚礼。大家都为我高兴，尤其是你，还以为我的病已痊愈，不然不会结婚的。你看到我喝酒，没有阻止，要是在以往，你会毫不客气地把我手中的酒杯抢过去，要么自己喝，要么把酒倒掉。你在婚宴上也喝多了，你曾是个滴酒不沾的人啊。

我知道你为何喝多。

我很感激你，我的朋友。

…………

我不得不住院。我的医生朋友说，我的病情突然加重，肺部大面积穿孔。起初，我并没意识到这病会死人，以为只不过是酒惹的祸，住在医院里调养一段时间就可以出院。我没想到自己已病入膏肓，医生都无力回天。当医生把这个实情告诉我时，我一开始很难接受，埋怨着为什么是我。当确认已经无法康复时，我渐渐地看开了，心里并没有太难过，其实从始至终都是妻子李子兰给予我希望的。她强颜欢笑，说那也是给予她自己的希望。她在嫁给我时就已经想到这种可能。

她的要求并不多，只想要虚无的安全感，到头来我连这个虚无的东西都给不了她。她即将成为被人指指点点的寡妇。

她图什么呢？

"我求心安。"

她说着，泪眼婆娑。我透过她的泪，能够看到她内心的纯粹。我想我应该能够理解的，我很想问你面对这种情况会怎么想。那时你不停地写作，你想成为一个作家，把对世界的发现写下来。你说人虽渺小但也可以发声。我欣赏你的抱负和勇气，期待着你的作品能够发表，而不是写完就锁在抽屉里，不是说锁在抽屉里的作品不好，而是我相信在这个世间有许多人在冥冥之中等待着你的作品。你该用作品来跟这个世界进行探讨。

探讨人性。

…………

今天没有阳光，天空有些阴沉，却也没有下雨，树梢上的喜鹊又在叫了，带着沉闷的声调。从病房的窗口恰好可以望见医院的大门，救护车又拉来几位病人，似乎没什么特别。无论医院里躺多少病人，都影响不了医院外的日子。这是一种奇怪的感觉，似乎这个世界是分为很多种的，有人为这个伤心，有人为那个不屑，各有各的情感和所求。谁也责怪不了谁，也无须责怪谁。

你的世界和别人没有关系。

…………

我越来越瘦了，皮包骨头，不成人样，手上有些力气就写写日记。在写日记的过程中似乎重新活了一回。李子兰是个好妻子，婚姻没给她带来多久的幸福，更多的却是伤痛和遗憾。她并没有想象中那样悲伤，也许在结婚之前，她已经预料到这个结局，所以当这个结局到来时，她的内心没有太大落差。她愿意承担作为我的妻子的苦痛，似乎在苦痛里找到存在感也是一种幸运和幸福。这是多么难以理解呀。我能为她做点什么呢？我不知道母亲能否为她做什么，能否给予她生活上的帮助，尽管她从来没要求过什么。我清楚我要是不在了，我大哥和大嫂是容不下她的。

她该何去何从？

我能做的只是给她留下五万块钱。

…………

我从窗口看到你，今天不是周末，无疑你是请假来看我的。我心里感激你，但我告诉李子兰不让你走进病房。我不想见任何人，包括你，我的朋友。我不愿你看到我现在的样子，害怕看到你眼里的怜悯。我担心自己受不了。我让李子兰到楼下把你拦住。

最终，你没有走进病房，我放心了，也有些失落。人总是这样，很多时候连自己的情绪都控制不住。我是将死之人，为何如此呢？或许，我还是希望活着，还是在乎别人对自己的看法。

这念头真让人绝望。

我从窗口看到你站在住院部的楼下朝楼上望来，你不知道我住在哪间病房，眼里充满着焦虑，更多的是对我不让你进病房探望的不理解。总有一天，你会理解我的，也会原谅我的。我知道你这人，情感细腻，思维敏锐，其实你也害怕见到我，也不愿接受自己朋友的形象被病痛折磨得支离破碎。

你走出医院大门时留下瘦削而迷茫的背影。

…………

李其说："走吧。"我说："李所，这是一起命案啊！我们就这样不明不白地回去？"李其看了我一眼，并不生气，往嘴里叼一支烟，还给我递过来一支。我没有接他递过来的烟，极不友好地盯着他。他笑了笑，转身往村外走去。我回头看着这个寂寥的村庄，几个人影在村口晃动，两条狗在树下往山野里张望，李子兰的死并没给这个村庄带来多少悲伤。我似乎明白了什么，心里更为不甘。

我追上李其，说："所长，难道就这么算了？我们可是警察啊。"他头也不回地说："有什么问题吗？"我说："目前是没有，但不证明以后也没有，我总觉得这个案件不对劲，不能这样放过他杀的可能。"李其说："你没注意到？这家人没有一个人脸上有仇恨，如果死者是被害的，装是装不出来的。"我把所有人的表情想了一遍，确实没有。李其说："那你还要怎样？"我说："问题是这是一起杀人案。"李其说："你确定这是杀人案？我看是你在心里杀人吧？"我顿时僵在那里，无言以对。李其用手在我肩上轻轻地拍了拍，继续往山外走去。我盯着他的背影，拖着脚沮丧地跟上他。

回到派出所，我翻看着笔录，发现所问之人都说李子兰是摔死的，有证人，有目击者，但是没有做尸检。现在再去做尸检是不可能的。

不对！

笔录的口径过于统一，如同彩排过，还有，是谁报的警，又为何报警？再者李子兰的丈夫并没出现，李子兰离开林荫镇后，跟现在的丈夫结婚，她家没有男丁，所以她丈夫就入赘。

这都是疑点啊。

我跑去找李其，他带着两个民警到高友村去解决林权纠纷了。我打电话给他，信号不好，他在那头费力地叫着："……听不清楚，怎么……这事就这么着吧，等我回去再说，既然死者家属没什么意见，就不要再生事了，有些事不是你所想象的那样……""喂，喂……"电话断了，再拨怎么也打不通，我心里堵得慌。我在街上来回走了两圈，街上的人都懒洋洋的，跟我打招呼也懒洋洋的。我没等李其从高友村回来，独自赶往西尤村。

村里人对我的重新到来并不惊讶，遇见我就跟我点头打招呼，见我不是找他们便往山野里走去。我没去李子兰家，而是找了一个老汉，递给他烟并和他蹲在地上一起抽烟。他边抽边说："我知道你想知道什么，你去找王国伟吧，他和李子兰有绯闻。"停了停又说："别说这话是我说的，你去问他之前，先装着去问别人。"之后，我找到王国伟，说："你和李子兰是什么关系？"他没有看我，目光躲闪，说："我和她没关系，那些传言都不是真的。"我说："什么传言？"他的脸色不大自然，说："传言说我和她搞男女关系。"我说："为什么会有这种传言？"他看了我一眼，说："我是喜欢她，那也只是偷偷地看，她是有丈夫的人，你应该去找李权贵，这话是从他嘴里说出来的。他就是看不得子兰他们家好。"

我又找到了李权贵。"我没有看不得李子兰他们家好。"李权贵说，"我承认那话是我说的，一看王国伟看李子兰的眼神，就知道他们的关系不一般，只有有男女关系的人才会有那样的眼神。"我说："那你见过他们在一起吗？"他说："那倒没见过，但我敢肯定他们在一起。"我说："你猜测的？"他说："是猜的，但王国伟那眼神不用猜也知道。"我说："那个报警电话是你打的吧？"他看了看我，说："是我打的。"我说："你说说当时的情况吧。"他说："虽然我没见过李子兰的丈夫打她，但从她的伤口看得出是被打的。"我说："也是猜的？"他点点头。我说："你为什么要报警？"他慌张地说："我的确觉得李子兰是被害的，摔下去怎么就撞到后脑勺呢，是吧？"停了停又说："其实，我和李子兰的丈夫都是做矿石生意的，他要是有麻烦了，我就少了竞争对手。"

我找到了他报警的动机，之后我又在村子里找几个人询问，他们的说法和上回做的笔录基本一致。我再次来到现场查看，李子兰从三丈高的地方摔下去，撞过的石块还留有一丝血迹。我爬上去发现旁边有几根树枝被折断了，明显是人为的，想必与李子兰摔下山有关。究竟是谁在隐藏着什么呢？

我走到李子兰家，她的父母、二妹和妹夫都在，他们怔怔地看着我，眼里泛着同一种嫌弃。李子兰的遗像挂在堂屋里，看上去还是那么纯洁和善良，她留下的那对双胞胎躺在小床上睡觉，轻轻地呼吸着。

我说："从现场调查以及村里人的问话来看，李子兰的死还存在很多疑点，你们还有什么话要说吗？"李子兰的父母沉默着，她妹妹和妹夫盯着我，眼里涌起愤怒。李子香说："你到底有完没完，这是我姐姐，你死过姐姐吗？"她丈夫说："你也不能太欺负人。"这是在预料之中的，他们越激动越说明有问题。我试探性地说："如果没有别的话要说，那我们可能要按程序开棺验尸。"

"你敢！"

李子香和她丈夫异口同声地怒吼着，李子香还往地上摔了一个海碗，破碎声惊醒了熟睡中的双胞胎，两个小孩哇哇大哭。李子香和她母亲一人抱起一个孩子哄着。孩子的哭声平息了，她母亲低泣着，她父亲蹲在墙角里抽旱烟，烟雾掩盖住他脸上的表情。李子香瞪着双眼，她丈夫鼓着腮帮。

"说吧，别让孩子再遭罪了。"她母亲说。

他们终于道出实话，说李子兰是被打死的，是被她丈夫打死的，她丈夫已经离开村庄。我马上给李其打电话汇报，他立即向县局汇报，县局成立西尤村杀人案侦破小组。我和李其一同被征调到小组里，配合追捕犯罪嫌疑人李子兰的丈夫。两个月后，在山西的一个矿场里我们找到了李子兰的丈夫。

李子兰的丈夫对杀人供认不讳。那天他和李子兰到山上砍伐木头，两人在回来的路上发生了激烈的争吵。李子兰的丈夫责问李子兰，说："你把我当傻瓜吗？你和王国伟到底有多少次奸情？"李子兰说："我没有！你这个忘恩负义的东西，要不是当年我们家收留你，你早就饿死了，就算我和别的男人有什么，你又能怎么样？"李子兰的丈夫说："我就是被她这句话给激昏头的，抢起木棒就打她，没想到打中了后脑勺，我没想要害人，这是个意外。这么多年都是我在支撑着这个家，他们都知道的，我把所有的钱都留给他们，这些年我做矿石生意赚了二十来万，我把钱都给他们，自己净身出户，只想让他们帮我隐瞒。"

我们带着李子兰的丈夫回到西尤村指认现场。他在被带离西尤村时，李子兰的家人抱着孩子来到村口。他抱过两个孩子，在他们脸上亲了亲，泪淌了下来。我们把他押出村庄时，他回过头向李子兰的家人跪下，重重地磕了三个头，额头上黏着泥土。

…………

我的手握不住笔了，还想给你留句话：凡事别太感情用事，会吃苦头的，何况你想成为一个作家，要学会控制情绪，心怀慈悲。

…………

案子破了，但我并没有想象中的兴奋和满足，反而觉得缺少些什么，我想如果是阿杰他会不会如此处理呢？这想法使我内心充斥着莫名的焦虑和愧疚。不久后，我再次来到西尤村看望李子兰的家人，她父亲到山上劳作去了，她妹妹和妹夫去了广东打工，家里剩下她母亲和两个孩子。两个孩子坐在地上玩着木条，看到陌生人便慌张地爬向他们的外婆，抓住外婆的腿怯生生地望来。我在孩子们的眼里看到了恐慌，在李子兰母亲的眼里看到了悲伤。我说了一些安慰的话，从口袋里掏出一个信封，里面装着五千块钱，递给李子兰的母亲。她看着我，没有接，还把手缩回背后。我说我认识孩子母亲，她以前嫁的是我朋友杨杰，这钱是留给孩子的。她母亲眼里多了份惊讶，咽了咽口水，抖着手接过信封。

李子兰死了，这个善良的女人与这个纷繁杂乱的世界再无关系，不知道她到那边是否遇见了阿杰。这想法让我感到不安，我抽空回了一趟林荫镇，爬上小镇背后的山坡，那里人迹罕至，荒草萋萋，野鼠和山蛇神出鬼没。我在高过人头的杂草丛中扒出阿杰的坟，想必他的家人已多年没来给他上坟，也没有什么人来除掉他坟头的野草。他似乎被人们遗忘了。我忙了半天才拔掉坟头的杂草，在坟前烧纸、上香、洒米酒。我回到镇上请来几个水泥匠，用石头把阿杰的坟砌起来，还在坟前立起一块坟碑，写着：挚友阿杰之墓。我盯着焕然一新的坟墓，心里稍稍安稳下来。

我和李其因侦破这起案件双双上调到县局工作，李其任刑警队副队长，我调到档案室负责管理档案，尽管这份工作并不如我意，但免除了我和玲珑两地分居的苦恼。那时玲珑也调到了县医院，那年元旦我们就办了婚礼。婚后按部就班地生活，日出日落，有说有笑，过着平常百姓的日子。然而每每想起李子兰的案件，自欺欺人之感总泛上心头。

我请李其喝酒，说："李队，你有没有感觉我们在哪里做得不对？"他看了看我，拍了拍我的肩，说："小杨啊，你这人什么都好，就是喜欢胡思乱想，这世间呀，其实很多事就是那个样子，你不去碰它就好好的，一旦你去碰它，很可能就会塌陷，只落得难受。"他给我的杯子满上酒，说："来，兄弟，别自寻烦恼了，别去管那些了。"我还想辩驳，见他态度如此，也不愿再说什么。我和他不是一类人，尽管都是警察。我举杯跟他碰了碰，一饮而尽，把一股苦涩咽到心底。

第二年春天，玲珑怀孕了，她开始为即将到来的孩子准备着衣服、尿布和奶粉，还撒着娇说："老公，你猜我们的宝贝是女孩还是男孩？"我不假思索地说："女孩。"玲珑略微惊讶，说："你喜欢女孩？"我笑了笑说："我喜欢宝贝长得像你一样漂亮嘛。"玲珑满意地咧着嘴，说："那你就给我们女儿取个名字吧。"我说："叫杨子兰吧。"话一出口，我们都怔住了。玲珑静静地看着我，我不好意思地对她笑了笑。她也对我笑了笑，她的笑很甜，而我知道自己脸上的笑很苦。她轻轻地把脑袋靠在我的肩上。

我好几次想去探监李子兰的丈夫，监狱离县城不是很远，半天车程就能到，但总因这事那事而没能成行。不久后接到消息：李子兰的丈夫越狱拒捕被击毙。我找到李其谈起此事。他借故有事要走开。我对他的反应感到不满，说："你不能总这样吧。"他停下脚步，冷着脸盯着我，没有说话。我在他逼视的目光里感到心虚。我没把这消息告诉玲珑，生怕影响她的情绪，影响肚子里的孩子。我祈祷她们母女健康。

玲珑顺利产下孩子，男孩，我激动之余又不免有些失落。玲珑注意到我的情绪，尽管我极力隐藏，她委屈地说："我这么辛苦，你居然不高兴？"我便哄着她，说："我一看这小子呀，长得就像他妈，将来呀就和他妈一样聪明、善良、能干。"玲珑破涕为笑。我趁她高兴时，说，"给我们的孩子取名子星，就是天上的星星之子，纯净、明亮而具有独特之光，怎么样？"玲珑赞赏地点着头，忽然想到什么，直勾勾地盯着我，露出心照不宣的微笑。我心里悬着的石头着了地。那一刻，我们的生活真正地着了地。

不久后，我到省城学习，在省城上班的朋友请我喝酒，我们相谈甚欢，酒后又到足浴城洗脚。我躺在靠垫上，困乏着，眼睛半闭半睁，迷糊中看到一个像李子兰的女人从门前闪过，不由得暗吃一惊，揉了揉眼睛，睁开眼时女人早已不见了。我蹦跳起来，往门外奔去，踩翻了浴盆，水洒了一地。我光着脚板跑到前台问："这里有没有一个叫李子兰的，黎城林荫镇人？"老板摇了摇头，说："没有。"我说："我是李子兰的朋友，刚才看到你们一个员工长得很像她，我想确认是不是她。"老板看了看我，然后翻出员工花名册，说："都在这了。"

"这个人。"我指着一张很像李子兰的相片说。

老板满脸疑惑地看着我，不大情愿地把正在上工的照片上的女人叫出来。那个女人从小房间走出来，人未到声先到，说："老板，什么事？"老板说："有人找你。"她脸上的笑容倏地凝结，惶恐不安地看着我。她不是李子兰，但确实长得非常像。我摇了摇头，说："不好意思，我认错人了。"老板舒出一口气，说："我就说没有这个人嘛。"那女子明白了什么，说："那我进去了，客人还在等呢。"她没等老板回应就进了房间。我自嘲地笑了笑，我又想多了。回到县城后，我心里仍然惦记着那件事，甚至怀疑李子兰还活着。难道是我渴望她活着？如若她真的还活着，那些因她的死而改变命运的人，不仅不公平还极为残忍，她的丈夫和孩子，还有年迈的父母，他们都因为她的死过上了另一种生活。我被这念头吓住，才明白当年李其的做法是何用意。我不敢往下想，神情恍惚着，却不敢跟人说，连玲珑都没说。

我抽空去了趟西尤村，看望李子兰的家人。他们家门前的石阶上爬满苔藓，一条浑身黑毛的狗趴在那里，正懒洋洋地盯着村巷。我轻轻地敲着虚掩的屋门，见屋里没人应答，便径直推门进去。两位老人靠墙而坐，像两座雕塑，满头白发，脸上的皱纹像被刀刻出来似的，数年不见，他们苍老了许多，似乎从他们身上都能闻到死亡的气息。他们看到我便慌忙站起来，像做错事的孩子傻愣地站在那里。我把带来的营养品递过去，他们的脸上挤出为难的苦笑。他们说家里就剩他们俩了，李子兰死后孩子被他们的姑姑带去抚养。"可怜的孩子，爹妈都没了。"李子兰的父亲哀叹着，李子兰的母亲悄悄抹泪。我心里泛起苦，甚至想是不是因为我，他们的孩子才落到这步田地啊。我离开他们家在村子里转，跟村里人打招呼，跟他们聊家常，顺便谈起李子兰的事，想从他们嘴里打探些什么。起初村里人对我还算热情，当我问起李子兰时，态度一下变了，闭上嘴巴不再理会我。

我多心了，确实多心了。

我走出村子来到李子兰坟前。那是一座矮坟，在一处山坡上。我一个人站在她坟前，眼前的一切如同电影画面般虚幻。我掏出阿杰的日记本，终于明白他留下的是什么。我用打火机点燃阿杰的日记本，纸张很快就化为灰烬。

此时，夜色孤寂而苍茫。

…………

我想到了，文章之义是：渡己，渡人。

渡，渡吧！

（原载《四川文学》2019年第10期，有删节）

李智强，你还要不要脸

李智强其貌不扬，却医术高明，品行让人赞不绝口，镇上的医生无出其右，人们无不看好他将来接任院长之职。镇上好几个姑娘狂热地追求他，大胆向他示爱，甚至因争风吃醋大打出手，尽管如此，他还是没有选择其中任何一个。

"李医生，你还要不要脸。"后生们调侃他说。他从不放在心上，知道那是后生们羡慕忌妒他。其实，最重要的原因是，他和后生们一样，都喜欢上了护士刘文清。

在刘文清出生之前，她母亲吴菊花是镇上最好看的女人，男人们梦想娶她回家，但她谁也看不上，不是追求者不优秀，而是她放心不下家里的母亲。她母亲年老多病，卧床不起，揪心的咳嗽声总在深夜里突兀而起，飘过小镇那条狭长的街道，直到次日破晓，咳嗽声才渐渐平息下去。"她被恶鬼附身了，天亮鬼才离开，她才不再咳。"有人这么说，但没人相信，也没人反驳，男人们都在心里打小算盘，期盼别人知难而退，那样在追求吴菊花的道路上，就多一分胜算。不久后的清晨，刘凯从她们家走出来，迈着男主人模样的双腿，走过那条布满灰尘的街道，把那个并不魁梧的背影，留给街道两旁目瞪口呆的人们。他是外乡人，在小镇上当语文老师，说话慢声细语，一口流利的普通话不比电视上的播音员差。学生旷课、早退，或者不认真听讲，他从不大声呵斥，也不体罚，耐着性子晓之以理，给人们留下纯朴、善良、有责任心的好印象。谁也没料到，在其他男人相互较劲时，他却"乘虚而入"，明修栈道，暗度陈仓。男人们大呼上当，输得憋屈，不甘心，又毫无办法。他们只能喋喋不休地往外倒苦水。几年后，吴菊花生下女儿，取名刘文清；再隔几年，又生下一对双胞胎男孩，夫妻俩高兴坏了。没过多久刘凯因超生被教师队伍除名。男人们积压在心底的那口恶气，终于得以消散，无不嘲笑他。刘凯四处找关系，都没能再回到教师队伍里，终于积郁成疾，再也干不了重活。男人们看到他们家陷入困境，再也不嘲笑他，觉得那样不地道，从此再也没人提起此事。

现在，刘文清继承了她母亲的基因，且青出于蓝而胜于蓝，用后生们的话说，她是下凡到小镇上的仙女。医学院毕业后，刘文清回到小镇卫生院当护士，亭亭玉立，貌美如花，光彩照人，无论走到哪里，都能吸引一大片目光。她早已见怪不怪。院里的男病人看到她，像打了鸡血般亢奋，渴望她来给自己打针、换药，有的病人见端着药盘走进病房的不是她，立马板起脸发起脾气，非要她去打针、换药不可，弄得护士们哭笑不得。有的病人病好了，不愿出院，吵着要住下去，要不是家属拉扯，估计要把卫生院当成旅馆。有个出车祸的中年男人，被送到卫生院救治，脖子受伤动弹不得，当刘文清从身边经过，不禁扭头去看，剧烈的疼痛袭来，他才想起脖子上的伤。连男医生也会犯傻，有一天刘文清去查房，一个男医生在处理病人伤口，看到她走进来，医生和病人双双扭头看去，医生手里的药签没抹到病人的伤口上，而是抹在病人的衣服上，等两人发现时，相视而笑，心照不宣。卫生院里的病人骤然增多，不是扭伤了脚来住院的，就是三五成群来买感冒药的。

"这姑娘比她妈还要漂亮。"

"多希望她能成为我儿媳妇啊。"

小镇上所有的年轻男人都对她动心。那批爱慕过她母亲的男人，娶不到她母亲，梦想着让儿子娶其女儿也不错，现在，他们无不为自己的儿子发愁，因为想迎娶刘文清的男人，至少可以组成一个加强团。几乎每天都有媒婆敲开刘文清的家门，带着殷勤的笑脸推介男人，想与她相亲的男人不乏国家干部、做生意的富商等，只要她愿嫁，当天就可搬到县城，住上洋房，享受富贵，那是多少小镇女人梦寐以求的事。

"我要嫁的人，不是靠介绍来的，只要是介绍的，我一个都看不上。"

媒婆们被毫不客气地赶出家门，无一例外地失望而归。那些从县城过来的年轻人，借着各种由头来到卫生院，刘文清明白他们的目的，但没有一个人能入她的眼。

小镇上的后生们喜欢刘文清，不仅因为她漂亮，更因为她心地善良。一天凌晨，她值夜班，有两个一身酒气的青年送一个女孩来看病，女孩双手捂着肚子，满头虚汗，脸上痛苦而疲惫。刘文清让他们把女孩扶到病床上，简单地询问了情况，然后转身去叫值班医生，她不敢确定是不是阑尾炎。值班医生给女孩看完病后离开了。刘文清回到病房，看到两个青年人围住女孩，还对女孩动手动脚。

"不要，求求你们不要这样。"

女孩痛苦地乞求，声音发颤，快要哭了，他们非但不听，反而更加放肆。女孩拼命地用手推他们，却因病痛而使不上劲。"住手，你们在干什么？"她大声呵斥。"她只是个包厢妹，不就是干这个的吗？"他们没有停手，脸部因喝酒而通红。"不管她是什么人，到这里就是病人，你们住手，否则就滚到外面去。"她怒吼着，心里充满恐慌，却装出冷酷模样。

"文清，有病人？"

李智强从门外赶来，额头上冒着汗。今晚他请朋友吃饭，喝多了躺下休息，到现在才清醒，想起今晚是刘文清值班，连忙赶到卫生院。两个青年这才灰溜溜地离去。"等等，把病人送来就完事了？先把看病的钱交了。"刘文清板着脸挡在门口，他们相互看了看，掏出两百块钱。

"文清，我来守吧，你去休息。"

两个青年人走后，李智强转过脸说。"你守着，我能放心？"李智强闻出火药味。"我和他们不一样，你尽管放心，你又不是不知道我是什么人，是吧？"她白他一眼，示意他走到病房外。

"你记着，我是不会嫁给你的。"

李智强不由得怔住了，他们还没谈恋爱，怎么就想到嫁不嫁呢？走廊上昏暗的灯光映在他脸上，使他看起来面目狰狞。"文清，不是，这到底哪对哪呀。"她不再说话，嘴角露出一丝冷笑。他不禁打了一个寒战，忽然觉得掉进了自己挖的陷阱里，想如若不是为了结婚，那么这个爱还值得追求吗？他还想跟她解释，她已经走进病房，并把房门掩上。

"没事了，有我呢，你好好躺着。"

病床上的女孩淌下泪，脸上的痛苦慢慢缓解，似乎她的话比药还管用。那天晚上她守在女孩病床旁，直到女孩沉沉睡去。次日，女孩肚子不疼了，不愿再检查和打针，拿点药就离开了。几天后，女孩再次来到卫生院，背着鼓鼓囊囊的背包，脸上挂着笑容。"刘护士，谢谢你，我要离开这里了，走之前来看看你，当面道谢。"刘文清把女孩送到大门外，看着她走向小镇的车站，阳光落在女孩背上，像一群寻找水源的鱼，心间不由得泛起莫名忧伤。她每天都会遇见各式各样的病人，有些重症患者，听从建议转往大医院，有些送到半路就没气了，而更多的病人选择回家，事实上是放弃治疗了。她知道他们为何如此。她能做的是尽己所能，为病人减轻痛苦。

卫生院的副院长是个秃顶的男人，他也对刘文清有意。副院长多次暗示刘文清做他的情人，暗示里包括很多内容，其中包括娶她为妻。

"等你离婚再说这话吧。"刘文清微笑着说。

这是嘲讽，也是回绝。他却不生气，觉得眼前这个女人是神仙，连挂在嘴角的嘲笑都令人神魂颠倒，不久他就回家跟妻子闹离婚。他妻子知道怎么回事，气呼呼地跑到卫生院，因为长得太胖，身上的肉上下弹跳，如同一团火球往前滚，终于停在卫生院大门外的石阶前，大声骂："刘文清，你这个狐狸精，破坏别人家庭的狐狸精。"

刘文清放下药品，从病房里走出去，看到副院长的老婆站在石阶前，双手叉腰，满脸通红，脏话从嘴里喷出来。她原本打算出去直接怒怼，但是看到这个浑身是肉的女人用撕破脸的方式捍卫爱情，那一刻，她忽然觉得自己天生的容貌是一种罪过，但她不能退缩，因为围观的人已经堵成墙。"你丈夫我正眼都瞧不上，你们离不离婚，跟我没有关系。"停了停又说，"我警告你，你和你丈夫再骚扰我，会有人收拾你们的。"围观的医生和病人都听见了，她又对他们笑了笑，所有男人都觉得心间如同飘落了一片雪花。

从此，她刻意地与副院长拉开距离，只要不是工作上的事，她总是避而远之。副院长知晓她的心思，也知晓她永远都不会看上自己，但心有不甘，不时给她找这样那样的麻烦。不久后的晚上，副院长下班回家，被几个蒙面大汉摁在地上，拳打脚踢。蒙面大汉扬长而去时，说："今后再找刘护士麻烦，我们可就要动刀子了。"副院长本想咽下这口气，却被路人发现，报了警。

次日，民警把刘文清带到派出所，说："刘护士，你看这事，能解释解释吗？"刘文清微微一笑，说："警察同志，这件事跟我没有关系，我实在不知道是谁干的。"民警还想往下问，外边突然闹哄哄起来，一帮青年闯进派出所来自首。"那件事是我干的，跟刘护士没关系。"那帮青年都这么说。据副院长说，行凶的只有四个人，但这帮青年至少二十个人。民警知道怎么回事，把他们统统赶走。他们就站在路边，等刘文清从派出所出来。从那之后，副院长再也不敢造次，整个人病恹恹的。

在众多追求者中，李智强最占优势，他可以每天利用上班的便利，为刘文清做这做那，在病人们眼里，他们俨然是一对恋人。后生们并不担心，清楚他是一厢情愿，虽然他医术高明，但其貌不扬，简直是癞蛤蟆想吃天鹅肉。

"李医生，你那把柳叶刀也切不开刘护士的心吧。"有人这样嘲笑他，诚然也在嘲笑他们自己，然后引起一阵舒心而愉快的欢笑，他们都听得出，这里所说的柳叶刀指的是什么，这是小镇青年为数不多的快乐源泉。李智强告诉自己不要在意后生们的嘲讽，他用柳叶刀救过的病人，远比嘲笑他的人还多，就凭这点他就值得尊敬，他和他手中的柳叶刀是小镇的骄傲。但在追求刘文清这件事上，他坚持秉承公平、公正的原则，所有人都清楚，要是谁像当年刘凯那样玩阴的，必定遭受全镇男人的谩骂和攻击，那是全镇男人埋在心头的一道暗伤。

不得不说，李智强的情绪确实受到了影响，每当在手术台上，当锋利的柳叶刀划开病人肌肤时，嘲笑他的话似乎从病人的肉体里冒出来，在他耳边嗡嗡作响，虽然他很快就镇定下来，但是内心已有了波动，这对正在做手术的医生来说，是极其危险的事。他曾想过离开小镇，眼不见为净，也先后收到几所大医院的邀请，但最后都被他一一拒绝了，在爱情的希望没有彻底泯灭之前，他觉得去哪儿都没有意义。

就这样又过了三年，刘文清依然像只勾魂的蝴蝶，在男人们的视线里飞来飞去，最终没有飞进任何人的心里。她像是挂在枝头的果实，散发着成熟的诱惑，却谁也摘不下来。后生们渐渐地烦躁起来，想着就算看不上自己，也该看上别人呀，这种没有希望的等待对他们来说就是折磨，但是他们也乐意接受这种折磨。她母亲也跟着着急起来，担心她不是身体有问题，就是心理有问题。

"文清，你也老大不小了，你跟妈说，是不是心里已经有人了？"

"妈，你是怕我嫁不出去，还是嫌弃我吃得多？"

"你这孩子，妈不是为你担心吗，嫁个好婆家，下半辈子就好过了。"

她直勾勾地盯着她母亲，迫使她母亲挪开目光，她撒谎说："我有心上人了。"她丢下这句话就转身出门。她母亲站在家门口，看着她远去的背影如同一块巨大的磁铁，滋滋地吸引着街上男人的目光。她母亲不由得一阵恍惚，多年前自己走过街道亦是如此风景。那之后，她母亲回绝前来说亲的媒婆，说："她有心上人了。"媒婆们不为所动，说只要还没出嫁，就不能断定是谁家媳妇。后生们心里不服气，想看看她的心上人是谁，又祈祷那个人永远不出现。

有个媒婆被称为金牌媒婆，只要她出马没有不成功的，然而她在刘文清家里还是碰了一鼻子灰，她的倔脾气也上来了，被扫地出门后，再次厚着脸皮敲开刘文清的家门，说："妹子，我不想在你这里毁了名声，只要你说出想嫁什么样的男人，我一定给你找到。"刘文清剜了她一眼，本不想理会，顺口说了一句："大城市，有权势，且帅气，找去吧。"媒婆看了看刘文清，知道她在说气话，但还是当真了，说："妹子，你等我的好消息吧。"媒婆带着复杂的心情走出门，脸上挂着胜券在握的微笑在布满灰尘的街道上招摇过市。她母亲犹犹豫豫地走过来，站在她身后。她在镜子前梳头，看着镜子里那张漂亮的脸蛋。"文清，你刚才说的是真话？"她母亲说。她头也不回地说："要是遇到这样的男人，我还不嫁？"她母亲怔在那里，嘴角动了动，终于把溜到嘴角的话咽下去。

"大城市，大帅哥，有三套房产。"

半个月后的傍晚，媒婆再次走进刘文清家。她母亲被媒婆满脸的得意扬扬吓傻了，呆呆地看了看她，又扭过头去看了看女儿。刘文清正坐在窗前事不关己地摆弄相册。"文清，你给姨一个准话，什么时候见面，姨给你安排得妥妥的。"她抬起头瞟了媒婆一眼，接着又埋头欣赏手中的相册，里面全是她优美动人的相片，还有几组艺术照，不比电影里的明星差。"文清，听姨的，你定个时间，见个面，给自己一个机会，也给对方一个机会，即便谈不成也没损失，对吧，万一是你喜欢的呢？错过了那就可惜了。"她母亲想说点什么，又插不上嘴，紧张地盯着她。她依旧不紧不慢地翻弄相册，翻到最后一页才合起来，把目光抛到窗外，阳光铺在石板上，白晃晃的。"那就见一见吧。"听她说完，媒婆咧着嘴走了，刘文清也出了门，剩下她母亲站立在门口发呆。

不久后，刘文清去了趟城里，她没有告诉任何人，包括她母亲，她不想让别人知道她到城里去相亲。媒婆带着她在一家饭店与那个男人相会，她一见那个男人就感觉似曾相识，聊着聊着，竟有种相见恨晚的感觉。

"妹子，王哥说了，结了婚，就把你调到城里。"媒婆笑嘻嘻地说。

她善于察言观色，看出他们能成，就添了一把火。刘文清没有答话，但觉得眼前这个男人，是她等待已久的那个人，这种感觉让她兴奋和心安，她确信这就是爱情，其余的都不重要。"给婆姨再送一个红包吧。"男人愉快地说："好的。"于是言听计从地照办。她忽然有种女主人的感觉，当即在心里确定了他们的关系，说："婆姨，回去不要乱说啊。"媒婆揣着红包，轻轻掂了掂，猜出红包装了多少钱，笑容在脸上水波般绽开，说："妹子，你尽管把心放到肚子里，你婆姨从来没办过差事。"

几天后刘文清回到小镇，所有人都知道了她的事，她母亲是最后一个听到关于她到城里相亲的消息的，无疑是媒婆使的伎俩，装作不经意说漏嘴，实则宣布她名花有主，让追求者却步。虽然她感到恼火，但是不得不承认，媒婆并没有说谎，她的确爱上了那个男人——尽管只与他相处不过几天，还来不及完全了解他，这是她无法想象的事。她觉得，就算那个男人有什么缺点也都不重要，因为若是在乎一个人，那个人的缺点就是个性，不在乎一个人，那个人的个性就是缺点。她对这句话深信不疑。

"你真的要嫁给那个人？"李智强问。

刘文清看着李智强，没有回答。他们站在榕树下，李智强身上还穿着白大褂，身后是卫生院的后门，有几颗脑袋偷偷摸摸地探出来。一阵风刮来，卷起几片枯叶，落到李智强的脚面上，他毫不在意。"你怎么能这样对我？我有什么对不住你？你为什么要这样？"刘文清歪着脑袋看着他，觉得他越来越奇怪。李智强涨红着脸，说："我们还年轻，可以努力，有大好前程，为什么非要这样？"她哼地冷笑说："你没经历过别人的生活，就不要轻易地想象别人该怎么过日子。"停了停又说："你不懂。"李智强在她面前转了两圈，地上的枯叶被踩得沙沙作响，说："我不是喜欢，是爱，深深地爱着你，可以用生命来保护你，这还不够吗？"她再次上上下下地打量他，说："你这么说我很感动，但光有爱情是不够的，你我都不是小孩了，谢谢你一直以来这么关照我。"李智强猛地抓住她的双臂，把她拉到怀里紧紧地抱住，说："文清，在你出嫁之前，我还有追求你的机会，对吧？"她没有从他怀里挣脱出来，而是把嘴巴凑到他的耳旁，说："你并不爱我，只是想和我睡觉。"李智强震颤着，猛地把她推开，手掌扬起来，但没有甩下去。

"李智强，你还要不要脸？！"刘文清满脸挑衅地说。

李智强的手依然僵在半空，好半晌才慢慢地垂下去，如同折断的枯枝。刘文清嘴角露出一丝冷笑，转身往卫生院走去，消失在走廊里的背影，像个熟透的果子，啪的一声摔在地上。

男人到小镇上认门，整个小镇都轰动了，人们纷纷站到街旁，看刘文清看上的男人到底什么样子。果不其然，男人具有成熟男性的气度，生生把小镇上的男人压了下去，人们不禁暗自惊叹，刘文清的眼光和运气真是好。男人开着卡车来到小镇，车上装满礼物，霸道而不失礼数，刘文清满脸灿烂。街坊挤到她们家来凑热闹。她母亲给人们分发喜糖，遇到男人就敬烟。后生们没人接烟，因为对他们来说那是耻辱，拒绝情敌的香烟，是他们仅存的倔强。

李智强把自己关在办公室里，他的手在发颤，怎么摁都停不下来，抓起手术刀时颤得更厉害。同事知道他心里痛苦，不敢招惹他，连安慰的话都说得小心翼翼。"智强啊，天涯何处无芳草，不必在一棵树上吊死。"副院长推门进来拍了拍他的肩膀说。李智强哐地丢下手术刀，不由分说一拳打在副院长脸上，毫无防备的副院长四脚朝天地摔倒在地。李智强还不解恨，骑在他身上继续挥拳，院里的同事赶来把他拉开，副院长的两个眼圈已经被打肿，同事们知道李智强为何如此。

刘文清出嫁那天，男人用船来接亲。他原本想请车队来的，车队都已经联系好了，刘文清临时改变主意要坐船出嫁。男人想都没想就同意了，这是个复古的创意，给婚礼平添了几分浪漫。在公路还没通到小镇之前，小镇上的新娘多半从河上坐船出嫁。新娘身着盛装，在母亲的搀扶下来到码头，迎娶新娘的亲家人已在船上等待。娘家人站在码头上，亲家人站在船上，双方派出代表对唱山歌，亲家人的代表对上山歌后，方可把新娘迎娶上船。岸上鞭炮齐鸣，祝福声声，船只驶离码头，顺流而下。

那天天气特别好，阳光灿烂却不炙热，刘文清的父亲拿出红地毯，从家门口一直铺到旧码头。亲戚们看到了，连忙过去帮忙。"这事我来做吧，你们忙别的。"她父亲歉意地说。亲戚们明白他的心思，这些年他因病没能帮助家里，反而成了拖累。

刘文清的母亲搀扶着披着红盖头的刘文清，顺着红地毯慢慢地往前走，两个弟弟在身后托着刘文清的裙摆，他们身穿崭新的小礼服，头发梳得油光滑亮，脚上穿着黑色皮鞋，这是他们穿得最体面的时刻。送亲的人们在红地毯两旁放鞭炮，抛撒金色的碎纸片，碎纸片在阳光下闪着金光，使整个小镇沉浸在喜庆里。当载着刘文清的船只缓缓地驶向河心，离去，消失在远处的河湾处，亲戚们卷起地上的红地毯。她母亲依然立在码头上，望着空荡荡的河面，眼里满是骄傲与不舍。

李智强独自躲在小镇后面的山坡上，那里有一座废弃的炮楼，在多年前为了抵抗入侵者而建，现在已锈迹斑斑，如同他此时的内心。他很少来到这里，因为他不喜欢荒废的东西，这里如同病人身上的腐肉，散发着腐烂的怪味。他没承想从前不入眼的炮楼，此刻竟成了庇护他悲伤之所。他靠在墙上狠狠抽烟，忍不住从炮眼里往外望，看到载着刘文清的船慢慢悠悠远去，鞭炮声阵阵传来，小镇上空弥漫着浓烈的烟雾。

"文清，你一定要幸福。"

他在心里默默地说，没人听到他的话，一片树叶飘过来，擦过他的眼睑。他捡起那片树叶，上下打量着，竟不知它从何而来。

刘文清结婚后就搬去了龙城，小镇似乎恢复了平静，实则暗潮汹涌。副院长家里鸡飞狗跳，起因是他说了梦话，在梦里说要是能跟刘文清上床，死而无憾。他老婆听到了，伸出"大象腿"，只一脚就把他踢下床，疼得他皱纹爬满脸，却忍着痛不敢呻吟。他老婆还不解恨，在县卫生局领导到小镇检查工作时，用肥胖的躯体堵住卫生院大门，声泪俱下地控诉她丈夫道貌岸然，满肚子男盗女娼，品德败坏，不久副院长被撤了职。

"老婆，我错了，原谅我这一回吧，以前我鬼迷心窍，瞎了眼，被那种物质的女人迷住双眼，现在我知道错了，保证下不为例。"

他妻子陷在沙发上盯着他，沙发半新不旧——那是她特意买的，每天累了就把自己抛在上面，舒舒服服地躺着，现在却如坐针毡。她双手抱在胸前，半天都没有说话，是找不到合适的话。他见妻子心里还有气，从墙壁隔层里掏出一沓钱，那是他背着她藏的私房钱，又从墙角拿起搓衣板，老老实实地跪上去，演苦肉计，装可怜相。她越来越觉得他可笑，明明对女人日思夜想，却说女人不是东西，寡情薄义。她坚决要离婚，但至今也没离成。

李智强深陷悲伤，脸上失去笑容，每天黑着脸来上班，似乎全镇人都欠他的钱不还似的，人们知道他心里有个结，真话假话地劝他看开些。"只有自己才能放过自己，求不得苦。"有位老人说。他知道那是佛语，但李智强依然无法摆脱内心的执念。后生们时常请他去喝酒，他们都是那个城里男人的手下败将，惺惺相惜，同是天涯沦落人。后生们喝几顿酒后就忘了刘文清，该撩妹的撩妹，该结婚的结婚，雁过无痕，唯独他依然对刘文清念念不忘。"李智强，你还要不要脸？"后生们嘲讽他，他们时常用刘文清的话来嘲讽他。"智强智强，你再这样执迷不悟，那就成智障了。"后生们继续嘲讽他。他还是毫不在意，鼓起腮帮，挥着醉意的手，说："你们不懂。"他没有再解释，那一刻，他想起刘文清也对他说过"你不懂"，他现在似乎明白了这句话的真正含义。

现在，最担心他的是院长。副院长被免职后，院里想提拔他接任，见他神情恍惚，担心他哪天配错了药，下错了刀，酿成医疗事故，别说接任副院长之职，恐怕还会带来承受不了的麻烦。院长把刚来上班的漂亮护士派给他当助手，明眼人都看得出来，这是想把他们撮合成一对，从此解开他的心结。"院长，别这样，我知道自己的责任，您放心，我不会有事的。"院长无奈地摇了摇头，只好作罢。有一回，他走着走着就来到刘文清家门口，刘凯刚从外地回来，看到他便叫他进屋一起吃饭，他没有推辞就进屋坐到饭桌旁。那天他们喝了两瓶酒，都喝多了，刘凯躺在床上睡着了，李智强跌跌撞撞地走过街道，一路吟唱：

"河风挑动银浪/朝阳躲云偷看/小镇陈旧码头上/独坐一位美丽的姑娘/眼睛星样灿烂/眉似新月弯弯/穿着红色的纱笼/红似夕阳向晚/她在轻叹。"

街边的人看到他，没人嘲笑，两个后生扶着他回家。不久后，他还是出事了，在做手术时，精神不集中，酿成医疗事故。

"李智强，你还要不要脸？"

院长竟然也这样骂。他没有顶嘴，只是觉得好笑，那是后生们的专用骂词，怎么出自院长的口呢，难不成他也喜欢刘文清？他没有捅破这层窗户纸，只是默默地脱下白大褂，从此再也不上手术台，因为只要碰着手术刀，手就会发抖。人们也猜不出他是真有病，还是故意为之，但院里再也不敢安排他做手术，要是弄出人命，谁也吃不了兜着走。

李智强开始考虑离开小镇，留在这里只有耻辱，上不了手术台的外科医生，如同开不了枪的战士，失去了存在的价值和意义。他联系之前邀请他的几家医院，都婉拒了他。他没有生气，也不沮丧，这是预料中的事，那就干脆辞职吧，于是他用毛笔写辞呈。他看着还算苍劲有力的毛笔字，接着把写字的右手抬起来，认真地看了看，手掌心有一道伤痕，那是小时候玩刀留下的，他想：可惜这双原本拿手术刀的手了。辞呈写好后，他放在抽屉里，想找个机会跟院长狠狠地干一架，然后把准备好的辞呈甩到院长脸上，肯定贼爽。他忽然觉得自己还年轻，至少心理是年轻的，不禁哑然失笑。

"老李，来我这，市局缺一个法医，都是拿手术刀，不过法医面对的是死者而已。"李智强的高中同学给他打电话，他们从小玩到大，高中毕业后，一个读警校，一个读医学院。"放心，你那鬼脾气我懂，好歹也是个外科主治医生，会给予足够尊重，给你配两个以上的实习生当助手，总可以吧。"他同学停了停又说，"有什么要求尽管提，漫天要价可不行，要弄清你现在什么状况，别给脸不要脸。"李智强心里咯噔一下，一阵隐痛迅速在体内蔓延，说："一要用柳叶刀，二要盖住死者的脸。"电话那头传来哈哈大笑的声音，说："就这要求？你什么毛病。"接着更加爽朗的笑声从听筒传出。他也被自己提的要求逗笑，挂断电话后，他再次爬上小镇后面的山坡，站在废弃的炮楼上，踩着枯叶望向小镇。夕阳西下，房屋错落，流水悠悠，河面上没有战船，也没有新娘。

"你什么毛病！"

他突然仰头对着苍穹叫喊，没人听到他的声音，只惊起一群鸟禽从茂密的树丛中钻出来，扑扇翅膀飞向天际，在云端下抖落一地残阳。

李智强到市里当法医后，拿手术刀的手不再颤抖，面对一具具冰冷的尸体，忽然有种久违的感觉。"你什么毛病。"他不禁在心里自我嘲讽。每回进行尸检，助手都先用布盖好死者的脸，才把他请进解剖室。他站在解剖台前，面对没有生命的尸体，手中的刀突然复活，如同滑溜溜的蛇，在尸体上自由走动，手法纯熟而精准，两个助手站在旁边，紧盯着自如游走的柳叶刀，眼里满是佩服和欣赏。尸检完之后，他才接过助手递过来的尸检报告签下名字，偶尔也翻看死者生前的相片，那是助手找来的，相片上的人多半面带微笑，憧憬未来。他不禁感慨，这些死者曾经生龙活虎，死后却要被开膛破肚。不久后，他就慢慢地习惯了，人自有天命，他做此工作也是他的命数。每当进行尸体解剖，他都先观察死者的尸体，确定从何处下刀。对于完整的尸体，他会多观察一会儿，心里不禁替死者感到惋惜，等柳叶刀划下去，尸体就被破坏了，但是只有为死者做完尸检，才能找到害死他们的凶手。

"我现在才知道你为什么提那个要求，死者多是意外死亡，车祸的、中毒的等，死相难看，把他们的脸盖住，你才不会做噩梦，是吧？"他同学嘲笑说。他没有回答，只付之一笑。他工作认真，任劳任怨，完成任务出色，连续三年被评为优秀等级。

有记者要来采访他，他拒绝了，局长问他原因，他也没说，他就是不想接受采访，局里也只好作罢。他不想出现在媒体上，不想让刘文清看到，他们处在同一座城市，只是在不同的角落里生活。他时不时打听到她的消息，渐渐地知道了她的事，她搬到龙城后，没有到医院去当护士，而是在她丈夫的帮忙下，经营一家不大不小的酒吧。他曾去过那家酒吧，选在昏暗的角落里坐下，看到她摇曳着迷人的身姿穿过人群，引起一阵阵欢呼，熟悉她的客人会恳求她赏曲，她偶尔会心血来潮满足客人的要求。她至今没有孩子，比在小镇时更显得美丽动人，常常在朋友圈里晒她和丈夫的幸福生活。他没有过去跟她打招呼，觉得他和她处在两个不同的世界。

　　不久后，送来一具尸体需要解剖，他已见过很多尸体，但依然觉得那具尸体非同一般。他轻轻地摇了摇头，把杂念摇掉，认真完成每项细节。尸检得出的结论是，死者因服用过量安眠药而死。他走出解剖室，点了支烟，助手把尸检报告送过来让他签字。他在签字那栏签下名字，签得多了，字迹龙飞凤舞，颇有些艺术家风范。之后，他翻到死者相片，刘文清的相貌映入眼帘，他连忙闭上眼睛，心脏怦怦直跳，但再次睁开眼，相片上还是刘文清，她目光如水，却如同子弹射来。他顿时瘫软在地，两个助手连忙扶住他，却怎么也扶不起来。

　　他清醒过来后，跑去找刘文清的丈夫，想去质问他为什么，为什么没有保护好她。他跑到大门外就站住了，觉得此时去质问已了无意义，她已经死了，剩下的只有追查死因，但那也不是他该管和能管的事，事实上于他而言，也了无意义。他靠在路旁的榕树下，狠狠地抽烟，在烟雾缭绕里，质问自己对她做了什么，于是整个人猛地颤抖起来，手里的烟蒂都抖落在地，似乎胸口正被无形的柳叶刀切开，裸露出一个形状极丑的灵魂。

　　几天后，李智强辞掉了法医工作，提着行李回到小镇，把自己关在房间里，半个月后才蓬头垢面地出门。他拖着两条精瘦的腿，来到街上理了个发，又变成精神小伙，却发起了疯，把他看到的形似柳叶刀的东西全砸烂，不管是谁家的，也不管是什么东西，砸坏了就赔钱。人们见他如此爽快赔偿也就不计较了，谁会跟一个疯子计较呢？除非自己也是疯子。后来他和几个后生喝酒，喝多后发现小镇的炮楼在月色掩映下，越看越像一把柳叶刀，于是在小镇沉入梦乡后，他带着锄头和铁钎爬上山坡。砰砰的响声敲碎了小镇的梦境，人们纷纷走出门外，顺着声响看去，发现有人在破坏炮楼。

"那是文物啊。"小镇上的老师说。

"是啊，谁这么招人恨呢，快报警，让警察去抓。"有人挤出乱哄哄的人群说。有人跑去敲派出所的铁门报案，有几个胆大的人没等民警来，已抓着木棒当武器爬上山。没过多久，大家把李智强押下山，街上的人看到了，不禁失望地摇头，说："智强，智强，这回真的智障了。"

"你为什么要破坏炮楼？"民警在审讯室里问。

"千金难买一个愿。"他毫不在意地说。

"那你就在这待着吧。"民警也没费口舌，把他带到拘留室。拘留室角落里埋伏着一群肥大的蚊子，它们乐意对付这种顽固分子。次日，镇上的人都传言他疯了，后生们还请求派出所放了他，说关押一个疯子不符合法律法规，民警拒绝了他们的无理请求，说还要由县文化局出具炮楼是否属于文物的报告，最后才能确定他是否犯了破坏文物的罪。

"李智强真痴情。"有人站出来说。人们才恍然大悟，纷纷把同情的目光投向刘文清家，这个家因她的死而日渐落寞，此时大门虚掩着，门旁的对联破败了，字迹已经模糊不清，路旁趴着一条懒洋洋的狗。

当天晚上，小镇后面的山坡上出现一群人，在月色掩映下，他们挥舞着锄头和铁钎，砰砰的声音在小镇上空回荡，散发着怨气和怒气。醒过来的人们往山坡上望去，觉得不再是新鲜事，又纷纷倒头睡去。天亮后，山坡上空无一人，炮楼也消失不见。

那天下午，李智强就从派出所出来了，他满面通红地走过街道，阳光在他背上映照出一道金色的光芒。不久后，他在街尾开了一家药店，挂上对联：只求世上人无病，不怕架上药生尘。他从不搞促销活动，遇到没钱的病人就赊药，至于病人离开后还不还钱，他从来不在乎，每天无欲无求地守着药店。小镇街头也有一家药店，隔三岔五地用打折、抽奖、送鸡蛋等办法促销药品。小镇的人们不免拿两个药店相比较，无不指责街头药店的老板是奸商。有一回，街头药店的老板喝了酒，跑到街尾指着李智强骂："李智强，你还要不要脸？哪有你这样做生意的，赔本买卖充当好人？我呸！"李智强靠在躺椅上，手里捧着一本《道德经》默默地读着，沉浸在某种遥远的思绪里，对站在街上叫骂的药店老板视而不见。药店老板骂了半天，觉得没意思，气呼呼地扭头走了，边走边叫喊："老子今天也当一回好人，凡是拿病历本来拿药的，免费啊。"在街边看热闹的人，纷纷往街头药店奔去。李智强抬起面无表情的脸，往店门外看了看，阳光从天而降，迫使他眼睛微眯起来。

不久后的下午，有个外乡人来到小镇，在李智强药店门旁摆摊，售卖各种日用刀具。外乡人口才很好，不停地举起刀具向过路人介绍，菜刀、柴刀、屠刀，应有尽有。"这是柳叶刀啦，医生专用的刀，精美、便宜。"李智强瘫在躺椅上的身体猛地弹起来，三两步奔出门外，扑到外乡人身上挥拳就打。街上的人们看到了，不明白他们为什么打架，纷纷跑过来把他们拉开，在街上巡逻的民警也来了，看到摊面上摆放的柳叶刀，便明白了什么。

外乡人指着李智强说："警察，你给评评理！这个人是不是有毛病啊?!"李智强拖着瘦弱的双腿回到店里，重新把身体丢进躺椅里，似乎刚才压根没发生什么事情。"这个人怎么回事？欺负我是外地人?!"外乡人不满地说。围观的人没有散去，等着看民警如何处置。民警拨弄着摊位上的刀具，拿起一把精致的柳叶刀，举起来对着阳光看了看，说："李智强，你要不要脸?!"围观的人们笑了，迈着轻松的步子四下散去，民警把柳叶刀丢回摊面，也背着手走了。外乡人站在摊位前，用手捂着红肿的脸，眼里一片迷茫。

（原载《边疆文学》2021年第12期）

后 记

在村庄和小镇之间有座山梁，叫科马界。那里山高水远，古树参天，野兽出没，山间铺设了一条石板路，连着湘桂两地。古时候，这条山路曾繁华一时，广西的食盐和湖南的粮食等商品，大多经由此道互通有无，因此这条山路又被称为"粮盐古道"。

这座山梁是村里孩子求学路上的一道屏障。到镇上念书的孩子，每个周末都必须翻过科马界，徒步来回，需要花好几个小时。孩子们对横在村庄与小镇之间的山梁的感情十分复杂，既爱又恨。我念初二那年的一个周末，突降大雪，一夜之间整个小镇都被大雪覆盖，积雪快没过膝盖，实属罕见，站在高处目之所及，全是白茫茫的世界。

那天，村里的孩子结伴而归。起初，大伙还很开心，有说有笑，边玩雪边往回走，一路上欢声笑语。来到山脚下时，大家傻眼了，山路已被积雪淹没，分辨不清道路。大伙因在雪地里玩闹，鞋子全都已湿透，又冷又饿，但眼前这座山梁非得翻过去。大家手牵手小心翼翼地往上爬，再无人打闹，注意力全集中在脚下，生怕一不小心就摔下山谷。爬到半山腰时，迎面走来一对夫妇，他们背着土黄色的旅行包，胸前挂着少见的相机，一路对着雪景咔嚓咔嚓拍摄。当他们看到我们时，连忙解下背上的旅行包，四处寻找拍摄角度，将镜头对准我们。他们邀请我们停下来拍摄，没人应答他们，大家只想早点回到家里的火塘旁。

那年秋天我又遇到了那对夫妇，他们特意来到我们村庄，带来了他们获奖的摄影作品，拍的是我们手牵手爬上雪山，作品由好几张相片组成，题目为"求学之路"。村里的孩子争先恐后地抢那些相片，并在照片上寻找自己渺小的身影。我没有挤在孩子们中间，不知怎么的，我非但高兴不起来，反而极为厌恶那对夫妇。我们在雪地里艰难爬行，湿透的鞋子快把我们的脚板冻成冰块，于我们来说，这场雪是折磨和灾难，然而在他们眼里，我们却成了他们拍摄作品的最佳素材，我们的艰难困苦成就了他们的作品内涵，使他们得以带着胜利者的微笑走向领奖台。母亲洞悉我的心思，并没有悉心开导我，只是微笑地看着我摇了摇头。我猜不出母亲在传达什么思想，只在她眼里看到那束再熟悉不过的善良之光。

在走上写作之路后，我时常想，我所写下的充满伤感的小说，或许都是因为母亲的良善所致，她在指引着我为小说里的人物谋求出路，事实上就是为我自己的内心谋求出路。而多数时候，我压根看不透世界，无法为小说里的人物披荆斩棘、拓荒垦田，只能让他们困在无尽的暗夜里，悲伤叹息。

这个问题一直困扰着我。

母亲不识字，并不知道我在写什么，却能感受到我的困惑，但她从来不跟我解释，又似乎早已解释过了，只是我愚钝没悟出来，直到这个充满悲痛的初春。

我不知该如何描述这个悲痛的初春。前一天，母亲被搀扶着来到父亲的病床前，像往常一样交代父亲，说如果你想走，就走吧。那天晚上，父亲呼出最后一口气，轻轻地闭上眼睛走了。次日夜晚，母亲也跟随父亲走了，她满脸慈祥，没留下一句话。我陷在失去父亲的悲痛里还没回过神来，母亲又把我往更深的悲痛推去。那一刻，天塌了，地陷了。屋外飘着鹅毛大雪，很多年没见过这么大的雪了，整个世界覆盖着白皑皑的积雪。我没有放肆号哭，也没有涕泗滂沱。姑妈走过来说："孩子，你想哭就哭吧。"我还是没有哭出来。我避开忙乱的人群走进年幼时居住的房间，巨大的悲伤像看不透的夜色将我包裹，成了一只无法咬破的茧，泪水终于夺眶而出，怎么也止不住。寒风从窗户刮进来把我浇醒，雪花还在窗外飘落，我不禁回想起三十年前的那场雪，孩子们手牵手爬上被雪覆盖的山梁。我渐而明白母亲为何摇头微笑，为这场飘了三十年的雪落下注脚。

　　亲人在悲怆的唢呐声中，踏过雪地把父母亲送上山，当泥土慢慢覆盖棺木，巨大的悲伤再次袭来，我的心魂跟着父母亲埋进泥土里。周边的山岭堆满积雪，沉寂无声，风寒日冷。父母亲消失了，从此与这个世界再也没有瓜葛，身后的所有篱笆随之倒塌，整个世界一览无余。人生无常，再强悍的人都不得不接受生老病死，都不得不终将离去，那么人生的意义何在？

　　或许，正如母亲对待我写作的态度，无须解释却已解释。在纷繁杂乱的世界里，个体的悲伤无处不在，却又不过沧海一粟，卑微如蝼蚁。我能做的和该做的，是带着个人悲伤走下去，再走下去。我意识到，今天的我，是映衬着出没在我生命里的他人的影子，而我的影子也将会出现在他人的生命里。我继而意识到，那些影响着我的影子，也是受到其他人的影响才呈现出我所遇见的模样。我不知道在来到这个世间之前谁是我，也不知道来到这个世上之后我又是谁。当上天微笑着让我迷恋上写作，其实是命运使然，如同在意识里，父母亲在大雪中立成了那座遥远的科马界，拱起脊背等待我冒雪攀登，即是我活着的意义，借助小说通往虚无的全部意义。

杨仕芳

2022 年 3 月 31 日